हिन्द पॉकेट बुक्स

दीवान-ए-ग़ालिब

دیوانِ غالب

मिर्ज़ा असद-उल्लाह बेग ख़ां उर्फ "ग़ालिब" उर्दू एवं फ़ारसी भाषा के महान शायर थे। इनको उर्दू भाषा का सर्वकालिक महान शायर माना जाता है और फ़ारसी कविता के प्रवाह को हिन्दुस्तानी जबान में लोकप्रिय करवाने का श्रेय भी इनको दिया जाता है। ग़ालिब (और असद) नाम से लिखने वाले मिर्ज़ा मुग़ल काल के आख़िरी शासक बहादुर शाह ज़फ़र के दरबारी कवि भी रहे थे। 1850 में शहंशाह बहादुर शाह ज़फ़र द्वितीय ने मिर्ज़ा ग़ालिब को दबीर-उल-मुल्क और नज़्म-उद-दौला के खिताब से नवाज़ा। बाद में उन्हें मिर्ज़ा नोशा का खिताब भी मिला।

दीवान-ए-ग़ालिब

دیوانِ غالب

संपादक

प्रकाश पंडित

हिन्द पॉकेट बुक्स
पेंगुइन रैंडम हाउस इम्प्रिंट

हिन्द पॉकेट बुक्स

यूएसए | कनाडा | यूके | आयरलैंड | ऑस्ट्रेलिया | सिंगापुर
न्यू ज़ीलैंड | भारत | दक्षिण अफ्रीका | चीन

हिन्द पॉकेट बुक्स, पेंगुइन रैंडम हाउस ग्रुप ऑफ़ कम्पनीज़ का हिस्सा है,
जिसका पता global.penguinrandomhouse.com पर मिलेगा

पेंगुइन रैंडम हाउस इंडिया प्रा. लि.,
चौथी मंजिल, कैपिटल टावर -1, एम जी रोड,
गुड़गांव 122 002, हरियाणा, भारत

पेंगुइन
रैंडम हाउस
इंडिया

प्रथम हिन्दी संस्करण हिन्द पॉकेट बुक्स द्वारा 2009 में प्रकाशित
यह हिन्दी संस्करण हिन्द पॉकेट बुक्स में पेंगुइन रैंडम हाउस द्वारा 2021 में प्रकाशित

10 9 8 7 6 5 4 3 2

इस पुस्तक में व्यक्त विचार लेखक के अपने हैं, जिनका यथासंभव तथ्यात्मक
सत्यापन किया गया है, और इस संबंध में प्रकाशक एवं सहयोगी
प्रकाशक किसी भी रूप में उत्तरदायी नहीं हैं।

ISBN 9789353492588

मुद्रकः रेप्रो इंडिया लिमिटेड

www.penguin.co.in

मिर्ज़ा ग़ालिब

जीवन - कथा

مرزا غالب

زندگی کی کہانی

मिर्ज़ा ग़ालिब

जीवन-कथा

हैं और भी दुनिया में सुख़नवर बहुत अच्छे,
कहते हैं के ग़ालिब का है अंदाज़े बयां और

ग़ालिब ऐसे शायर थे, जिन्हें उनकी शायरी के कारण सदियों तक याद किया जाएगा। उनका एक-एक शे'र ज़िंदगी की हक़ीक़तों को बड़ी गहराई भरी मस्ती के साथ उजागर करता है। उर्दू शायरी में उस्ताद शायरों का बहुत ऊंचा स्थान है। ग़ालिब तो उस्तादों के भी उस्ताद थे, फिर भी अपनी शायरी से उन्हें इतना मोह नहीं था कि अपने कमज़ोर शे'रों को भी कलेजे से चिपकाए रहते, जैसे एक मां होती है, उसका अपने बच्चे से गहरा लगाव होता है, इसीलिए वह उसके हर तरह के ऐब छिपाती रहती है। ग़ालिब बहुत सख़्त जान थे। अपनी ही शायरी के कठोर-आलोचक। उन्होंने अपने दिल के ख़ून से असंख्य शे'र लिखे थे, पर जब दीवान-ए-ग़ालिब संकलन तैयार करना शुरू किया, तो 2000 शे'रों को बेदर्दी से निरस्त कर दिया। इस तरह यह महान् संकलन छोटा तो रहा, पर इसमें जो क़लाम है, वह उर्दू शायरी के उच्चतर मूल्यों को छूता है और जिसे चूम कर आँखों से लगाने का जी करता है। ग़ालिब की शायरी को भाषा या अन्य किसी प्रकार की सीमाओं में बांध कर नहीं देखा जा सकता। वह तो पूरे विश्व और विश्व-मानवता के शायर हैं। कालिदास, टैगोर, मिलटन, वड्र्सवर्थ जिस शिखर पर खड़े थे, वही ऊँचाई मिर्ज़ा ग़ालिब ने पाई।

مرزا غالب

زندگی کی کہانی

ہے اور بھی دنیا میں سخنور بہت اچھے
کہتے ہے کہ غالب کا ہے اندازِ بیاں اور

غالب ایسے عظیم شاعر تھے، جنھیں ان کی شاعری کے لیے صدیوں تک یاد کیا جائے گا۔ ان کا ایک ایک شعر زندگی کی حقیقتوں کو بڑی گہرائی بھری مستی کے ساتھ اجاگر کرتا ہے۔ اردو شاعری میں استاد شعراء کا مرتبہ بیحد بلند ہے جبکہ غالب تو استادوں کے بھی استاد تھے، پھر بھی اپنی شاعری سے انھیں اتنا موہ نہیں تھا کہ اپنے کمزور شعروں کو بھی کلیجے سے چپکائے رہتے، جیسے ایک ماں کو اپنے بچے سے گہرا لگاؤ ہوتا ہے، کہ وہ اس کے ہرطرح کی خامیاں چھپاتی رہتی ہے۔ غالب اپنی تخلیقات کے تئیں بہت سخت گیر تھے۔ اپنی ہی شاعری پر ان کی سخت تنقیدی نگاہ تھی۔ انھوں نے اپنے دل کے خون سے ان گنت اشعار تخلیق کیے تھے لیکن جب دیوانِ غالب کا انتخاب تیار کرنا شروع کیا، تو 2000 شعروں کو بدنامی بے دردی سے منسوخ کر دیا۔ اس طرح یہ انتخاب مختصر تو رہا، لیکن اس میں جو کلام ہے، وہ اردو شاعری کے بلند ترین معیار کو چھوتا ہے اور جسے چوم کر آنکھوں سے لگانے کو جی چاہتا ہے۔ غالب کی شاعری کو زبان یا تہذیب کی حدود میں باندھ کر نہیں دیکھا جا سکتا۔ وہ تو پورے عالم کے شاعر ہیں۔ کالی داس، ٹیگور، ملٹن، ورڈزورتھ جن بلندیوں پر فائز تھے، وہی بلندی مرزا غالب کو حاصل ہوئی۔

महान् शायर थे ग़ालिब। हर अदीब (साहित्यिक) का एक ख़ास मिज़ाज होता है। बहुत स्वाभिमानी होता है वह। कभी किसी बात पर अड़ गए, तो अड़ गए। जो नकार दिया, सो नकार दिया। टस-से-मस नहीं होने वाले। ऐसे ही थे मिर्ज़ा ग़ालिब। स्वाभिमान कूट-कूट कर भरा था। वह बहुत अधिक तंगदस्त और ख़स्ताहाल रहे, बल्कि आख़ीर तक चलता रहा यह सब बहुत-सी मुसीबतों का सामना करना पड़ा, पर उन्होंने अपने स्वाभिमान के आगे कभी समझौता नहीं किया। इसका एक उदाहरण काफ़ी होगा।

सन् 1852 में मिर्ज़ा ग़ालिब को नौकरी का बुलावा आया। दिल्ली कॉलेज में उन्हें फ़ारसी का प्रमुख शिक्षक बनाना था। बहुत बुरी आर्थिक हालत थी। इसीलिए प्रस्ताव स्वीकार कर लिया। टॉमसन साहब गवर्नमेंट ऑफ़ इंडिया के सेक्रेट्री थे। उन्होंने बुलावा भेजा था। पालकी में बैठ कर साहब के बंगले पर मिर्ज़ा ग़ालिब पहुंच गए। अंदर कहलवा भेजा और इंतिज़ार करने लगे, पर टॉमसन साहब उनके स्वागत के लिए बाहर नहीं आए। ग़ालिब के आत्म-सम्मान को चोट पहुंची। उन्होंने उसी समय कहारों को आदेश दिया कि पालकी वापिस अपने घर लौटा ले चलो। टॉमसन साहब को उनकी नाराज़गी का पता चला, तो बाहर आए। उन्होंने चचा ग़ालिब को समझाना चाहा कि इस वक़्त वह ख़ास मुलाक़ाती तो हैं नहीं, ताकि बाहर आकर उनका स्वागत किया जाता, वह तो नौकरी के लिए आए हैं। मिर्ज़ा ग़ालिब टॉमसन साहब की दलील सुनकर ज़रा भी नहीं पिघले। उन्होंने तुरन्त कहा, "जनाबे आली, अगर नौकरी का मतलब यह है कि इससे इज़्ज़त में कमी आ जाएगी, तो ऐसी नौकरी मुझे मंज़ूर नहीं।" उन्होंने आदाब बजाया और पालकी में सवार हो लौट पड़े।

उनका पूरा नाम था– मिर्ज़ा असद-उल्लाह ख़ां। 'ग़ालिब' उपनाम था। इससे पहले असद उपनाम से ही शे'र कहते थे। उनका जन्म 27 दिसम्बर, 1797 में आगरा में हुआ था। उनके पिता और चचा के मरने के बाद उनका पालन-पोषण ननिहाल (आगरा) में हुआ।

ہر تخلیق کار کا ایک خاص مزاج ہوتا ہے، ان کی انا اور پندار انھیں مجبور کر دیتا ہے کہ اگر وہ کبھی کسی بات پر اڑ گئے، تو اڑ گئے۔ اور اگر انکار کر دیا، تو انکار کر دیا۔ وہ اپنی بات سے ذرا بھی جنبش کرنے پر آمادہ نہیں ہوتے۔ غالب بھی ایسے ہی غیور انسان تھے۔ زیادہ تر وہ تنگدست اور خستہ حال رہے، یہ سلسلہ ان کی زندگی کے آخیر تک چلتا رہا۔ انھیں بہت سی مصیبتوں کا سامنا کرنا پڑا، لیکن غالب نے اپنے اصولوں سے کبھی سمجھوتہ نہیں کیا۔ اس کے لئے صرف ایک مثال کافی ہوگی۔

1852ء میں مرزا غالب کو ملازمت کے لئے بلایا گیا۔ دہلی کالج میں انھیں فارسی کا استاد بننا تھا۔ اقتصادی حالت بہت خراب تھی اس لیے اس پیشکش کو قبول کر لیا۔ ٹامسن صاحب گورنمنٹ آف انڈیا کے سیکریٹری تھے۔ انھوں نے بلاوا بھیجا تھا۔ مرزا پالکی میں بیٹھ کر صاحب کے بنگلے پر پہنچ گئے۔ آنے کی اطلاع کروائی اور انتظار کرنے لگے، لیکن ٹامسن صاحب انکے استقبال کے لیے باہر نہیں آئے۔ غالب کے روح کو بہت چوٹ پہنچی۔ انھوں نے اسی وقت کہاروں کو حکم دیا کہ پالکی واپس اپنے گھر لوٹا لے چلو۔ ٹامسن صاحب کو ان کی ناراضگی کا پتہ چلا، تو باہر آئے۔ انھوں نے مرزا غالب کو سمجھانا چاہا کہ اس وقت وہ چونکہ نوکری کے لیے آئے ہیں، اس لئے استقبال نہیں کیا جاسکتا، یہی اصول ہے۔ مرزا غالب ٹامسن صاحب کی دلیل سنکر ذرا بھی نہیں پگھلے۔ انھوں نے فوراً کہا، ''جناب عالی، اگر نوکری کا مطلب یہ ہے کہ اس سے عزت میں کمی آجائے گی، تو ایسی نوکری مجھے منظور نہیں۔''

غالب کا پورا نام تھا مرزا اسد اللہ خان اور غالب تخلص تھا۔ اس سے پہلے اسد تخلص کرتے تھے۔ ان کی پیدائش 26 دسمبر 1717 میں آگرہ میں ہوئی تھی۔ ان کے والد اور چچا کے انتقال کے بعد ان کی پرورش ننیہال (آگرہ) میں ہوئی۔

उनकी आरंभिक शिक्षा कैसे हुई, इसकी अधिक जानकारी नहीं मिलती, लेकिन उनकी रचनाओं में जो ज्ञान की बातें भरी पड़ी हैं, उनसे लगता है कि उन्हें शास्त्रों और अनेक विद्याओं की अच्छी-ख़ासी शिक्षा मिली। फ़ारसी पढ़ने का भी शुभ अवसर आया। ईरान से एक बहुत बड़े विद्वान आए। उनका नाम था अब्दुल समद। उनसे ही फ़ारसी भाषा और साहित्य की गहन शिक्षा प्राप्त की।

वह मकतब[1] में पढ़ते थे। उम्र कोई दस-ग्यारह साल की ही थी। तभी से अच्छे-अच्छे शे'र कहने लगे।

जब वह तेरह वर्ष के हुए तो उनका विवाह दिल्ली के लोहारू घराने की लड़की उमराव बेगम से हो गया। विवाह के बाद कुछ साल आगरा में ही गुज़रे, फिर दिल्ली चले आए और यहीं बस गए।

दिल्ली में घना शायराना माहौल था। आए दिन शे'र-ओ-शायरी की महफ़िलें जमतीं। वह भी उनमें जाया करते। अपना क़लाम पढ़ते। अपने ऊँचे दर्जे के शे'र सुना कर उन्होंने न जाने कितने मुशायरे लूट लिए। इस तरह उनकी शायरी में भी लगातार निखार आता गया। उनकी शोहरत[2] बुलंदियों[3] को छूने लगी।

उर्दू शायरी में उस्ताद-शार्गिद की परम्परा है। ग़ालिब के ज़माने में भी थी, पर वह ख़ुद किसी के शार्गिद न थे, फिर भी बड़े-बड़े उस्ताद शायरों की नुक्ताचीनी[4] कर दिया करते।

अपने अंदाज़े बयां' यानी शे'र कहने के ढंग को वह सबसे अलग मानते थे। तभी तो अपने प्रसिद्ध शे'र में कहा– 'ग़ालिब का है अंदाज़े बयां और' (देखिए, आरंभ में शे'र)। ग़ालिब से पहले उर्दू शायरी गुलो-बुलबुल, हुस्नो-इश्क़ वग़ैरह से चिपटी हुई थी। उन्हें यह सब अच्छा नहीं लगता था। इसे वह ग़ज़ल की तंग गली कहते, जिससे वह अपने शे'रों के साथ नहीं

1-पाठशाला 2-प्रसिद्धि 3. ऊंचाइयों 4-आलोचना

ان کی ابتدائی تعلیم کیسے ہوئی، اس کی زیادہ تفصیلات نہیں ملتیں، لیکن ان کی شاعری میں جو علمی گہرائی ہے اس سے یہ اندازہ لگایا جاسکتا ہے کہ انھیں اچھی خاصی تعلیم ملی۔ انھیں ایران سے آئے ہوئے ایک استاد سے فارسی پڑھنے کا موقع ملا جن کا نام تھا مُلّا عبد الصمد۔ جو فارسی کے بہت بڑے عالم تھے۔ اسلئے مرزا غالب فارسی زبان پر پوری طرح قادر ہوگئے۔ وہ دس گیارہ سال کی عمر میں بیحد معیاری اشعار کہنے لگے تھے۔

غالب تیرہ سال کے ہوئے تو ان کی شادی دہلی کے لوہارو خاندان کی لڑکی امراؤ بیگم سے ہوگئی۔ شادی کے بعد کچھ سال آگرہ میں ہی گزرے، پھر دہلی چلے آئے اور یہیں بس گئے۔

اس وقت دہلی میں شعروسخن کا ماحول تھا۔ آئے دن مشاعرے اور شعرو شاعری کی محفلیں سجتی تھیں۔ غالب بھی ان میں شریک ہونے لگے، وہاں وہ اپنا کلام پڑھتے اور اپنے بہترین اشعار پر دادو تحسین حاصل کرتے۔ رفتہ رفتہ ان کی شاعری میں مسلسل نکھار آتا گیا اور ان کی شہرت بلندیوں کو چھونے لگی۔

اردو شاعری میں استاد شاگرد کی قدیم روایت ہے۔ غالب کے دور میں بھی یہ روایت تھی، لیکن وہ خود کسی کے شاگرد نہ تھے، وہ بڑے بڑے استاد شاعروں کی کمزوریوں کی نکتہ چینی سے بھی باز نہیں آتے تھے۔

اپنے اندازِ بیاں کو وہ سب سے الگ اور منفرد مانتے تھے۔ ان کا مشہور شعر ہے۔

ہیں اور بھی دنیا میں سخنور بہت اچھے
کہتے ہیں کہ غالب کا ہے اندازِ بیاں اور

غالب سے پہلے اردو شاعری میں گل و بلبل اور حسن و عشق اور جام و پیمانہ کی علامتیں بیحد مقبول تھیں لیکن غالب کو یہ پسند نہیں تھا۔ غالب اس روش کو غزل کی تنگ گلی

गुज़र सकते थे। उन्होंने कहा है–

बक़द्रे[1]-शौक़ नहीं ज़र्फ़े-तंगनाए[2] ग़ज़ल
कुछ और चाहिए वसुअ़त मेरे बयां के लिए

इस तरह के शे'र कह कर जब उन्होंने बड़े-बड़े शायरों को चुनौती दी, तो वे बौखलाए और उनका मज़ाक उड़ाने लगे, लेकिन ग़ालिब कभी अपने रास्ते से हटे नहीं। वह अपनी ही बुराइयों का मज़ा लेते और हंसी में उड़ा देते। इस पर उनका एक शे'र है–

न सतायश[4] की तमन्ना न सिले[5] की परवा
गर नहीं है मेरे अशआ़र में[6] माने न सही

उन्होंने किसी की परवाह नहीं की और ज़िंदगी की शायरी करते रहे। उनके शे'र रूह को भी सिहरा देने वाले हैं। उनका व्यक्तित्व इतना अज़ीम[7] कि उनके सामने किसी का टिक पाना आसान नहीं था। उर्दू के वह अकेले शायर हैं, जिन पर सबसे अधिक लिखा गया। दीवान-ए-ग़ालिब के ही इतने संस्करण निकल चुके हैं कि उसका हिसाब लगाना ही असंभव है।

एक प्रसिद्ध शायर हुए 'बेदिल'। ग़ालिब उनसे प्रभावित थे। करीब 2000 शे'र तो उन्हीं से प्रभावित होकर कह डाले। तब तक वह 25 वर्ष के ही हुए थे। उर्दू के महान् मीर तक़ी 'मीर' ने तो उनके बारे में यहां तक कह दिया कि 'अगर इसे कोई कामिल[8] मिल गया और उसने सीधे रास्ते पर डाल दिया, तो लाजवाब शायर बनेगा।' लेकिन ग़ालिब तो अपने उस्ताद ख़ुद ही थे, क्योंकि अपनी शायरी के सबसे बड़े आलोचक भी वह ख़ुद ही थे।

आगरा के दिनों में आर्थिक हालात ठीक रहे। दिल्ली में भी ठीक-ठाक चलता रहा। नवाब अहमद बख़्श से पेंशन मिला करती थी। उधर अलवर की रियासत से भी आर्थिक सहायता आ रही थी। उनकी मां भी उन्हें कुछ-न-कुछ

1-अनुकूल सामर्थ्य 2-संकुचित क्षेत्र (तंग गली) 3-व्यापक क्षेत्र 4-प्रशंसा 5-पुरस्कार 6- शे'रों में 7-महान् 8-सिद्धहस्त

کہتے ،جس سے وہ اپنے شعروں کے ساتھ نہیں نز رسکتے تھے۔ انھوں نے کہا ہے۔

بقدرِ شوق نہیں ظرفِ تنگنائے غزل
کچھ اور چاہیے وسعت مرے بیاں کے لیے

اس طرح کے اشعار کہہ کر انھوں نے اس عہد کے بڑے بڑے شاعروں کو چیلنج کیا، غالب اپنی بات بیحد گہرائی کے ساتھ کہتے تھے۔ مشکل پسندی ان کا مزاج تھا۔ اس وقت کے شعراء نے ان کی مشکل پسندی پر بڑے اعتراضات کیے، ان کا مضحکہ بھی اڑایا لیکن غالب اپنی روش پر قائم رہے۔ انھوں نے ان تمام نکتہ چینیوں اور مخالفت کے جواب میں ہی یہ شعر کہا تھا۔

نہ ستائش کی تمنا نہ صلہ کی پروا
گر نہیں ہیں میرے اشعار میں معنی نہ سہی

غالب نے کسی کی پرواہ نہیں کی اور زندگی کی شاعری کرتے رہے۔ ان کے شعر روح کو چھو لینے والے ہیں۔ ان کی شخصیت اتنی عظیم ہے کہ ان کے سامنے کسی کا ٹک پانا آسان نہیں تھا۔ اردو کے وہ واحد شاعر ہیں، جن پر سب سے زیادہ لکھا گیا۔ دیوانِ غالب کے ہی اتنے ایڈیشن نکل چکے ہیں کہ اس کا حساب لگانا ناممکن ہے۔

غالب فارسی کے عظیم شاعر بیدلؔ سے بیحد متاثر تھے انھوں نے شروع میں بیدلؔ کی پیروی کی تھی اسی لیے مشکل پسند کہلائے۔ لیکن غالب شروع سے ہی ایک خاص مزاج میں شعر کہتے تھے۔ جب وہ نہایت کم عمر بچے تھے اس وقت ان کے شعر سن کر میر تقی میرؔ نے یہاں تک کہہ دیا کہ ''اگر اسے کوئی کامل استاد مل گیا اور اس نے سیدھے راستے پر ڈال دیا، تو لاجواب شاعر بنے گا ورنہ مہمل بکے گا۔'' لیکن غالب بہرحال ایک دور ساز شاعر ثابت ہوئے۔

آگرہ کے قیام کے زمانے میں مالی حالات ٹھیک رہے۔ دہلی میں بھی

भेज दिया करती थीं। अच्छा-ख़ासा चल रहा था, फिर बिगड़ा तो बिगड़ता ही चला गया। पेंशन बंद हो गई। बहुत क़र्ज़दार हो गए थे, उनके भी तक़ाज़े थे। छोटे भाई पागल हो गए। आफ़तें ऐसी आईं कि हौसले पस्त हो गए। बेहद घबरा गए वह।

उन्होंने सोचा, पेंशन का मामला किसी तरह निबटवाएं तो कुछ बात बने। गवर्नर जनरल की कौंसिल में फ़रियाद पहुंचाने का तय किया और इसी सिलसिले में कलकत्ता के लिए चल पड़े। तीन साल रहना पड़ा वहां। यह पेंशन बहाल तो हुई, पर सन् 1837 में जाकर। यह भी एक घटना के बाद। हुआ यह कि नवाब शम्सुद्दीन ख़ां ने एक अंग्रेज़ रेज़ीडेंट को मार डाला। इस पर नवाब को फांसी की सज़ा हो गई और अंग्रेज़ सरकार ने उनकी रियासत छीन ली, लेकिन पेंशन मिलते-मिलते ग़ालिब क़र्ज़ में गले-गले तक डूब चुके थे। उन्हीं ने अपने लिए कहा–

क़र्ज़ की पीते थे मै और समझते थे कि हा
रंग लाएगी हमारी फ़ाक़ामस्ती एक दिन

और हुआ भी यही। वह 40-45 हज़ार रुपये के क़र्ज़ के पहाड़ जैसे बोझ के तले दब कर छटपटाने लगे। उधर एक दीवानी मुक़दमे में उनके ख़िलाफ़ 5 हज़ार रुपये की डिग्री हो गई और उन्होंने घर से निकलना ही बंद कर दिया। उन दिनों नियम था कि कोई भी प्रतिष्ठित व्यक्ति, जिस पर डिग्री हुई हो और वह रक़म अदा नहीं कर पा रहा हो, तो उसे घर के अंदर गिरफ़्तार नहीं किया जा सकता। गिरफ़्तारी तभी संभव है, जब वह बाहर निकल कर आए। इसी पर वह कहते हैं–

मुश्किलें मुझ पर पड़ी इतनी कि आसां हो

इधर वह 'क़र्ज़ की पीते थे मै' उधर शतरंज और चौसर का रईसज़ादों की तरह गहरा शौक़। जुआ भी चला करता था उनके मित्रों के बीच। चांदनी चौक के कुछ जौहरी थे। उन्हें जुए की बुरी लत थी। वह मिर्ज़ा ग़ालिब के घर

سب کچھ آسانی سے چلتا رہا۔نواب احمد بخش لوہارو سے پینشن ملا کرتی تھی۔ الور کی ریاست سے بھی مالی امداد حاصل ہوتی تھی۔ لیکن 1857ء کے بعد حالات بیحد خراب ہوگئے۔ پینشن بند ہوگئی۔ وہ قرضے میں ڈوب گئے۔ انھیں سخت مسائل کا سامنا تھا۔ چھوٹے بھائی پاگل ہوگئے تھے۔ ہر طرف سے انھیں آلام ومصائب نے گھیر لیا۔

غالب نے پینشن جاری کروانے کی بہت کوشش کی۔ گورنر جنرل کی کونسل میں درخواست کے لئے کلکتہ گئے، جہاں تین سال رہنا پڑا وہاں۔ یہ پینشن بحال تو ہوئی، لیکن سن 1887 میں جاکر۔ یہ بھی ایک واقعہ کے بعد۔ ہوا یہ کہ نواب شمس الدین خان نے ایک انگریز ریزیڈنٹ کو مار ڈالا۔ اس پر نواب کو پھانسی کی سزا ہوگئی اور انگریز سرکار نے ان کی ریاست چھین لی، لیکن پینشن کے بحال ہوتے ہوتے غالب قرض میں گلے گلے تک ڈوب چکے تھے۔ انھوں نے اپنے لیے کہا۔

قرض کی پیتے تھے مے اور سمجھتے تھے کہ ہاں
رنگ لائیگی ہماری فاقہ مستی ایک دن

اور ہوا بھی یہی۔ وہ 40.45 ہزار روپے کے قرض کے پہاڑ جیسے بوجھ کے تلے دب کر چھٹپٹانے لگے۔ ادھر ایک دیوانی مقدمے میں ان کے خلاف 5 ہزار روپے کی ڈگری ہوگئی اور انہوں نے گھر سے نکلنا بند کردیا۔ ان دنوں یہ قانونی اصول تھا کہ کوئی بھی شخص جس پر ڈگری ہوئی ہو اور وہ رقم ادا کرنے سے معذور ہو لیکن اسے گھر کے اندر گرفتار نہیں کیا جا سکتا تھا، اسے اسی صورت میں گرفتار کیا جا سکتا تھا جب وہ گھر سے باہر ہو۔ اسی پر غالب کہتے ہیں۔

مشکلیں مجھ پر پڑیں اتنی کی آساں ہوگئیں

غالب قرض کی پیتے تھے مے، ادھر شطرنج اور چوسر کا رئیس زادوں کی طرح گہرا شوق۔ جوا بھی چلا کرتا تھا ان کے دوستوں کے بیچ۔ چاندنی چوک کے کچھ جوہری

में ही जुआ खेलने चले आते। एक दिन पकड़े गए। शाही दरबार ने सिफ़ारिश की, दिल्ली के रईसों ने भी ज़ोर आज़माया, लेकिन कुछ न हो सका। सज़ा सुना दी गई। क़ैद में रहना पड़ा। आख़िर दिल्ली के सिविल सर्जन डॉ० रास ने सिफ़ारिश की, तो उन्हें तीन महीने में ही छोड़ दिया गया। हालांकि ग़ालिब स्वाभिमानी थे, और यह सज़ा उनके लिए मरने के बराबर थी, पर 'मुश्किलों के आसान' होने की एक उम्मीद तो बाक़ी बची रहती है।

तमाम परेशानियों और आर्थिक तंगियों से वह इतना घबराए कि बादशाह (ज़फ़र) के दरबार में फ़रियाद करना पड़ी। ज़फ़र ख़ुद शायर थे, फिर ग़ालिब जैसे महान् शायर की सहायता क्यों नहीं करते? बादशाह ने उन्हें तैमूर ख़ानदान का इतिहास फ़ारसी में लिखने का काम सौंप दिया। साथ ही 'नज्मुद्दौला दबीरुलमुल्क निज़ाम जंग' की उपाधि से विभूषित किया। 'दोशाला' और 'ख़िलअत' भी भेंट किया गया। एक और महत्वपूर्ण बात यह हुई कि बादशाह 'ज़फ़र' के उस्ताद 'ज़ौक़' की मृत्यु हो गई। अब अपना क़लाम वह ग़ालिब को ही दिखाने और सलाह लेने लगे।

कुछ और आर्थिक सहायताएं भी मिलने लगीं। चलता रहा कुछ समय तक, लेकिन जल्दी ही वह फिर बेहद लाचार और परेशान हो उठे। एक-एक कर उनसे आर्थिक सहायताएं छिनने लगीं। अंग्रेज़ सरकार ने बादशाह ज़फ़र' को भी क़ैद करके रंगून भेज दिया, जहां वह गाते रहे - 'दो गज़ ज़मीन भी न मिली कुए यार में।'

उसी ज़माने में ग़दर हुआ था। मिर्ज़ा ग़ालिब के साथ क्या कुछ घटा-बीता, वह सब उन्होंने अपनी पुस्तक 'दस्तंबो' में दर्ज किया है। ख़र्चे वैसे ही थे और आमदनी के दरवाज़े बंद। उनके कुछ हिन्दू मित्रों में हर गोपाल 'तफ़्ता' मेरठ से रुपया भेजते थे, महेशदास ने भी उनकी सहायता की। इस पर उन्होंने लिखा– 'कोई मेरी बेक़सी का गवाह न होता।' ग़दर के ज़माने में उन्होंने अंग्रेज़ों का पक्ष नहीं लिया, इसलिए उन्हें कुछ न मिलना था। उन्होंने विरोध भी नहीं किया था, फिर भी उनकी पेंशन ज़ब्त कर ली गई। उन्होंने इस बारे

تھے۔انہیں جوے کی بری لت تھی۔ وہ مرزا غالب کے گھر میں ہی جوا کھیلنے چلے آتے۔ ایک دن پکڑے گئے۔ شاہی دربار سے سفارش کروائی، دہلی کے رئیسوں نے بھی زور آزمایا، لیکن کچھ نہ ہو سکا۔ چھ ماہ کی سزا سنا دی گئی۔ قید میں رہنا پڑا۔ آخر دہلی کے سول سرجن ڈاکٹر راس نے سفارش کی، تو انہیں تین مہینے میں ہی چھوڑ دیا گیا۔ حالانکہ غالب انتہائی غیرت مند انسان تھے۔ اور یہ سزا ان کے لیے مرجانے کے برابر تھی، لیکن مشکلوں کے آسان ہونے کی ایک امید تو ہمیشہ باقی رہتی ہے۔

پریشانیوں اور مصیبتوں سے وہ اس قدر گھبرائے کہ بادشاہ ظفر کے دربار میں فریاد کرنا پڑی۔ ظفر خود شاعر تھے، پھر غالب جیسے عظیم شاعر کی مدد کیوں نہ کرتے؟ بادشاہ نے انہیں خاندان تیموریہ کی تاریخ فارسی میں لکھنے کا کام سپرد کر دیا۔ ساتھ ہی انھیں نجم الدولہ نظام جنگ کے لقب سے بھی سرفراز کیا۔ انھیں خلعت خاص بھی مرحمت کیا۔ اس دوران بادشاہ ظفر کے استاد ذوق کا انتقال ہو گیا۔ تو بہادر شاہ ظفر اپنا کلام غالب کو دکھانے اور اصلاح لینے لگے۔

غالب کے حالات کچھ بہتر ہوئے لیکن غدر کی قیامت نے سب کچھ برباد کر دیا۔ آزادی کی اس لڑائی میں ہندوستانیوں کو شکست ہوئی۔ بہادر شاہ ظفر کو گرفتار کر کے رنگون بھیج دیا گیا۔ ملک پر انگریزوں کا تسلط ہو گیا۔ غدر میں مرزا غالب پر جو کچھ بیتا اس کی یادیں انھوں نے اپنی کتاب دستنبو میں تحریر کی ہیں۔ غدر کے بعد اخراجات ویسے ہی تھے لیکن آمدنی کے دروازے بند ہو چکے تھے۔ ان کے کچھ ہندو دوستوں میں ہرگوپال تفتہ میرٹھ سے کچھ روپیہ بھیجتے تھے۔ مہیش داس نے بھی ان کی مدد کی۔ غدر کے زمانہ میں انھوں نے انگریزوں کی مدد نہیں کی تھی اسلئے حکومت سے انہیں کچھ ملنے کا سوال ہی نہ تھا لیکن انھوں نے مخالفت بھی نہیں کی تھی، پھر بھی ان کی پینشن ضبط کر لی گئی۔ انہوں نے اس بارے میں عرضداشت پیش کی، تو جواب ملا کہ انھوں

में तक़ाज़ा किया, तो जवाब मिला कि बाग़ियों के साथ हमदर्दी जताई थी। आख़िर वह रामपुर चले गए। नवाब से दो सौ रुपये आर्थिक सहायता मिलने की उम्मीद थी, लेकिन वह अधिक दिन रामपुर नहीं रहे और लौट आए। बाद में नवाब रामपुर और अंग्रेज़ सरकार ने फैसला किया कि वज़ीफ़ा या पेंशन ग़दर के ज़माने में जिन-जिन का बंद हो गया था, उन्हें दे दिया जाए। तब ग़ालिब को भी पूरी रक़म मिल गई, फिर भी उन पर काफ़ी क़र्ज़ा बाक़ी था।

'फ़ाक़ा मस्ती' तो चली साथ-साथ और एक दिन शरीर से भी हारने लगे। सन् 1858 से पेट में मरोड़ें उठने लगीं। आख़ीर तक लगी रही यह बीमारी। ऊपर से शरीर पर फोड़े भी उग आए। उन्होंने लिखा–

मेरे मुहिब़[1] मेरे महबूब! तुमको मेरी ख़बर भी है? पहले नातवां[2] था, अब नीम जान हूं। आगे बहरा था, अब अंधा हुआ जाता हूं। जहां चार सतरें लिखीं, उंगलियां टेढ़ी हो गईं। हरुफ़[3] सजने से रह गए। इकहत्तर बरस जीया, बहुत जीया, अब ज़िंदगी बरसों की नहीं, महीनों और दिनों की है।

विचित्र बात है। उन्होंने जब यह भविष्यवाणी लिखी, उसके बाद बहुत ज्यादा दिनों तक जीते नहीं रह सके। 15 फ़रवरी 1869 के दिन दोपहर ढले मिर्ज़ा ग़ालिब इस ज़मीन से उठ गए और छोड़ गए अपना वह क़लाम, जो सदियों तक गाया, गुनगुनाया जाएगा। ग़ालिब के एक शे'र के साथ उनकी जीवन-गाथा यहीं समाप्त करते हैं–

पूछते हैं वो कि 'ग़ालिब' कौन है।
कोई बतलाओ कि हम बतलाएं क्या?

1-प्रिय मित्र 2-परेशान हाल 3-अक्षर

نے باغیوں کے ساتھ ہمدردی جتائی تھی۔ آخر مرزا رام پور چلے گئے۔ نواب سے دوسو روپے زیادہ مدد ملنے کی امید تھی، لیکن وہ زیادہ دن رام پور نہیں رہے اور دلی لوٹ آئے۔ بعد میں نواب رام پور اور انگریز سرکار نے فیصلہ کیا کہ جن لوگوں کا وظیفہ یا پینشن غدر کے زمانے میں بند ہوگئی تھی۔ اسے پھر سے جاری کیا جائے اس طرح غالب کو بھی خاصی رقم مل گئی۔ پھر بھی ان پر کافی قرض باقی رہا۔

1857ء سے انھیں پیٹ کی بیماری اور کئی دوسری تکلیفوں نے گھیر لیا۔ بدن پر پھوڑے نکل آئے۔ یہ بیماریاں آخر تک ان کو گھیرے رہیں۔ اپنی صحت کے بارے میں غالب نے ایک خط میں لکھا تھا،

''میرے محبّ! تم کو میری خبر بھی ہے؟ پہلے ناتواں تھا، اب نیم جاں ہوں۔ آگے بہرا تھا، اب اندھا ہوا جاتا ہوں۔ جہاں چار سطریں لکھی، انگلیاں ٹیڑھی ہوگئی۔ حروف سجنے سے رہ گئے۔ اکہتر برس جیا۔ بہت جیا۔ اب زندگی برسوں کی نہیں، مہینوں اور دنوں کی ہے۔''

عجیب بات ہے۔ انہوں نے جب یہ لکھا تھا، اس کے بعد بہت زیادہ دنوں تک زندہ نہیں رہ سکے۔ 15 فروری 1869 کی سہ پہر کو مرزا غالب اس دنیا سے رخصت ہوگئے اور چھوڑ گئے اپنا وہ کلام جو صدیوں تک لوگوں کی زبانوں اور ذہنوں میں گونجتا رہے گا۔ غالب کے ایک شعر کے ساتھ ان کی داستانِ حیات یہیں ختم کرتے ہیں۔

پوچھتے ہیں وہ کہ غالبؔ کون ہے
کوئی بتلاؤ کہ ہم بتلائیں کیا؟

दीवान-ए-ग़ालिब

دیوانِ غالب

दीवान-ए-ग़ालिब

नक़्श[1] फ़रियादी है किसकी शोख़ी-ए-तहरीर का[2]
काग़ज़ी है पैरहन[3] हर पैकरे-तस्वीर[4] का
कावे-कावे सख़्तजानी हाय तनहाई[5] न पूछ
सुबह करना शाम का लाना है जू-ए-शीर[6] का
जज़्बा-ए-बेअख़्तियारे-शौक़[7] देखा चाहिए
सीना-ए-शमशीर[8] से बाहर है दम शमशीर का
आगही[9] दामे-शुनीदन[10] जिस क़दर चाहे बिछाए
मुद्दआ[11] अन्क़ा[12] है अपने आ़लमे-तक़रीर का
बस कि हूं 'ग़ालिब' असीरी[13] में भी आतिश-ज़ेर-पा[14]
मूए-आतिश-दीदा[15] है हल्क़ा मेरी ज़ंजीर का

जुज़[16] क़ैस और कोई न आया बरूए-कार[17]
सहरा मगर बतंगिए-चश्मे-हुसूद[18] था

1-चिन्ह 2-लिखावट की अस्थिरता 3-पहनावा 4-चित्र का आकार (प्राणी, जड़-पदार्थ आदि) 5-विरह-वेदना 6-दूध की नदी 7-प्रेम-भावना की तीव्रता 8-तलवार की छाती 9-समझ 10-श्रवण का जाल 11-उद्देश्य (अर्थ) 12-दुर्लभ 13-क़ैद 14-पांव के नीचे की आग 15-जला हुआ बाल 16-सिवाय 17-सामने, काम के लिए 18-ईर्ष्यालुओं की आंख की तरह तंग

نقش، فریادی ہے کس کی شوخیِ تحریر کا
کاغذی ہے پیرہن ہر پیکرِ تصویر کا

کاو کاوِ سخت جانی ہائے تنہائی نہ پوچھ
صبح کرنا شام کا، لانا ہے جُوئے شیر کا

جذبۂ بے اِختیارِ شوق دیکھا چاہیے
سینۂ شمشیر سے باہر ہے دمِ شمشیر کا

آگہی دامِ شنیدن جس قدر چاہے بچھائے
مدعا عنقا ہے اپنے عالمِ تقریر کا

بس کہ ہوں غالب! اسیری میں بھی آتش زیرِ پا
مُوئے آتش دیدہ، ہے حلقہ مری زنجیر کا

جُز قیس اور کوئی نہ آیا بروئے کار
صحرا مگر بہ تنگیِ چشمِ حسود تھا

आशुफ़्तगी[1] ने नक़्श-सवैदा[2] किया दुरुस्त
ज़ाहिर हुआ कि दाग़ का सरमाया दूद[3] था
था ख़्वाब में ख़याल को तुझसे मुआ़मला
जब आंख खुल गई न ज़ियां[4] था न सूद था
लेता हूं मकतबे-ग़मे-दिल[5] में सबक़ हनोज़[6]
लेकिन यही कि 'रफ़्त' --'गया', और 'बूद' -- था
ढांपा कफ़न ने दाग़े-अ़यूबे-बरहनगी[7]
मैं वर्ना हर लिबास में नंगे - वजूद[8] था
तेशे बग़ैर मर न सका कोहकन[9] 'असद'
सरगश्ता-ए[10] ख़ुमारे-रुसूम-ओ-क़यूद[11] था

कहते हो, न देंगे हम, दिल अगर पड़ा पाया
दिल कहां कि गुम कीजे? हमने मुद्दआ पाया
इश्क़ से तबीअ़त ने ज़ीस्त[12] का मज़ा पाया
दर्द की दवा पाई, दर्द बे-दवा पाया
दोस्त दारे-दुश्मन[13] है, एतमादे-दिल[14] मालूम
आह बेअसर देखी, नाला[15] नारसा[16] पाया
सादगी[17] व पुरकारी[18] बेख़ुदी[19] व हुशियारी
हुस्न को तग़ाफ़ुल[20] में जुरअत-आज़मा पाया

1-परेशानी 2-दिल के दाग़ का चिन्ह 3- धुआं 4-हानि, क्षति 5-दिल के ग़म की पाठशाला 6-अभी 7-नग्नता के दोष को 8-अस्तित्व का कलंक 9-शीरीं का प्रेमी फ़रहाद 10-बंधा हुआ 11-रीति-रिवाज 12-ज़िन्दगी 13-दुश्मन का दोस्त 14-दिल का विश्वास 15-रुदन 16-न पहुंचनेवाला 17-सरलता 18-चालाकी 19-मस्ती 20-उदासीनता

آشفتگی نے نقشِ سویدا کیا درست
ظاہر ہوا کہ، داغ کا سرمایہ دُود تھا

تھا خواب میں خیال کو تجھ سے معاملہ
جب آنکھ کُھل گئی ،نہ زیاں تھا، نہ سود تھا

لیتاہوں مکتبِ غمِ دل میں سبق، ہنوز
لیکن یہی کہ ''رفت'' گیا، اور ''بود'' تھا

ڈھانپا کفن نے داغِ عیوبِ برہنگی
میں، ورنہ ہر لباس میں ننگِ وجود تھا

تیشے بغیر، مر نہ سکا کوہ، کن، اسدؔ!
سرگشتۂ خمارِ رسوم وقیود تھا

کہتے ہو، نہ دینگے ہم، دل اگر پڑا پایا
دل کہاں کہ گم کیجے ،ہم نے مدعا پایا

عشق سے طبیعت نے زیست کا مزا پایا
درد کی دوا پائی، درد بے دوا پایا

دوست دارِ دشمن ہے، اعتمادِ دل معلوم
آہ بے اثر دیکھی، نالہ نارسا پایا

سادگی و پُرکاری، بیخودی و ہشیاری
حسن کو تغافل میں، جرأت آزما پایا

ग़ुञ्चा फिर लगा खिलने, आज हमने अपना दिल
खूं किया हुआ देखा, गुम किया हुआ पाया
हाले-दिल नहीं मालूम, लेकिन इस क़दर -- यानी
हमने बारहा ढूंढा, तुमने बारहा पाया
शोर पन्दे-नासेह[1] ज़ख़्म पर नमक छिड़का
आपसे कोई पूछे, तुमने क्या मज़ा पाया ?

दिल मेरा सोज़े-निहां[2] से बेमहाबा[3] जल गया
आतिशे-ख़ामोश[4] की मानिन्द गोया जल गया दिल
में ज़ौक़े[5] - वस्लो[6] - यादे - यार तक बाक़ी नहीं
आग इस घर को लगी ऐसी कि जो था जल गया
मैं अ़दम[7] से भी परे हूं वर्ना ग़ाफ़िल बारहा
मेरी आहे-आतशीं[8] से बोले-अ़न्क़ा[9] जल गया
अर्ज कीजे जौहरे-अन्देशा[10] की गरमी कहां !
कुछ ख़याल आया था वहशत[11] का कि सहरा जल गया
दिल नहीं, तुझको दिखाता वर्ना दाग़ों की बहार
इस चिराग़[12] का करू क्या, कारफ़र्मा[13] जल गया
मैं हूं और अफ़सुर्दगी[14] की आरज़ू 'ग़ालिब' कि दिल
देखकर तर्ज़े - तपाके[14] - अहले - दुनिया जल गया

1- उपदेशक के उपदेश के शोर 2-आंतरिक जलन 3-एकदम 4-मूक आग 5-चाह 6-मिलन 7-अस्तित्वहीनता 8-जलती हुई आह 9-अ़न्क़ा नामक पक्षी का पंख 10-चिन्तन-तत्व 11-बियाबान 12-दीपमाला 13-कार्यकर्ता 14-उदासी 15-व्यवहार का ढंग

غنچہ پھر لگا کھلنے، آج ہم نے اپنا دل
خوں کیا ہوا دیکھا، گم کیا ہوا پایا

حالِ دل نہیں معلوم لیکن اس قدر یعنی
ہم نے بار ہا ڈھونڈا تم نے بارہا پایا

شورِ پندِ ناصح نے زخم پر نمک چھڑکا
آپ سے کوئی پوچھے، تم نے کیا مزا پایا؟

دل مرا سوزِ نہاں سے بے محابا جل گیا
آتشِ خاموش کے مانند گویا جل گیا

دل میں ذوقِ وصل و یادِ یار تک باقی نہیں
آگ اس گھر میں لگی ایسی کہ جو تھا جل گیا

میں عدم سے بھی پرے ہوں ورنہ غافل! بارہا
میری آہِ آتشیں سے بالِ عنقا جل گیا

عرض کیجیے جوہرِ اندیشہ کی گرمی کہاں
کچھ خیال آیا تھا وحشت کا کہ صحرا جل گیا

دل نہیں، تجھ کو دکھاتا ورنہ داغوں کی بہار
اس چراغاں کا، کروں کیا، کار فرما جل گیا

میں ہوں اور افسردگی کی آرزو غالبؔ! کہ دل
دیکھ کر طرزِ تپاکِ اہلِ دنیا جل گیا

शौक़ हर रंग रक़ीबे[1]-सरो-सामां निकला
क़ैस तस्वीर के पर्दे में भी उरियां[2] निकला
ज़ख़्म ने दाद न दी तंगी-ए-दिल की या रब
तीर भी सीना-ए-बिस्मिल[3] से पर-अफ़शां[4] निकला
बू-ए-गुल[5], नाला-ए-दिल[6] दूदे-चिराग़े-महफ़िल[7]
जो तेरी बज़्म से निकला सो परीशां निकला
थी नौ-आमोज़[8]-फ़ना हिम्मते दुश्वार-पसन्द[9]
सख़्त मुश्किल है कि यह काम भी आसां निकला
दिल में फिर गिरियां[10] ने इक शोर उठाया 'ग़ालिब'
आह! जो क़तरा न निकला था, सो तूफ़ां निकला

धमकी में मर गया जो न बाबे-नबर्द[11] था
इश्क़े - नबर्द - पेशा तलबगारे - मर्द था
था ज़िन्दगी में मर्ग[12] का खटका लगा हुआ
उड़ने से पेशतर भी मेरा रंग ज़र्द था
तालीफ़[13] नुस्खा-हाए-वफ़ा[14] कर रहा था मैं
मजमूअ-ए-ख़याल[15] अभी फ़र्द-फ़र्द[16] था
दिल तो ज़िगर कि साहिले-दरियाए-खूं है अब
इस रहगुज़र में जल्वा-ए-गुल आगे दर्द था

1-प्रतिद्वंद्वी 2-नग्न 3-घायल की छाती 4-पंख फड़फड़ाता हुआ 5-फूल की सुगन्ध 6-दिल की आह 7-महफ़िल के चिराग़ का धुआं 8-नौसिखिया 9-कठिनाई का इच्छुक, साहसी 10-रुदन 11-युद्ध का अभ्यासी 12-मृत्यु 13-सम्पादन 14-वफ़ा की पुस्तक 15 विचार-समूह 16-बिखरा हुआ

شوق، ہر رنگ رقیبِ سروساماں نکلا
قیس تصویر کے پردے میں بھی عریاں نکلا

زخم نے داد نہ دی تنگیِ دل کی یارب!
تیر بھی سینۂ بسمل سے پر افشاں نکلا

بوے گل، نالۂ دل، دودِ چراغِ محفل

تھی نو آموز فنا، ہمتِ دشوار پسند
سخت مشکل ہے کہ، یہ کام بھی آساں نکلا

دل میں پھر گریے نے اک شور اٹھایا غالبؔ!
آہ! جو قطرہ نہ نکلا تھا، سو طوفاں نکلا

دھمکی میں مر گیا، جو نہ بابِ نبرد تھا
عشقِ نبرد پیشہ طلبگارِ مرد تھا

تھا زندگی میں مرگ کا کھٹکا لگا ہوا
اڑنے سے پیشتر بھی مرارنگ، زرد تھا

تالیفِ نسخہ ہاے وفا کر رہا تھا میں
مجموعۂ خیال ابھی فرد فرد تھا

دل تا جگر کہ ساحلِ دریاۓ خوں ہے،اب
اس رہگزر میں جلوۂ گل، آگے گرد تھا

जाती है कोई कश्मकश अन्दोहे-इश्क़[1] की
दिल भी अगर गया, तो वही दिल का दर्द था
अहबाब[2] चारा-साज़िए-वहशत[3] न कर सके
ज़िन्दां में भी ख़याल बयाबां-नवर्द[4] था
ये लाश बेकफ़न 'असदे-ख़स्ता-जां' की है
हक़ मग़फ़िरत करे अजब आज़ाद मर्द था

दहर[6] में नक़्शे-वफ़ा वजहे-तसल्ली न हुआ
है ये वो लफ़्ज़ कि शर्मिन्दा-ए-माअ़नी[7] न हुआ
सब्ज़ए-ख़त[8] से तेरा काकुले-सरकश[9] न दबा
ये ज़मुर्रद[10] भी हरीफ़े[11]-दमे-अफ़ई[12] न हुआ
मैंने चाहा था कि अन्दोहे-वफ़ा[13] से छूटूं
वो सितमगर मेरे मरने पे भी राज़ी न हुआ
दिल गुज़रगाह ख़याले-मै-ओ-साग़र ही सही
गरनफ़स[14] जादा[15]-ए-सर-मंजिले-तक़वी[16] नहुआ
हूं तेरे वादा न करने में भी राज़ी कि कभी
गोश[17] मिन्नत-कशे[18] -गुलबांगे-तसल्ली[19] न हुआ
किससे महरूमिए-क़िस्मत[20] की शिकायत कीजे
हमने चाहा था कि मर जाएं, सो वो भी न हुआ

1-प्रेम की वेदना 2-मित्र 3-उन्माद का उपचार 4-जंगल में घूमना 5-मुक्ति 6-संसार 7-सार्थक 8-चेहरे के बाल, दाढ़ी 9-शोख ज़ुल्फ़ 10-नीलम 11-विरोधी 12-सांप 13-वफ़ा का दुःख 14-सांस 15-मार्ग 16-परलोक की मंजिल 17-काल 18-कृतज्ञ 19-सांत्वना की मधुर ध्वनि 20-दुर्भाग्य

جاتی ہے کوئی کش مکش اندوہ عشق کی
دل بھی اگر گیا، تو وہی دل کا درد تھا

احباب چارہ سازیِ وحشت نہ کر سکے
زنداں میں بھی، خیال بیاباں نورد تھا

یہ لاشِ بے کفن اسدؔ خستہ جاں کی ہے
حق مغفرت کرے! عجب آزاد مرد تھا

دہر میں، نقشِ وفا وجہِ تسلی نہ ہوا
ہے یہ وہ لفظ کہ شرمندۂ معنی نہ ہوا

سبزۂ خط سے ترا کاکلِ سرکش، نہ دبا
یہ زمرد بھی، حریفِ دمِ افعی نہ ہوا

میں نے چاہا تھا کہ اندوہِ وفا سے چھوٹوں
وہ ستمگر مرے مرنے پہ بھی، راضی نہ ہوا

دل گزرگاہِ خیالِ مے وساغر ہی سہی
گرنفس جادۂ سر منزلِ تقویٰ نہ ہوا

ہوں ترے وعدہ نہ کرنے میں بھی راضی کہ کبھی
گوش منت کشِ گلبانگِ تسلی نہ ہوا

کس سے محرومیِ قسمت کی شکایت کیجیے
ہم نے چاہا تھا کہ مر جائیں، سو وہ بھی نہ ہوا

मर गया सदमा-ए[1]-यक जुम्बिशे-लब[2] से 'ग़ालिब'
नातवानी[3] से हरीफ़े[4] - दमे - ईसा[5] न हुआ

सताइश[6]-गर है ज़ाहिद[7] इस क़दर जिस बाग़े-रिज़वां[8] का
वो एक गुलदस्ता है हम बेख़ुदों[9] के ताक़े-निसियां[10] का
बयां क्या कीजिये बेदादे-काविश-हाए-मिज़गां[11] का
कि हर इक क़तरा-ए-खूं दाना है तस्बीहे-मरजां[12] का
न आई सतवते-क़ातिल[13] भी मानअ मेरे नालों को
लिया दांतों में जो तिनका हुआ रेशा नैस्तां[14] का
दिखाऊंगा तमाशा, दी अगर फ़ुर्सत ज़माने ने
मेरा हर दाग़े-दिल इक तुख़्म है सर्वे-चिराग़ां[15] का
किया आईनाख़ाने[16] का वो नक़्शा तेरे जल्वे ने
करे जो परतवे-खुर्शीदे-आलम[17] शबनमिस्तां[18] का
मेरी तामीर[19] में मुज़्मिर[20] है इक सूरत ख़राबी की
हयूला[21] बर्क़े-ख़िरमन[22] का है ख़ूने-गर्म दहक़ां का
उगा है घर में हर-सू[23] सब्ज़ा, वीरानी, तमाशा कर
मदार अब खोदने पर घास के है मेरे दरबां का

1-आघात 2-होंठ हिलना 3-दुर्बलता 4-प्रतिद्वंद्वी 5-ईसा के मन्त्र 6-प्रशंसक 7-तपस्वी 8-स्वर्ग का बाग़ 9-मस्तों 10-विस्मृति का ताक़ 11-पलकों के चुभने की पीड़ा 12-मूंगे की माला 13-हत्यारे का आतंक 14-बांस के जंगल का रेशा 15-चिराग़ों का पेड़ 16-शीशों का घर 17-दुनिया के सूरज का प्रतिबिम्ब 18-जहां ओस पड़ती हो 19-निर्माण 20-निहित 21-भौतिक तत्त्व 22-खलिहान पर गिरने वाली बिजली 23-हर तरफ़

مر گیا صدمۂ یک جنبشِ لب سے، غالب
ناتوانی سے حریف دم عیسی نہ ہوا

ستایش گر ہے زاہد، اس قدر جس باغ رضواں کا
وہ ایک گلدستہ ہے، ہم بیخودوں کے طاقِ نسیاں کا
بیاں کیا کیجیے، بیدار کاوشہاے مژگاں کا
کہ ہر یک قطرۂ خوں، دانہ ہے تسبیحِ مرجاں کا
نہ آئی سطوتِ قاتل بھی مانع، میرے نالوں کو
لیا دانتوں میں جو تنکا، ہوا ریشہ نیستاں کا
دکھاؤں گا تماشا، دی اگر فرصت زمانے نے
مرا ہر داغِ دل، اک تخم ہے سروِ چراغاں کا
کیا آئینہ خانے کا وہ نقشہ تیرے جلوے نے
کرے جو پرتوِ خرشید عالم شبنمستاں کا
مری تعمیر میں، مضمر ہے اک صورت خرابی کی
ہیولیٰ برقِ خرمن کا، ہے خونِ گرم دہقاں کا
اگا ہے گھر میں ہر سو سبزہ، ویرانی تماشا کر
مدار اب کھودنے پر گھاس کے ہے میرے درباں کا

ख़मोशी में निहा[1] खूंगश्ता[2] लाखों आरज़ूए हैं
चिराग़े-मुर्दा[3] हूं मैं बेज़ुबां गोरे-ग़रीबां[4] का
हनोज़ इक परतवे-नक़्शे-ख़याले-यार[5] बाक़ी है
दिले-अफ़सुर्दा गोया हुजरा[6] है यूसुफ़ के ज़िन्दां का
बग़ल में ग़ैर की आप आज सोए हैं कहीं, वर्ना
सबब क्या ? ख़्वाब में आकर तबस्सुम-हाए-पिनहां[7] का
नहीं मालूम किस-किसका लहू पानी हुआ होगा !
क़यामत है सरश्क-आलूदा[8] होना तेरी मिज़गां[9] का
नज़र में है हमारी जादा-ए-राहे-फ़ना[10] 'ग़ालिब'
कि ये शीराज़ा[11] है आलम के अज्जाए-परीशा[12] का

न होगा यक बयाबां मांदगी[13] से ज़ौक़ कम मेरा
हुबाबे-मौजा-ए-रफ़्तार[14] है नक़्शे-क़दम[15] मेरा
मुहब्बत थी चमन से लेकिन अब यह बेदिमाग़ी है
कि मौजे-बूए-गुल[16] से नाक में आता है दम मेरा

सरापा[17] रहने-इश्क़ो[18] नागुज़ीरे-उल्फ़ते-हस्ती[19]
इबादत[20] बर्क़[21] की करता हूं और अफ़सोस हासिल[22] का

1-निहित 2-ख़ून की हुई 3-बुझा हुआ चिराग़ 4-गरीब की क़ब्र 5-प्रेयसी के विचार-चिन्ह का प्रतिबिम्ब 6-कोठरी 7-हल्की-सी मुस्कराहट 8-आंसुओं में भीगी 9-पलकें 10-मृत्यु का मार्ग 11-बांधने की डोरी 12-बिखरे हुए कण 13-बहुत अधिक थक जाना 14-गतिमान तरंग पर बना बुलबुला 15-पद-चिन्ह 16-फूल की सुगन्ध की लहर 17-सिर से पांव तक 18-प्रेम-धरोहर 19-अवश्यम्भावी जीवन-प्रेम 20-पूजा 21-बिजली 22-खलिहान

خموشی میں نہاں، خوں گشتہ لاکھوں آرزوئیں ہیں
چراغِ مردہ ہوں، میں بے زباں، گورِ غریباں کا

ہنوز اک پرتوِ نقشِ خیالِ یار باقی ہے
دلِ افسردہ گویا حجرہ ہے یوسف کے زنداں کا

بغل میں غیر کی آج آپ سوتے ہیں کہیں، ورنہ
سبب کیا، خواب میں آکر تبسم ہائے پنہاں کا

نہیں معلوم، کس کس کا لہو پانی ہوا ہوگا
قیامت ہے سرشک آلودہ ہونا تیری مژگاں کا

نظر میں ہے ہماری جادۂ راہِ فنا، غالبؔ!
کہ یہ شیرازہ ہے عالم کے اجزائے پریشاں کا

نہ ہوگا، یک بیاباں ماندگی سے، ذوق کم میرا
حبابِ موجۂ رفتار، ہے نقشِ قدم میرا

محبت تھی چمن سے، لیکن اب یہ بے دماغی ہے
کہ موجِ بوئے گل سے، ناک میں آتا ہے دم میرا

سراپا رہنِ عشق و ناگزیرِ الفتِ ہستی
عبادت برق کی کرتا ہوں، اور افسوس حاصل کا

बक़दरे-जर्फ़[1] है साक़ी ! ख़ुमारे-तश्नाकामी[1] भी
जो तू दरिया-ए-मैं[3] है, तो मैं ख़मियाज़ा[4] हूं साहिल का

महरम[5] नहीं है तू ही नवाहाए-राज़[6] का
यां वर्ना जो हिजाब[6] है -- पर्दा है साज़ का
रंगे - शिकस्ता[8] सुबहे - बहारे - नज़ारा है
ये वक़्त है शगुफ़्तने-गुलहाए-नाज़[9] का
तू और सूए-ग़ैर[10] नज़र-हाय तेज़-तेज़
मैं और दुख तेरी मिज़-हाए-दराज़[11] का
सर्फ़ा[12] है ज़ब्ते-आह में मेरा, वगर्ना मैं
तोअंमा[13] हूं एक ही नफ़से-जां-गुदाज़[14] का
हैं बस कि जोशे-बादा से शीशे उछल रहे
हर गोशा-ए-बिसात[15] है सर शीशा-बाज़ का
काविश[16] का दिल करे है तक़ाज़ा कि है हनोज़
नाख़ुन पे क़र्ज़ उस गिरहे-नीम-बाज़[17] का
ताराज काविशे-ग़मे-हिजरां[18] हुआ 'असद'
सीना कि था दफ़ीना-ए-गुहर-हाए-राज़[19] का

1-सामर्थ्य के अनुसार 2-प्यास का ख़ुमार 3-शराब की नदी 4-अंगड़ाई, अन्त, सीमा 5-जानने वाला 6-भेद-भरी आवाज़ें 7-पर्दा 8-उड़ा हुआ रंग 9-नाज़-अदा रूपी फूलों के खिलने का 10-रक़ीब की ओर 11-लम्बी पलकें 12-लाभ 13-ग्रास 14-घातक सांस 15-शराबख़ाने का कोना 16--कुरेदना 17-अधखुली गांठ 18-विरह की पीड़ा से बरबाद 19-रहस्य के मोतियों का दबा ख़ज़ाना

بقدرِ ظرف ہے، ساقی! خمارِ تشنہ کامی بھی
جوتو دریائے مے ہے، تو میں خمیازہ ہوں ساحل کا

محرم نہیں ہے تو ہی، نواہائے راز کا
یاں ورنہ جو حجاب ہے، پردہ ہے ساز کا
رنگِ شکستہ صبحِ بہارِ نظارہ ہے
یہ وقت ہے شگفتنِ گلہائے ناز کا
تو، اور سُوئے غیر نظر ہائے تیز تیز!
میں، اور دکھ تری مژہ ہائے دراز کا!
صرفہ ہے ضبط آہ میں میرا، وگرنہ میں
طعمہ ہوں ایک ہی نفَسِ جاں گداز کا
ہیں بسکہ، جوش بادہ سے شیشے اچھل رہے
ہر گوشہ بساط، ہے سر شیشہ باز کا
کاوش کا دل کرے ہے تقاضا، کہ ہے ہنوز
ناخن پہ قرض اس گرہِ نیم باز کا
تاراجِ کاوشِ غمِ ہجراں ہوا، اسدؔ!
سینہ، کہ تھا دفینہ، گہر ہائے راز کا

बज़्मे-शाहनशाह में अशआ़र का दफ़्तर खुला
रखियो या रब ! यह दरे-ग़ञ्ज़ीनए-गौहर[1] खुला

शब[2] हुई फिर अंजुमे-रख़्शन्दा[3] का मंज़र[4] खुला
इस तकल्लुफ़ से कि गोया बुतकदे का दर खुला

गर्चे हूं दीवाना, पर क्यों दोस्त का खाऊं फ़रेब
आस्तीं में दश्ना[5] पिनहां[6] हाथ में नश्तर खुला

गो न समझूं उसकी बातें, गो न पाऊं उसका भेद
पर यह क्या कम है कि मुझसे वो परी-पैकर[7] खुला

है ख़याले-हुस्न में हुस्ने-अ़मल का-सा ख़याल
ख़ुल्द[8] का इक दर है मेरी गीर[9] के अन्दर खुला

मुंह न खुलने पर है वो आ़लम कि देखा ही नहीं
ज़ुल्फ़ से बढ़कर नक़ाब उस शोख़ के मुंह पर खुला

दर पे रहने को कहा और कह के कैसा फिर गया
जितने अर्से में मेरा लिपटा हुआ बिस्तर खुला

क्यों अंधेरी है शबे-ग़म[10]? है बलाओं[11] का नुज़ूल[12]
आज उधर ही को रहेगा दीदा-ए-अख़्तर[13] खुला

क्या रहूं ग़ुर्बत में ख़ुश? जब हो हवादिस[14] का ये हाल
नामा लाता है वतन से नामाबर[15] अक्सर खुला

उसकी उम्मत[16] में हूं मैं, मेरे रहें क्यों काम बन्द
वास्ते जिस शह के 'ग़ालिब' गुम्बदे-बे-दर[17] खुला

1-जवाहरात के कोष का द्वार 2-रात 3-चमकते हुए तारे 4-दृश्य 5-छुरी 6-छिपा हुआ 7-परी जैसे शरीर वाला, सुन्दर 8-स्वर्ग 9-क़ब्र 10-दुःख की रात 11-विपत्तियों 12-अवतरण 13-सितारों की आंख 14-दुर्घटनाओं 15-संदेशवाहक 16-अनुयायी वर्ग 17-आकाश

بزمِ شاہنشاہ میں، اشعار کا دفتر کھلا
رکھیو، یارب! یہ درِ گنجینۂ گوہر کھلا

شب ہوئی، پھر انجمِ رخشندہ کا منظر کھلا
اس تکلف سے کہ گویا بتکدے کا در کھلا

گرچہ ہوں دیوانہ، پر کیوں دوست کا کھاؤں فریب
آستیں میں دشنہ پنہاں، ہاتھ میں نشتر کھلا

گو نہ سمجھوں اس کی باتیں، گو نہ پاؤں اس کا بھید
پر یہ کیا کم ہے کہ، مجھ سے وہ پری پیکر کھلا

ہے خیالِ حسن میں حسنِ عمل کا سا خیال
خلد کا اک در ہے میری گور کے اندر کھلا

منہ نہ کھلنے پر ہے وہ عالم کہ دیکھا ہی نہیں
زلف سے بڑھ کر نقاب اس شوخ کے منہ پر کھلا

در پہ رہنے کو کہا اور کہہ کے کیسا پھر گیا
جتنے عرصے میں مرا لپٹا ہوا بستر کھلا

کیوں اندھیری ہے شبِ غم؟ ہے بلاؤں کا نزول
آج ادھر ہی کو رہیگا دیدۂ اختر کھلا؟

کیا رہوں غربت میں خوش، جب ہو حوادث کا یہ حال
نامہ لاتا ہے، وطن سے، نامہ بر اکثر کھلا

اس کی امت میں ہوں میں، میرے رہیں کیوں کام بند
واسطے جس شہ کے، غالبؔ! گنبدِ بے در کھلا

शब, कि बर्क़े सोज़ें-दिल[1] से ज़ोहरा-ए-अब्र[2]आब[3] था
शोला-ए-जव्वाला[4] हर इक हल्क़ा-ए-गिरदाब[5] था
वां करम को उज़्रे-बारिश[6] था इनागीरे-ख़िराम[7]
गिरियां[8] से यां पम्बए-बालिश[9] कफ़े-सैलाब[10] था
वां ख़ुद आराई[11] को था मोती पिरोने का ख़्याल
यां हुजूमे-अश्क[12] में तारे-निगह[13] नायाब[14] था
जल्वा-ए-गुल[15] ने किया था वां चिराग़ां आबे-जू[16]
यां रवां[17] मिज़गाने-चश्मे-तर[18] से ख़ूने-नाब[19] था
यां सरे-पुर शोर[20] बेख़्वाबी[21] से था दीवार-जू[22]
वां वो फ़र्क़े-नाज़ [23] महवे-बालिशे-कमख़्वाब[24] था
यां नफ़स करता था रौशन शम्अ-ए-बज़्मे-बेख़ुदी[25]
जल्वा-ए-गुल वां बिसाते-सोहबते-अहबाब[26]
था फ़र्श से ता-अर्श[27] वां तूफ़ां था मौजे रंग[28] का
यां ज़मीं से आस्मां तक सोख़्तन[29] का बाब[30]
था नागहां[31] इस रंग से ख़ूंनाबा[32] टपकाने लगा
दिल कि ज़ौक़े-काविशे-नाख़ुन[33] से लज़्ज़त-याब[34] था

1-दिल जलाने वाली बिजली 2-बादल का पित्ता 3-पानी 4-नाचती हुई ज्वाला 5-जल-भंवर 6-वर्षा का बहाना 7-गति की लगाम थामे हुए 8-रुदन 9-तकिये की रुई 10-पानी का झाग 11-आत्मसज्जा 12-अश्रु-समूह 13-दृष्टि का सूत्र, निगाह 14-अलभ्य 15-फूलों की छटा 16-पानी की धारा 17-बह रहा था 18-भीगी हुई आँखों की पलकें 19-शुद्ध रक्त 20-उन्मत्त सिर 21-नींद का न आना 22-दीवार ढूंढना 23-कोमल सिर 24-किमख़ाब के तकिये पर सोया हुआ 25-मस्ती की सभा की शमाअ 26-एकल मित्रों का बिछावन 27-आकाश 28-रंग की लहर 29-जलना 30-हालत 31-सहसा 32-ख़ून की बूंदें 33-नाख़ून की कुरेद का मज़ा 34-आनन्दित

شب کہ برقِ سوزِ دل سے زہرۂ ابر آب تھا
شعلۂ جوّالہ، ہر یک حلقۂ گرداب تھا

واں کرم کو، عذرِ بارش تھا عناں گیرِ خرام
گریے سے یاں، پنبۂ بالش کفِ سیلاب تھا

واں خود آرائی کو تھا موتی پرونے کا خیال
یاں ہجومِ اشک میں تارِ نگہ نایاب تھا

جلوۂ گل نے کیا تھا واں چراغاں آب جو
یاں رواں مژگانِ چشمِ تر سے خونِ ناب تھا

یاں سرِ پُرشور، بے خوابی سے تھا دیوارِ جو
واں وہ فرقِ ناز، محوِ بالشِ کمخواب تھا

یاں نفس کرتا تھا روشن شمعِ بزمِ بیخودی
جلوۂ گل واں بساطِ صحبتِ احباب تھا

فرش سے تا عرش واں طوفاں تھا موجِ رنگ کا
یاں زمیں سے آسماں تک سوختن کا باب تھا

ناگہاں اس رنگ سے خونابہ ٹپکانے لگا
دل کہ ذوقِ کاوشِ ناخن سے لذت یاب تھا

नाला-ए-दिल[1] में शब अन्दाज़े-असर नायाब था
था सिपन्दे[2]-बज़्मे-वस्ले-ग़ैर[3], गो बेताब था !
मक़दमे-सैलाब[4] से दिल क्या निशात-आहंग[5] है !
ख़ाना-ए-आशिक़[6] मगर साज़े-सदाए-आब[7] था
नाज़िशे-अय्यामे ख़ाकस्तर-नशीनी[8] क्या कहूं !
पहलुए - अन्देशा[9] वक़्फ़े - बिस्तरे - संजाब[10]
था कुछ न की अपने जुनूने-नारसा ने, वर्ना यां
ज़र्रा - ज़र्रा रूकशे - ख़ुर्शदे - आलम - तान[11] था
आज क्यों परवा नहीं अपने असीरों[12] की तझे ?
कल तलक तेरा भी दिल मेहरो-वफ़ा[13] का बाब[14] था
याद कर वो दिन कि हर इक हल्क़ा तेरे दाम[15]
का इन्तज़ारे-सैद[16] में इक दीदा-ए-बेख़्वाब[17]
था मैंने रोका रात 'ग़ालिब' को वगर्ना देखते
उसके सैले-गिरियां[18] में गर्दूं[19] कफ़े-सैलाब[20] था

एक-एक क़तरे का मुझे देना पड़ा हिसाब
ख़ूने-जिगर, वदीअ़ते-मिज़गाने-यार था

1-दिल की आह 2-एक पौधे का छोटा-सा काला दाना, जो आग में गिरकर आवाज़ देता है 3-प्रतिद्वन्द्वी की मिलन-सभा 4-बाढ़ का स्वागत 5-आनन्दित 6-प्रेमी का घर 7-पानी का बाजा 8-धरती पर बैठ कर बिताए दिनों का गर्व 9-चिंतन की गोद 10-मखमल पर विश्राम कर रहा था 11-सूरज से ईर्ष्या करने वाला 12-क़ैदियों 13-प्रेम 14-स्रोत 15-जाल 16-शिकार की प्रतीक्षा 17-उनींदे नेत्र 18-आंसुओं की बाढ़ 19-आसमान 20-बाढ़ की झाग 21-प्रेयसी के पलकों की घरोहर

نالۂ دل میں شب اندازِ اثر نایاب تھا
تھا سپندِ بزمِ وصلِ غیر، گو بیتاب تھا

مقدمِ سیلاب سے دل کیا نشاط آہنگ ہے!
خانۂ عاشق مگر سازِ صدائے آب تھا

نازشِ ایامِ خاکستر نشینی، کیا کہوں
پہلوئے اندیشہ، وقفِ بسترِ سنجاب تھا

کچھ نہ کی اپنے جنونِ نارسانے، ورنہ یاں
ذرہ ذرہ روکشِ خرشیدِ عالم تاب تھا

آج کیوں پروا نہیں اپنے اسیروں کی تجھے؟
کل تلک تیرا بھی دل مہر و وفا کا باب تھا

یاد کرو وہ دن کہ ہر یک حلقہ تیرے دام کا
انتظارِ صید میں اک دیدۂ بیخواب تھا

میں نے روکا رات غالبؔ کو، وگرنہ دیکھتے
اس کے سیلِ گریہ میں، گردوں کفِ سیلاب تھا

ایک ایک قطرے کا مجھے دینا پڑا حساب
خونِ جگر، ودیعتِ مژگانِ یار تھا

अब मैं हूँ और मातमें-यक-शहरे-आरज़ू[1]
तोड़ा जो तूने आईना तिमसाल-दार[2] था
गलियों में मेरी नाश को खींचे फिरो कि मैं
जां - दादा - ए - हवा - ए - सरे - रहगुज़ार[4] था
मौजे-सराब-दश्ते-वफ़ा[5] का न पूछ हाल
है ज़र्रा मिस्ले-जौहरे, तेग़ आबदार[6] था कम
जानते थे हम भी ग़मे-इश्क़ को पर अब
देखा तो कम हुए पे ग़मे-रोज़गार[7] था

बस कि दुश्वार है हर काम का आसां होना
आदमी को भी मयस्सर नहीं इंसां होना
गिरियां[8] चाहे है ख़राबी मेरे काशाने[9] की
दरो-दीवार से टपके है बयाबां होना
वाए दीवानगी-ए-शौक़ कि हरदम मुझको
आप जाना उधर और आप ही हैरां होना
जल्वा अज-बस कि[10] तक़ाज़ा-ए-निगह करता है
जौहरे-आईना[11] भी चाहे है मिज़गां होना
इशरते-क़त्ल-गहे-अहले-तमन्ना[12] मत पूछ
ईदे-नज़्ज़ारा है शमशीर का उरियां[13] होना

1- अभिलाषाओं रूपी महल के उजड़ जाने का शोक 2-चित्रमय 3-शव 4-गली-गली घूमने-फिरने की अभिलाषा का मारा हुआ 5-वफ़ा के मरुस्थल की मरीचिका 6-तलवार के पानी के सदृश चमकदार 7-संसार-सम्बन्धी ग़म 8-रुदन 9-घर 10-अतिशय 11- आईने का पानी 12- चाहने वालों के वध-स्थल का ऐश्वर्य 13-म्यान से बाहर, नंगा

اب میں ہوں، اور ماتمِ یک شہرِ آرزو -
توڑا جو تو نے آینہ، تمثال دار تھا
گلیوں میں میری نعش کو کھینچے پھرو کہ میں
جاں دادۂ ہوائے سرِ رہگزار تھا
موجِ سرابِ دشتِ وفا کا نہ پوچھ حال
ہر ذرہ مثلِ جوہرِ تیغ آبدار تھا
کم جانتے تھے ہم بھی غمِ عشق کو، پر اب
دیکھا، تو کم ہوئے پہ غمِ روزگار تھا

بسکو دشوار ہے ہر کام کا آساں ہونا
آدمی کو بھی میسر نہیں انساں ہونا
گریہ چاہے ہے خرابی مرے کاشانے کی
درودیوار سے ٹپکے ہے بیاباں ہونا
وائے دیوانگیِ شوق، کہ ہر دم مجھ کو
آپ جانا اُدھر، اور آپ ہی حیران ہونا
جلوہ از بسکہ تقاضائے نگہ کرتا ہے
جوہرِ آینہ بھی چاہے ہے مژگاں ہونا
عشرتِ قتل گہِ اہلِ تمنا مت پوچھ
عیدِ نظارہ ہے شمشیر کا عریاں ہونا

ले गये ख़ाक में हम दाग़े-तमन्ना-ए-निशात[1]
तू हो और आप बसद-रंग[2] गुलिस्तां होना

इशरते - पारा - ए - दिल[3] ज़ख़्मे - तमन्ना[4] खाना
लज़्ज़ते - रीशे - जिग़र[5] ग़र्के - नमकदा[6] होना

की मेरे क़त्ल के बाद उसने जफ़ा से तौबा
हाय उस ज़ूद-पशेमां[7] का पशेमां होना

हैफ़[8] उस चार गिरह कपड़े की क़िस्मत 'ग़ालिब'
जिसकी क़िस्मत में हो आशिक़ का गिरेबां होना

दोस्त ग़मख्वारी में मेरी सअ़ई[9] फ़रमायेंगे क्या
ज़ख़्म के भरने तलक नाख़ुन न बढ़ आयेंगे क्या

बे-नियाज़ी[10] हद से गुज़री, बन्दा-परवर कब तलक
हम कहेंगे हाले-दिल; और आप फ़रमायेंगे, 'क्या?'

हज़रते-नासेह गर आएं, दीदा-ओ-दिल फ़र्शे-राह
कोई मुझको यह तो समझा दो कि समझायेंगे क्या

आज वां तेग़ो-कफ़न बांधे हुए जाता हूं मैं
उज़ मेरे कत्ल करने में वो अब लायेंगे क्या

गर किया नासेह ने हमको क़ैद अच्छा ! यूं सही
ये जुनूने-इश्क़ के अन्दाज़ छुट जायेंगे क्या

खाना-ज़ादे-ज़ुल्फ़[11] हैं ज़ंजीर से भागेंगे क्यों
हैं गिरफ़्तारे-वफ़ा ज़िन्दा[12] से घबरायेंगे क्या

1-उल्लास की अभिलाषा का दाग़ 2-सैंकड़ों रंगों में 3-दिल के टुकड़ों का आनन्द 4 -इच्छा का घाव 5 -जिगर के घाव का आनन्द 6-नमकदान में डूबना 7 - शीघ्र लज्जित होने वाला 8-अफ़सोस 9-यत्न (सहायता) 10-उदासीनता, उपेक्षा 11-ज़ुल्फ़ों के क़ैदी 12-कारागार

لے گئے خاک میں ہم داغِ تمنائے نشاط
تو ہو اور آپ بہ صد رنگِ گلستاں ہونا

عشرتِ پارۂ دل، زخمِ تمنا کھانا
لذتِ ریشِ جگر، غرقِ نمکداں ہونا

کی مرے قتل کے بعد اس نے جفا سے توبہ
ہائے، اس زود پشیماں کا پشیماں ہونا!

حیف، اس چار گرہ کپڑے کی قسمت غالبؔ!
جس کی قسمت میں ہو عاشق کا گریباں ہونا

دوست غمخواری میں میری، سعی فرماوینگے کیا
زخم کے بھرتے تلک ناخن نہ بڑھ جاوینگے کیا

بے نیازی حد سے گزری، بندہ پرور! کب تلک
ہم کہینگے حالِ دل اور آپ فرماوینگے کیا؟

حضرتِ ناصح گر آویں، دیدہ و دل فرشِ راہ
کوئی مجھ کو یہ تو سمجھا دو کہ سمجھاوینگے کیا

آج واں تیغ و کفن باندھے ہوئے جاتا ہوں میں
عذر میرے قتل کرنے میں وہ اب لاوینگے کیا؟

گر کیا ناصح نے ہم کو قید، اچھا، یوں سہی
یہ جنونِ عشق کے انداز چھٹ جاوینگے کیا؟

خانہ زادِ زلف ہیں، زنجیر سے بھاگیں گے کیوں
ہیں گرفتارِ وفا، زنداں سے گھبراوینگے کیا!

है अब इस माअ़मूरा[1] में क़हते-गमे-उल्फ़त[2] 'असद'
हमने ये माना कि दिल्ली में रहें, खायेंगे क्या

ये न थी हमारी क़िस्मत कि विसाले-यार[3] होता
अगर और जीते रहते यही इन्तज़ार होता
तेरे वादे पर जिये हम तो यह जान झूठ जाना
कि खुशी से मर न जाते अगर एतबार होता
तेरी नाज़ुकी[4] से जाना कि बंधा था अ़हद[5] बोदा
कभी तू न तोड़ सकता अगर उस्तुवार[6] होता
कोई मेरे दिल से पूछे तेरे तीरे-नीमकश[7] को
ये ख़लिश[8] कहां से होती जो ज़िगर के पार होता
ये कहां की दोस्ती है कि बने हैं दोस्त नासेह
कोई चारासाज़[9] होता, कोई ग़मगुसार[10] होता
रगे-संग[11] से टपकता वो लहू कि फिर न थमता
जिसे ग़ुम समझ रहे हो ये अगर शरार[12] होता
ग़म अगरचे जां-गुसिल[13] है, पै कहां बचें कि दिल है
ग़मे-इश्क़ गर न होता, ग़ुमे-रोज़गार होता
कहूं किससे मैं कि क्या है, शबे-ग़म[14] बुरी बला है
मुझे क्या बुरा था मरना ? अगर एक बार होता
हुए मर के हम जो रुस्वा, हुए क्यों न गर्क़े-दरिया
न कभी जनाज़ा उठता, न कहीं मज़ार होता

1-नगर 2-प्रेम के दुःखों का अकाल 3-मिल-मिलन 4-कोमलता 5-प्रतिज्ञा 6-दृढ़ 7-आधा खींचा हुआ तीर 8-चुभन, पीड़ा 9-उपचारक 10-सहानुभूतिकर्ता 11-पत्थर की नस 12-चिंगारी 13-प्राणघातक 14-विषाद् की रात्रि

ہے اب اس معمورہ میں قحطِ غمِ الفت، اسدؔ!
ہم نے یہ مانا کہ دلی میں رہیں، کھاوینگے کیا؟

یہ نہ تھی ہماری قسمت کہ وصالِ یار ہوتا
اگر اور جیتے رہتے، یہی انتظار ہوتا
ترے وعدہ پہ جیے ہم، تو یہ جان جھوٹ جانا
کہ خوشی سے مر نہ جاتے، اگر اعتبار ہوتا
تری نازکی سے جانا کہ بندھا تھا عہد بودا
کبھی تو نہ توڑ سکتا، اگر استوار ہوتا
کوئی میرے دل سے پوچھے ترے تیرِ نیم کش کو
یہ خلش کہاں سے ہوتی، جو جگر کے پار ہوتا
یہ کہاں کی دوستی ہے کہ، بنے ہیں دوست، ناصح
کوئی چارہ ساز ہوتا، کوئی غمگسار ہوتا
رگِ سنگ سے ٹپکتا وہ لہو کہ، پھر نہ تھمتا
جسے غم سمجھ رہے ہو، یہ اگر شرار ہوتا
غم اگرچہ جاں گسل ہے، پہ کہاں بچیں کہ دل ہے
غمِ عشق گر نہ ہوتا، غمِ روزگار ہوتا
کہوں کس سے میں کہ کیا ہے شبِ غم بری بلا ہے
مجھے کیا برا تھا مرنا، اگر ایک بار ہوتا
ہوئے مر کے ہم جو رسوا، ہوئے کیوں نہ غرقِ دریا
نہ کبھی جنازہ اٹھتا، نہ کہیں مزار ہوتا

उसे कौन देख सकता, कि यग़ाना[1] है वो यकता[2]
जो दुई की बू भी होती, तो कहीं दोचार होता
ये मसाइले-तसव्वुफ़[3], ये तेरा बयान 'ग़ालिब'!
तुझे हम वली[4] समझते जो न बादाख़्वार[5] होता

हवस को है निशाते-कार[6] क्या-क्या
न हो मरना तो जीने का मज़ा क्या
तजाहुल-पेशगी[7] से मुद्दआ[8] क्या
कहां तक ऐ सरापा-नाज़[9] क्या-क्या
नवाज़िश-हाए-बेजा[10] देखता हूं
शिकायत-हाए-रंगीं का गिला क्या
निगाहे-बेमुहाबा[11] चाहता हूं
तग़ाफ़ुल-हाए-तम्कीं-आज़मा[12] क्या
फ़रोग़े -शोला-ए-ख़स[13] यक-नफ़स है
हवस को पासे-नामूसे-वफ़ा[14] क्या
नफ़स मौजे-मुहीते-बेख़ुदी[15] है
तग़ाफ़ुल-हाए-साक़ी[16] का गिला क्या
दिमाग़े - इत्रे - पैराहन नहीं है
ग़मे - आवारगी - हाए - सबा[17] क्या

1, 2-अद्वितीय 3-आध्यात्मिकता की समस्याएं 4-औलिया 5-शराबी 6-काम करने की उमंग 7-जान-बूझकर अनजान बनना 8- अभिप्राय 9-जो सिर से पैर तक नखरों से पूर्ण हो, नखरे का प्रतीक 10-अनुचित कृपा 11-निस्संकोच दृष्टि 12-संतोष की परीक्षा लेनेवाली उपेक्षा 13-तिनके की आग का प्रकाश 14- प्रेम-प्रतिष्ठा का आदर 15-मस्ती के समुद्र की तरंग 16-साक़ी की उपेक्षा 17-प्रभात-समीर की आवारगी का दुःख

اسے کون دیکھ سکتا کہ یگانہ ہے وہ یکتا
جو دوئی کی بُو بھی ہوتی تو کہیں دوچار ہوتا
یہ مسائلِ تصوف، یہ ترا بیان، غالبؔ!
تجھے ہم ولی سمجھتے، جو نہ بادہ خوار ہوتا

ہوس کو ہے نشاطِ کار کیا کیا!
نہ ہو مرنا تو جینے کا مزا کیا!
تجاہل پیشگی سے مدّعا کیا؟
کہاں تک اے سراپا ناز کیا، کیا
نوازش ہائے بیجا دیکھتا ہوں
شکایت ہائے رنگیں کا گِلا کیا!
نگاہِ بے محابا چاہتا ہوں
تغافل ہائے تمکیں آزما کیا
فروغِ شعلۂ خس، یک نفس ہے
ہوس کو پاسِ ناموسِ وفا کیا!
نفس، موجِ محیطِ بیخودی ہے
تغافل ہائے ساقی کا گِلا کیا
دماغِ عطرِ پیراہن نہیں ہے
غمِ آوارگی ہائے صبا کیا

दिले-हर-क़तरा है साज़े-अनल-बह्र[1]
हम उसके हैं हमारा पूछना क्या
मुहाबा[2] क्या है मैं ज़ामिन इधर देख
शहादाने-निगह[3] का खूं बहा[4] क्या
सुन ऐ गारतगरे-जिन्से-वफ़ा[5] सुन
शिकस्ते-क़ीमते-दिल[6] की सदा क्या
किया किसने ज़िगरदारी[7] का दावा
शिकेबे-ख़ातिरे-आशिक़[8] भला क्या
ये क़ातिल वादा-ए-सब-आज़मा[9] क्यों
ये क़ाफिर फ़ित्ना-ए-ताक़तरुबा[10] क्या
बलाए-जां[11] है 'ग़ालिब' उसकी हर बात
इबारत[12] क्या, इशारत[13] क्या, अदा क्या

दरख़ुरे-क़हरो-ग़जब[14] जब कोई हम सा न हुआ
फिर ग़लत क्या है कि हम सा कोई पैदा न हुआ
बन्दगी में भी वह आज़ाद-ओ-ख़ुदबी[15] है कि हम
उल्टे फिर आयें दरे-काबा अगर वा[16] न हुआ
सबको मक़बूल[17] है दावा तेरी यकताई[18] का
रूबरू[19] कोई बुते - आईना - सीमा[20] न हुआ

1-'मैं समुद्र हूं' 2-शील 3-निगाह के मारे हुए 4-ख़ून की क़ीमत 5-प्रेम-रूपी धन का लुटेरा 6-दिल की क़ीमत का टूटना 7-सहनशीलता 8-प्रेमी का संतोष 9-संतोष की परीक्षा लेने वाला वचन 10-शक्ति चुराने वाला फ़ितना 11-जान के लिए मुसीबत 12-लिखावट 13-संकेत 14-क्रोध और अत्याचार का पात्र 15-स्वच्छन्द और अभिमानी 16-खुला 17-प्रिय, स्वीकार 18-अद्वितीयता 19-सामने 20-आईने के सदृश चमकने वाला

دل ہر قطرہ ہے سازِ انا البحر
ہم اس کے ہیں، ہمارا پوچھنا کیا
محابا کیا ہے، میں ضامن، ادھر دیکھ
شہیدانِ نگہ کا خوں بہا کیا!
سن اے غارتگرِ جنسِ وفا! سن
شکستِ قیمتِ دل کی صدا کیا
کیا کس نے جگر داری کا دعویٰ؟
شکیبِ خاطرِ عاشق بھلا کیا
یہ، قاتل، وعدۂ صبر آزما کیوں؟
یہ، کافر، فتنۂ طاقت رُبا کیا!
بلائے جاں ہے غالبؔ اس کی ہر بات
عبارت کیا، اشارت کیا، ادا کیا

درخورِ قہر وغضب، جب کوئی ہم سا نہ ہوا
پھر غلط کیا ہے کہ ہم سا کوئی پیدا نہ ہوا
بندگی میں بھی وہ آزادہ وخودبیں ہیں کہ ہم
الٹے پھر آئے، درِکعبہ اگر وا نہ ہوا
سب کو مقبول ہے دعویٰ تری یکتائی کا
روبرو کوئی بتِ آئینہ سیما نہ ہوا

कम नहीं, नाज़िशे-हमनामी-ए-चश्मे-ख़ूबां[1]
तेरा बीमार, बुरा क्या है, गर अच्छा न हुआ
सीने का दाग़ है वो नाला[2] कि लब तक न गया
ख़ाक का रिज़्क[3] है वो क़तरा जो दरिया न हुआ
नाम का मेरे है वो दुःख कि किसी को न मिला
काम में मेरे है वो फ़ितना कि बरपा न हुआ
हर बुने-मू[4] से दमे-ज़िक्र न टपके ख़ूनाब[5]
हम्ज़ा का क़िस्सा हुआ, इश्क़ का चर्चा न हुआ
क़तरा में दजला दिखाई न दे और जुज़्व[6] में कुल[7]
खेल लड़कों का हुआ, दीदा-ए-बीना[8] न हुआ
थी ख़बर गर्म कि 'ग़ालिब' के उड़ेगे पुर्ज़े
देखने हम भी गये थे, पै तमाशा न हुआ

पए-नज़्रे-करम तोहफ़ा है शर्मे-ना-रसाई[10] का
ब-ख़ूं-ग़ल्तीदा-ए-सद-रंग[11] दावा पारसाई का
न हो हुस्ने-तमाशा दोस्त रुस्वा बेवफ़ाई का
बमुहरे-सद-नज़र साबित है दावा पारसाई[12] का
ज़काते-हुस्न[13] दे ऐ जल्वा-ए-बीनिश[14] कि मेहर-आसा[15]
चिराग़-ख़ाना-ए-दरवेश[16] हो कासाः गदाई[17] का

1-प्रेयसियों की आंख के समान होने का गर्व 2-रुदन 3-खुराक 4-बाल की जड़ 5-शुद्ध रक्त 6-अंश 7-पूर्ण 8-देखने वाली आंखें 9-कृपालु (ख़ुदा) के लिए भेंट 10-पास न पहुंचने की लज्जा 11-सौ तरह ख़ून में लिथड़ा हुआ 12-पवित्रता 13-सौन्दर्य का दान 14-आंखों की ज्योति 15-सूर्य के सदृश 16-भिखारी के घर का चिराग़ 17-भिक्षा-पात्र

کم نہیں نازشِ ہمنامیِ چشمِ خوباں
تیرا بیمار، برا کیا ہے، گر اچھا نہ ہوا

سینے کا داغ ہے،وہ نالہ کہ لب تک نہ گیا
خاک کا رزق ہے ،وہ قطرہ کہ دریا نہ ہوا

نام کا میرے ہے، جو دکھ کہ کسی کو نہ ملا
کام میں میرے ہے، جو فتنہ کہ برپا نہ ہوا

ہر بُنِ موسے دمِ ذکر نہ ٹپکے خوناب
حمزہ کا قصہ ہوا، عشق کا چرچا نہ ہوا

قطرے میں دجلہ دکھائی نہ دے،اور جزو میں کل!
کھیل لڑکوں کا ہوا، دیدۂ بینا نہ ہوا

تھی خبر گرم کہ غالبؔ کے اڑینگے پرزے
دیکھنے ہم بھی گئے تھے، پہ تماشا نہ ہوا

پئے نذرِ کرم، تحفہ ہے شرمِ نارسائی کا
بخوں غلتیدۂ صدرنگ دعوٰی پارسائی کا

نہ ہو حسنِ تماشا دوست رسوا بیوفائی کا
بہ مُہرِ صد نظر ثابت ہے دعوٰی پارسائی کا

زکات حسن دے، اے جلوۂ بینش! کہ مہر آسا
چراغِ خانۂ درویش ہو، کاسہ گدائی کا

न मारा जानकर बेजुर्म क़ातिल तेरी गर्दन पर
रहा मानिन्दे-ख़ूने-बेगुनाह हक़ आशनाई का
तमन्ना-ए-ज़बां[1] महवे-सिपासे-बे-ज़बानी[2] है
मिटा जिससे तक़ाज़ा शिकवा-ए-बे-दस्तो-पाई[3] का
वही इक बात है जो यां नफ़स, वां नकहते-गुल[4] है
चमन का जल्वा बाइस है मेरी रंगीं-नवाई[6] का
दहाने - हर - बुते - पैग़ारा - जू[7] ज़ंजीरे - रुस्वाई
अ़दम[8] तक बेवफ़ा ! चर्चा है तेरी बेवफ़ाई का
न दे नामे [9]को इतना तूल 'ग़ालिब' मुख़्तसर लिख दे
कि हसरत-संज[10] हूं अर्ज़े-सितम-हाए-जुदाई[11] का

गर न अन्दोहे-शबे-फ़ुरक़त बयां हो जायगा
बे-तकल्लुफ़ दाग़े-मह[12] मोहरे-दहां[13] हो जायगा
ज़हरा[14] गर ऐसा ही शामे-हिज्र[15] में होता है आब
परतवे-महताब[16] सैले-ख़ानमा[17] हो जायगा
ले तो लूं सोते में उसके पांव का बोसा, मगर
ऐसी बातों से वो काफ़िर बदगुमां हो जायगा
दिल को हम सर्फ़े-वफ़ा[18] समझे थे क्या मालूम
था यानी यह पहले ही नज़्रे-इम्तिहा[19] हो जायगा

1-बोलने की तमन्ना 2-मौन की प्रशंसा में लीन 3-मजबूरी की शिकायत 4-फूल की खुशबू 5-कारण 6-मधुर ध्वनि 7-हर लड़ाकू प्रेयसी का मुंह 8-परलोक 9-ख़त 10-इच्छुक 11-वियोग की रात्रि की शिकायत 12-चांद का दाग़ 13-मुंह पर मुहर 14-पित्ता 15-विरह की शाम 16-चांद का प्रकाश (चांदनी) 17-घर की बाढ़ 18-प्रेम के लिए अर्पित 19-परीक्षा की भेंट

نہ مارا جان کر بے جرم، غافل، تیری گردن پر
رہا مانندِ خونِ بے گنہ، حق آشنائی کا

تمنائے زباں محوِ سپاسِ بے زبانی ہے
مٹا جس سے تقاضا شکوۂ بے دست و پائی کا

وہی اک بات ہے، جو یاں نفس، واں نکہتِ گل ہے
چمن کا جلوہ، باعث ہے مری رنگیں نوائی کا

دہانِ ہر بتِ پیغارہ جو زنجیرِ رسوائی
عدم تک بیوفا! چرچا ہے تیری بیوفائی کا

نہ دے نامے کو اتنا طول، غالبؔ! مختصر لکھ دے
کہ حسرت سنج ہوں، عرضِ ستم ہائے جدائی کا

گر نہ اندوہ شب فرقت بیاں ہو جائیگا
بے تکلف داغِ مہ، مُہر دہاں ہو جائیگا

زہرہ گر ایسا ہی شامِ ہجر میں ہوتا ہے آب
پرتوِ مہتاب، سیلِ خانماں ہو جائیگا

لے تو لوں سوتے میں اس کے پانو کا بوسہ مگر
ایسی باتوں سے وہ کافر بدگماں ہو جائیگا

دل کو ہم صرفِ وفا سمجھے تھے، کیا معلوم تھا
یعنی یہ پہلے ہی نذرِ امتحاں ہو جائیگا

सबके दिल में है जगह तेरी, जो तू राज़ी हुआ
मुझ पे गोया इक ज़माना मेहरबां हो जायगा
गर निगाहे-गर्म[1] फ़रमाती रही तालीमे-ज़ब्त[2]
शोला ख़स[3] में जैसे, ख़ूं रग में निहां हो जायगा
बाग़ में मुझको न ले जा, वर्ना मेरे हाल पर
हर गुले-तर एक चश्मे-ख़ूंफ़िशां[4] हो जायगा
वाए गर मेरा-तेरा इन्साफ़ महशर में न हो
अब तलक तो यह तवक़्क़ो है कि वां हो जायगा
फ़ायदा क्या ! सोच, आख़िर तू भी दाना है 'असद'
दोस्ती नादां की है, जी का ज़ियां[5] हो जायगा

दर्द मिन्नत-कशे-दवा[6] न हुआ
मैं न अच्छा हुआ, बुरा न हुआ
जमा करते हो क्यों रक़ीबों का?
इक तमाशा हुआ गिला न हुआ
हम कहां क़िस्मत आज़माने जाएं ?
तू ही जब ख़ंजर-आज़मा[7] न हुआ
कितने शीरीं हैं तेरे लब! कि रक़ीब
गालियां खाके बे-मज़ा न हुआ है
ख़बर गर्म उनके आने की
आज ही घर में बोरिया न हुआ

1-रोष की दृष्टि 2-संयम की शिक्षा 3-घास 4-ख़ून के आंसू बरसाती हुई आंख 5-हानि 6-दवा का आभारी 7-ख़ंजर चलानेवाला

سب کے دل میں ہے جگہ تیری، جو تو راضی ہوا
مجھ پہ، گویا اک زمانہ مہرباں ہو جائیگا

گر نگاہِ گرم فرماتی رہی تعلیمِ ضبط
شعلہ خس میں، جیسے خوں رگ میں نہاں ہو جائیگا

باغ میں مجھ کو نہ لے جا، ورنہ میرے حال پر
ہر گلِ تر، ایک چشمِ خوں فشاں ہو جائیگا

وائے! گر میرا ترا انصاف محشر میں نہ ہو
اب تلک تو یہ توقع ہے کہ واں ہو جائیگا

فائدہ کیا، سوچ، آخر تو بھی دانا ہے اسد
دوستی ناداں کی ہے، جی کا زیاں ہو جائیگا

درد منت کشِ دوا نہ ہوا
میں نہ اچھا ہوا، برا نہ ہوا

جمع کرتے ہو کیوں رقیبوں کو
اک تماشا ہوا، گلا نہ ہوا

ہم کہاں قسمت آزمانے جائیں
تو ہی جب خنجر آزما نہ ہوا

کتنے شیریں ہیں تیرے لب کہ رقیب
گالیاں کھاکے بے مزا نہ ہوا

ہے خبر گرم ان کے آنے کی
آج ہی گھر میں بوریا نہ ہوا

क्या वो नमरूद[1] की ख़ुदाई थी
बन्दगी[2] में मेरा भला न हुआ
जान दी, दी हुई उसी की थी
हक़ तो ये है कि हक़ अदा न हुआ
ज़ख़्म गर दब गया, लहू न थमा
काम गर रुक गया रवां न हुआ
रहज़नी[3] है कि दिल-सितानी[4] है?
लेके दिल दिलसितां[5] रवा[6] न हुआ
कुछ तो पढ़िये कि लोग कहते हैं
"आज 'ग़ालिब' ग़ज़लसरा[7] न हुआ"

गिला है शौक़ को दिल में भी तंगी-ए-जा[8] का
गुहर[9] में महू[10] हुआ इज्तराब[11] दरिया का
ये जानता हूं कि तू और पासुख़े-मकतूब[12]
मगर सितमज़दा हूं ज़ौक़े-ख़ामा-फ़र्सा[13] का
हिनाए-पाए-ख़िज़ां[14] है बहार अगर हैं यही
दवाम[15] कुल्फ़ते-ख़ातिर[16] है ऐश दुनिया का
ग़मे-फ़िराक़ में तकलीफ़-सैरे-बाग़ न दो
मुझे दिमाग़ नहीं ख़न्दा हाए-बेजा[17] का

1-एक प्राचीन बादशाह जो अपने-आपको ख़ुदा कहता था 2-पूजा, आराधना 3-डाकाज़नी 4-दिल चुराना 5-प्रेयसी 6-राज़ी 7-ग़ज़ल सुनानेवाला 8-स्थानाभाव 9-मोती 10-लीन 11-विकलता 12-पत्रोत्तर 13-लिखने का शौक़ 14-खिज़ां की मेहंदी 15-नित्यता 16-मन का क्लेश 17-अनुचित मुस्कान

کیا وہ نمرود کی خدائی تھی؟
بندگی میں مرا بھلا نہ ہوا
جان دی، دی ہوئی اسی کی تھی
حق تو یوں ہے کہ حق ادا نہ ہوا
زخم گر دب گیا، لہو نہ تھما
کام گر رک گیا، روا نہ ہوا
رہزنی ہے کہ دلستانی ہے؟
لے کے دل دلستاں روانہ ہوا
کچھ تو پڑھیے، کہ لوگ کہتے ہیں
''آج غالبؔ غزل سرا نہ ہوا''

گلہ ہے، شوق کو، دل میں بھی تنگیِ جا کا
گہر میں محو ہوا اضطراب دریا کا
یہ جانتا ہوں کہ تو، اور پاسخِ مکتوب!
مگر ستم زدہ ہوں ذوقِ خامہ فرسا کا
حنائے پائے خزاں ہے، بہار اگر ہے یہی
دوامِ کلفتِ خاطر ہے، عیش دنیا کا
غمِ فراق میں، تکلیفِ سیرِ باغ نہ دو
مجھے دماغ نہیں خندہ ہائے بیجا کا

हनोज़[1] महरमी-ए-हुस्न[2] को तरसता हूं
करे है हर बुने-मू[3] काम चश्मे-बीना[4] का
दिल उसको पहले ही नाज़ो-अदा से दे बैठे
हमें दिमाग़ कहां हुस्न के तक़ाज़ा का
न कह कि गिरिया[5], बमिक़दारे-हसरते-दिल[6]
है मेरी निगाह में है जमओं-ख़र्च दरिया का
फ़लक को देखके करता हूं उसको याद 'असर'
जफ़ा में उसकी है अन्दाज़ कारफर्मा का

क़तरा-ए-मै[7] बस कि हैरत से नफ़स-परवर[7] हुआ
खत्ते जामे-मै[9] सरासर रिश्ता-ए-गौहर[10]
हुआ एतिबारे-इश्क़ की ख़ाना-खराबी देखना
ग़ैर ने की आह, लेकिन वो ख़फ़ा मुझ पर हुआ

जब ब-तक़रीबे-सफ़र[11] यार ने महमिल[12] बांधा
तपिशे-शौक़[13] ने हर जरें पे इक दिल बांधा
अहले-बीनिश[14] ने ब-हैरतकदा-ए-शोख़ी-ए-
नाज़[15] जौहरे-आईना[16] को तूती-ए-बिस्मिल[17] बांधा

1-अभी तक 2-सौंदर्य का परिचय 3-रोम-कूप 4-देखने वाली आंख 5-रुदन 6-दिल की हसरत के अनुपात से 7-शराब की बूंद 8-जीवन बढ़ानेवाला 9-शराब के प्याले की रेखा 10-मोती की लड़ी 11-यात्रा के लिए 12-ऊंट की काठी 13-आकांक्षा की गरमी 14-आत्मज्ञानी 15-सौंदर्य की चंचलता से विस्मित 16-आईने का पानी 17-घायल पक्षी

ہنوز محرمیِ حسن کو ترستا ہوں
کرے ہے ہر بُنِ مو، کام چشمِ بینا کا

دل اس کو پہلے ہی ناز و ادا سے دے بیٹھے
ہمیں دماغ کہاں حسن کے تقاضا کا!

نہ کہہ کہ گریہ بہ مقدارِ حسرتِ دل ہے
مری نگاہ میں ہے جمع وخرج دریا کا

فلک کو دیکھ کے کرتا ہوں اس کو یاد، اسدؔ!
جفا میں اس کی، ہے انداز کارفرما کا

قطرۂ مے، بسکہ حیرت سے نفس پرور ہوا
خطِّ جامِ مے، سراسر رشتۂ گوہر ہوا

اعتبارِ عشق کی خانہ خرابی دیکھنا
غیر نے کی آہ! لیکن وہ خفا مجھ پر ہوا

جب بہ تقریب سفر یار نے محمل باندھا
تپشِ شوق نے ہر ذرّے پہ اک دل باندھا

اہلِ بینش نے بہ حیرتکدۂ شوخیِ ناز
جوہرِ آینہ کو طوطیِ بسمل باندھا

यासो-उम्मीद[1] ने यक अ़रबदा[2] मैदां मांगा
इज़्ज़े-हिम्मत[3] ने तिलिस्मे-दिले-साइल[4] बांधा
न बंधे तिश्नगी-ए-शौक़[5] के मज़मू 'ग़ालिब'
गर्चे दिल खोल के दरिया को भी साहिल बांधा

मैं और बज़्मे-मै[6] से यूं तश्नाकाम[7] आऊं!
गर मैंने की थी तौबा साक़ी को क्या हुआ था?
है एक तीर जिसमें दोनों छिदे पड़े हैं
वो दिन गए कि अपने दिल से जिगर जुदा था।
दरमान्दगी[8] में 'ग़ालिब' कुछ बन पड़े तो जानूं
जब रिश्ता बेगिरह था नाख़ून गिरह-कुशा[9] था

घर हमारा जो न रोते भी तो वीरां[10] होता
बह्र[11] गर बह्र न होता, तो बयाबां होता
तंगी-ए-दिल का गिला क्या ये वो क़ाफ़िर दिल है
कि अगर तंग न होता तो परोशां होता
बादे-यक-उम्र-वरअ[12] बार[13] तो देता बारे[14]
काश, रिज़्वां[15] ही दरे-यार का दरबां होता

1-निराशा और आशा 2-लड़ाई लड़ने योग्य (बड़ा) मैदान 3-साहस की विनम्रता 4-भिखारी के दिल का जादू 5-अभिलाषा की प्यास 6-शराब की महफ़िल 7-प्यासा 8-दुःख 9-गांठ खोलनेवाला 10-बरबाद 11-समुद्र 12-जीवन-भर के संयम के बाद 13-प्रवेश-आज्ञा 14-अवश्य 15-स्वर्ग का दरबान

یاس وامید نے یک عربدہ میداں مانگا
عجزِ ہمت نے طلسمِ دلِ سائل باندھا
نہ بندھے تشنگیِ شوق کے مضموں، غالب!
گرچہ دل کھول کے دریا کو بھی ساحل باندھا

میں، اور بزمِ مے سے یوں تشنہ کام آؤں!
گر میں نے کی تھی توبہ، ساقی کو کیا ہوا تھا؟
ہے ایک تیر جس میں دونوں چھدے پڑے ہیں
وہ دن گئے کہ اپنا دل سے جگر جدا تھا
درماندگی میں، غالب! کچھ بن پڑے تو جانوں
جب رشتہ بے گرہ تھا، ناخن گرہ کشا تھا

گھر ہمارا، جو نہ روتے بھی تو ویراں ہوتا
بحر گر بحر نہ ہوتا، تو بیاباں ہوتا
تنگیِ دل کا گلہ کیا، یہ وہ کافر دل ہے
کہ اگر تنگ نہ ہوتا، تو پریشاں ہوتا
بعد یک عمرِ ورع، بار تو دیتا بارے
کاش رضواں ہی درِیار کا درباں ہوتا!

न था कुछ तो ख़ुदा था, कुछ न होता तो ख़ुदा होता
डुबोया मुझको होने ने, न होता मैं तो क्या होता!
हुआ जब ग़म से यूं बेहिस[1] तो ग़म क्या सर के कटने का?
न होता गर जुदा तन से तो ज़ानूं[2] पर धरा होता
हुई मुद्दत कि 'ग़ालिब' मर गया पर याद आता है
वो हर इक बात पर कहना, कि यों होता तो क्या होता?

यक ज़र्रा-ए-ज़मीं नहीं बेकार बाग़ का
यां जादा[3] भी फ़तीला[4] है लाले[5] के दाग़ का
बे-मै किसे है ताक़ते-आशोबे-आगही[6]
खींचा है इज़्ज़े-हौसला[7] ने ख़त अयाग़[8] का
बुलबुल के कारोबार पे ख़न्दा-हाए-गुल[9]
कहते हैं जिसको इश्क़ ख़लल है दिमाग़ का
ताज़ा नहीं है। नशा-ए-फिक्रे-सुख़न[10] मझे
तिरयाकिए-क़दीम[11] हूं दूदे-चिराग़[12] का
सौ बार बन्दे-इश्क़[13] से आज़ाद हम हुए पर
क्या करें कि दिल ही अदू[14] है फिराग़[15] का
बे-ख़ूने-दिल है चश्म में मौजे-निगह[16] ग़ुबार[17]
ये मैकदा ख़राब है। मै के सुराग़ का

1-स्तब्ध 2-घुटना 3-मार्ग 4-बत्ती 5-एक प्रकार का फूल 6-चिन्ताओं द्वारा उत्पन्न अशान्ति को सहने की शक्ति 7-साहस की विनम्रता 8-प्याला 9-फूल की हंसी 10-काव्य-रचना का नशा 11-पुराना अफ़ीमची 12-चिराग़ का धुआं 13-इश्क़ के बन्धन 14-दुश्मन 15-अवकाश, सुख 16-निगाह की लहर 17-मिट्टी ।

نہ تھا کچھ، تو خدا تھا، کچھ نہ ہوتا، تو خدا ہوتا
ڈبویا مجھ کو ہونے نے، نہ ہوتا میں تو کیا ہوتا!

ہوا جب غم سے یوں بےحس، تو غم کیا سر کے کٹنے کا
نہ ہوتا گر جدا تن سے، تو زانو پر دھرا ہوتا

ہوئی مدت کہ غالبؔ مر گیا، پر یاد آتا ہے
وہ ہر یک بات پر کہنا کہ یوں ہوتا تو کیا ہوتا؟

یک ذرّۂ زمیں، نہیں بیکار باغ کا
یاں جادہ بھی، فتیلہ ہے لالے کے داغ کا

بے مے، کسے ہے طاقتِ آشوبِ آگہی
کھینچا ہے عجزِ حوصلہ نے خطِ ایاغ کا

بلبل کے کاروبار پہ، ہیں خندہ ہائے گل
کہتے ہیں جس کو عشق خلل ہے دماغ کا

تازہ نہیں ہے نشۂ فکرِ سخن مجھے
تریاکیِ قدیم ہوں دودِ چراغ کا

سو بار بندِ عشق سے آزاد ہم ہوئے
پر کیا کریں کہ دل ہی عدو ہے فراغ کا

بے خونِ دل، ہے چشم میں موجِ نگہ غبار
یہ میکدہ خراب ہے مے کے سراغ کا

बाग़े-शगुफ़्ता[1] तेरा बिसाते-निशाते-दिल[2]
अब्रे-बहार[3] ख़ुमकदा[4] किसके दिमाग़ का

वो मेरी चीने-जबीं[5] से ग़ुमे-पिनहां[6] समझा
राज़े-मकतूबब[6]-बेरब्ती-ए-उन्वां[8] समझा
यक अलिफ़ बेश[9] नहीं सैक़ले-आईना[10] हनोज़
चाक करता हूं मैं जब से कि गिरेबां समझा
शरहे-असबाब-गिरफ़तारी-ए-ख़ातिर[11] मत पूछ
इस क़दर तंग हुआ दिल कि मैं ज़िन्दां समझा
बदगुमानी[12] ने न चाहा उसे सरगर्मे-ख़िराम[13]
रुख़ पे हर-क़तरा-ए-अर्क़[14]-दीदा-ए-हैरां[15] समझा
इज़्ज़ से अपने ये जाना कि वो बदख़ू[16] होगा
नब्ज़े-ख़स[17] से तपिशे-शोला-ए-सोज़ा[18] समझा
सफ़रे-इश्क़[19] में की ज़ोफ़[20] ने राहत-तलबी[21]
हर क़दम साये को मैं अपने शबिस्तां[22] समझा
था गुरेज़ा[23] मिज़ए-यार[28] से दिल ता-दमे-मर्ग[25]
दफ़अ-ए-पैकाने-क़ज़ा[26] इस क़दर आसां समझा

1-खिला हुआ बाग़ 2-दिल की खुशी की बिसात 3-बसन्त का बादल 4-मधुशाला 5-माथे की शिकन 6-भीतरी ग़म 7-पत्र का रहस्य 8-शीर्षक की असंगति 9-अधिक 10-आईने की क़लई 11-मन की व्याकुलता के कारणों की व्याख्या 12-सन्देह 13-गतिमान 14-पसीने की बूंद 15-विस्मित नेत्र 16-अशिष्ट 17-फूस की नाड़ी 18-प्रज्वलित आग की तपन 19-प्रेम-यात्रा 20-दुर्बलता 21-विश्राम की इच्छा 22-शयन-ग्रह 23-क़तराता 24-प्रेयसी की पलक 25-मरने तक 26-मृत्यु के तीर से बचाव

باغِ شگفتہ تیرا بساطِ نشاطِ دل
ابرِ بہار، خم کدہ کس کے دماغ کا!

وہ مری چینِ جبیں سے غمِ پنہاں سمجھا
رازِ مکتوب بہ بے ربطیِ عنواں سمجھا
یک الف بیش نہیں صیقلِ آئینہ ہنوز
چاک کرتا ہوں، میں جب سے کہ گریباں سمجھا
شرح اسبابِ گرفتاریِ خاطر مت پوچھ
اس قدر تنگ ہوا دل کہ میں زنداں سمجھا
بدگمانی نے نہ چاہا اسے سرگرمِ خرام
رخ پہ ہر قطرہ عرق، دیدۂ حیراں سمجھا
عجز سے اپنے یہ جانا کہ وہ بدخو ہوگا
نبضِ خس سے تپشِ شعلۂ سوزاں سمجھا
سفرِ عشق میں کی ضعف نے راحت طلبی
ہر قدم سایے کو میں اپنے شبستاں سمجھا
تھا گریزاں مژۂ یار سے دل، تا دمِ مرگ
دفعِ پیکانِ قضا اس قدر آساں سمجھا

दिल दिया जान के क्यों उसको वफ़ादार 'असद'
ग़लती की कि जो क़ाफ़िर को मुसलमां समझा

फिर मुझे दीदा-ए-तर[1] याद आया
दिल जिगर तश्ना-ए-फ़रियाद[2] आया
दम लिया था न क्यामत ने हनोज़
फिर तेरा वक़्ते-सफ़र याद आया
सादगी - हाए - तमन्ना, यानी
फिर वो नैरंगे-नज़र[3] याद आया
उज़्रे-वामान्दगी[4] ऐ हसरते-दिल
नाला करता था जिगर याद आया
ज़िन्दगी यों भी गुज़र ही जाती
क्यों तेरा राहगुज़र याद आया
क्या ही रिज़वां[5] से लड़ाई होगी
घर तेरा ख़ुल्द[6] में गर याद आया
आह वो जुरअते-फ़रियाद कहां
दिल से तंग आके जिगर याद आया
फिर तेरे कूचे को जाता है ख़याल
दिले-गुमगश्ता[7] मगर याद आया
कोई वीरानी-सी वीरानी है!
दश्त[8] को देख के घर याद आया

1-भीगी हुई आंख 2-आर्तनाद का प्यासा 3-दृष्टि का सौन्दर्य 4-थकन का बहाना 5-स्वर्ग का दरबान 6-स्वर्ग 7-खोया हुआ दिल 8-जंगल

دل دیا جان کے کیوں اس کو وفادار اسدؔ!
غلطی کی کہ جو کافر کو مسلماں سمجھا

پھر مجھے دیدۂ تر یاد آیا
دل، جگر تشنۂ فریاد آیا
دم لیا تھا نہ قیامت نے ہنوز
پھر ترا وقتِ سفر یاد آیا
سادگی ہائے تمنا، یعنی
پھر وہ نیرنگِ نظر یاد آیا
عذرِ واماندگی، اے حسرتِ دل!
نالہ کرتا تھا، جگر یاد آیا
زندگی یوں بھی گزر ہی جاتی
کیوں ترا راہگزر یاد آیا
کیا ہی رضواں سے لڑائی ہوئی
گھر ترا خلد میں گر یاد آیا
آہ، وہ جرأتِ فریاد کہاں
دل سے تنگ آ کے جگر یاد آیا
پھر ترے کوچے کو جاتا ہے خیال
دلِ گم گشتہ مگر یاد آیا
کوئی ویرانی سی ویرانی ہے!
دشت کو دیکھ کے گھر یاد آیا

मैंने मजनूं पे लड़कपन में 'असद'
संग[1] उठाया था कि सर याद आया

हुई ताख़ीर[2] तो कुछ बाइसे–ताख़ीर भी था
आप आते थे, मगर कोई इनांगीर[3] भी था
तुम से बेजा है मुझे अपनी तबाही का गिला
इसमें कुछ शाइबा-ए-ख़ूबी-ए-तक़दीर[4] भी था
तू मुझे भूल गया हो, तो पता बतला दूं
कभी फ़ितराक[5] में तेरे कोई नख़चीर[6] भी था
क़ैद में थी तेरे वहशी को वही ज़ुल्फ़ की याद
हां कुछ इक रंजे-गिरांबारि-ए-ज़ंजीर[7] भी था
बिजली इक कौंद गई आंखों के आगे तो क्या
बात करते कि मैं लब-तिश्ना-ए- तक़रीर[8] भी था
यूसुफ़ उसको कहूं, और कुछ न कहे, ख़ैर हुई
गर बिगड़ बैठे तो मैं लायक़े-ताज़ीर[9] भी था
देखकर ग़ैर को हो क्यों न कलेजा ठंडा
नाला करता था वले, तालिबे-तासीर[10] भी था
पेशे में ऐब नहीं, रखिए न फ़रहाद को नाम
हम ही आशुफ़्ता-सरों[11] में वो जवां-मीर भी था
हम थे मरने को खड़े, पास न आया न सही
आख़िर उस शोख़ के तरकश में कोई तीर भी था

1-एक पत्थर 2-ढेर 3-रास्ता रोकनेवाला 4-सौभाग्य की झलक 5-शिकारी का थैला 6-शिकार 7-बेड़ी के बोझ का रंज 8-भाषण सुनने के लिए उत्सुक 9-दण्ड का भागी 10-प्रभाव चाहने वाला 11-सौदाई

میں نے مجنوں پہ لڑکپن میں، اسدؔ!
سنگ اٹھایا تھا، کہ سر یاد آیا

ہوئی تاخیر تو کچھ باعثِ تاخیر بھی تھا!
آپ آتے تھے مگر کوئی عناں گیر بھی تھا!
تم سے بیجا ہے مجھے اپنی تباہی کا گلہ
اس میں کچھ شائبۂ خوبیٔ تقدیر بھی تھا
تو مجھے بھول گیا ہو تو پتا بتلا دوں
کبھی فتراک میں تیرے کوئی نخچیر بھی تھا؟
قید میں ہے ترے وحشی کو، وہی زلف کی یاد
ہاں کچھ اک رنجِ گراں باریٔ زنجیر بھی تھا
بجلی اک کوند گئی آنکھوں کے آگے، تو کیا!
بات کرتے، کہ میں لب تشنۂ تقریر بھی تھا
یوسف اس کو کہوں، اور کچھ نہ کہے، خیر ہوئی
گر بگڑ بیٹھے، تو میں لائقِ تعذیر بھی تھا
دیکھ کر غیر کو، ہو کیوں نہ کلیجا ٹھنڈا
نالہ کرتا تھا، ولے طالبِ تاثیر بھی تھا
پیشے میں عیب نہیں، رکھیے نہ فرہاد کو نام
ہم ہی آشفتہ سروں میں وہ جواں میر بھی تھا
ہم تھے مرنے کو کھڑے، پاس نہ آیا، نہ سہی
آخر اس شوخ کے ترکش میں کوئی تیر بھی تھا!

पकड़े जाते हैं फ़रिश्तों के लिखे पर नाहक़
आदमी कोई हमारा दमें-तहरीर भी था
रेख़ती के तुम्हीं उस्ताद नहीं हो 'ग़ालिब'
कहते हैं अगले ज़माने में कोई 'मीर' भी था

लबे-ख़ुश्क, दर-तश्नगी मुर्दगां[1] का
ज़ियारतकदा[2] हूं दिल-आज़ुर्दगां[3] का
हमा[4] नाउमीदी[5] हमा बदगुमानी[6]
मैं दिल हूं फ़रेबे-वफ़ा-ख़ुर्दगां[7] का

तू दोस्त किसी का भी सितमगर न हुआ था
औरों पे है वो ज़ुल्म कि मुझ पर न हुआ था
छोड़ा महे-नख़शब की तरह दस्ते-कज़ा[9] ने
ख़ुर्शीद[10] हनोज़ उसके बराबर न हुआ था
तौफ़ीक़[11] बअन्दाज़ा-ए-हिम्मत[12] है अज़ल[13] से
आंखों में है वो क़तरा कि गौहर न हुआ था
जब तक कि न देखा था क़दे-यार का आलम
मैं मोअतक़िदे-फ़ित्ना-ए-महशर[14] न हुआ था
मैं सादा-दिल, आज़ुर्दगी-ए-यार[15] से ख़ुश हूं
यानी सबक़े-शौक़[16] मुक़र्रर न हुआ था

1-मुर्दों 2-तीर्थस्थान 3-परेशान, पीड़ित 4-पूर्ण 5-निराशा 6-पूर्ण सन्देह 7-प्रेम का धोखा खाए हुए 8-कृत्रिम चांद 9-मृत्यु का हाथ 10-सूरज 11-सामर्थ्य 12-साहस के अनुरूप 13-सृष्टि का आरम्भ 14-क़यामत को फ़ितना माननेवाला 15-यार की उदासी 16-प्रेम का पाठ

پکڑے جاتے ہیں فرشتوں کے لکھے پہ ناحق
آدمی کوئی ہمارا دمِ تحریر بھی تھا؟
ریختے کے تمھیں استاد نہیں ہو، غالبؔ!
کہتے ہیں اگلے زمانے میں کوئی میرؔ بھی تھا

لب خشک در تشنگی مردگاں کا
زیارت کدہ ہوں دل آزردگاں کا
ہمہ ناامیدی، ہمہ بدگمانی
میں دل ہوں فریب وفا خوردگاں کا

تو دوست کسی کا بھی، ستمگر! نہ ہوا تھا
اوروں پہ ہے وہ ظلم کہ مجھ پر نہ ہوا تھا
چھوڑا مہِ نخشب کی طرح دستِ قضا نے
خرشید ہنوز اس کے برابر نہ ہوا تھا
توفیق باندازۂ ہمت ہے ازل سے
آنکھوں میں ہے وہ قطرہ کہ گوہر نہ ہوا تھا
جب تک کہ نہ دیکھا تھا قدِ یار کا عالم
میں معتقدِ فتنۂ محشر نہ ہوا تھا
میں سادہ دل آزردگیِ یار سے خوش ہوں
یعنی سبقِ شوق مکرر نہ ہوا تھا

दरिया-ए-मआसी[1] तंग-आबी[2] से हुआ ख़ुश्क
मेरा सरे-दामन[3] भी अभी तर न हुआ था
जारी थी 'असद' दाग़े-जिगर से मेरे तहसील[4]
आतिशकदा जागीरे-समन्दर न हुआ था

शब कि वो मजलिस-फ़रोज़े-ख़िल्वते-नामूस[5] था
रिश्ता-ए-हर-शम्अ[6] ख़ारे-किस्वते-फ़ानूस[7] था
मशहदे-आशिक़[8] से कोसों तक जो उगती है हिना
किस क़दर या रब! हलाके-हसरते-पाबोस[9] था
हासिले-उल्फ़त न देखा जुज़[10] शिकस्ते-आरज़ू[11]
दिल-बदिल-पैवस्ता[12] गोया इक लबे-अफ़सोस था
क्या कहूं बीमारी-ए-ग़म की फ़रागत[13] का बयां!
जो कि खाया ख़ूने-दिल बेमिन्नते-कैमूस[14] था

आईना देख अपना सा मुंह लेके रह गए
साहब को दिल न देने पे कितना ग़ुरूर था
क़ासिद की अपने हाथ से गर्दन न मारिए
उसकी ख़ता नहीं है ये मेरा क़ुसूर था

1-पाप की नदी 2-पानी की कमी 3-दामन का सिरा 4-प्राप्ति 5-एकांत-सभा की प्रतिष्ठा बढ़ानेवाला 6-हर एक शमअ़ का धागा 7-फ़ानूस के लिबास का कांटा 8-प्रेमी के शहीद होने का स्थान 9-पांव चूमने की हसरत का मारा हुआ 10-सिवाय 11-अभिलाषा की पराजय 12-दिल से मिला हुआ दिल 13-विश्राम, आराम 14-सहज पचने वाला

دریائے معاصی تنک آبی سے ہوا خشک
میرا سرِ دامن بھی ابھی تر نہ ہوا تھا
جاری تھی، اسدؔ! داغِ جگر سے مری تحصیل
آتشکدہ، جاگیرِ سمندر نہ ہوا تھا

شب کہ وہ مجلس فروزِ خلوتِ ناموس تھا
رشتۂ ہر شمع، خارِ کسوتِ فانوس تھا
مشہدِ عاشق سے کوسوں تک جو اُگتی ہے حنا
کس قدر، یارب! ہلاکِ حسرتِ پابوس تھا
حاصلِ الفت نہ دیکھا، جز شکستِ آرزو
دل بہ دل پیوستہ، گویا یک لبِ افسوس تھا
کیا کہوں، بیماریِ غم کی فراغت کا بیاں
جو کہ کھایا خونِ دل، بے منتِ کیموس تھا

آئینہ دیکھ، اپنا سا منھ لے کے رہ گئے
صاحب کو دل نہ دینے پہ کتنا غرور تھا!
قاصد کو اپنے ہاتھ سے گردن نہ ماریے
اس کی خطا نہیں ہے، یہ میرا قصور تھا

अर्ज़े-नियाज़े-इश्क़[1] के क़ाबिल नहीं रहा
जिस दिल पे नाज़ था मुझे, वो दिल नहीं रहा
जाता हूं दाग़े-हसरते-हस्ती लिए हुए
हूं शम्अ-कुश्ता[2] दरख़ुरे-महफ़िल[3] नहीं रहा
मरने की ऐ दिल और ही तदबीर कर कि मैं
शायाने-दस्तो-बाज़ु-ए-क़ातिल[4] नहीं रहा
बररूए-शश-जिहत[5] दरे-आईना[6] बाज़[7] है
यां इम्तियाज़े-नाक़िसो-क़ामिल[8] नहीं रहा
वा[9] कर दिए हैं शौक़ ने बन्दे-नक़ाबे-हुस्न
गर-अज़-निगाह[10] अब कोई हाइल[11] नहीं रहा
गो मैं रहा रहीने-सितम-हाए-रोज़गार[12]
लेकिन तेरे ख़याल से ग़ाफ़िल[13] नहीं रहा
दिल से हवा-ए-किश्ते-वफ़ा[14] मिट गई, कि वां
हासिल, सिवाए-हसरते-हासिल[15], नहीं रहा
बेदादे-इश्क़[16] से नहीं डरता मगर 'असद'
जिस दिल पे नाज़ था मुझे, वो दिल नहीं रहा

रश्क़ कहता है कि उसका ग़ैर से इख़लास[17], हैफ़[18] !
अक़्ल कहती है कि वो बेमेह[19] किसका आशना[20] ?

1-प्रेम-याचना 2-बुझा हुआ चिराग़ 3-महफ़िल के योग्य 4-हत्यारे (प्रिय) द्वारा मरने योग्य 5-छ: दिशाओं में 6-आईने का दरवाज़ा 7-खुला 8-सदोष और निर्दोष का भेद 9-खोल 10-निगाह के अतिरिक्त 11-बाधक 12-संसार के अत्याचारों से पीड़ित 13-उदासीन 14-वफ़ा की खेती लगाने की आशा 15-प्राप्ति की इच्छा के अतिरिक्त 16-प्रेम के अत्याचार 17-मुहब्बत 18-खेद 19-निष्ठुर 20-मित्र

عرضِ نیازِ عشق کے قابل نہیں رہا
جس دل پہ ناز تھا مجھے، وہ دل نہیں رہا
جاتا ہوں داغِ حسرتِ ہستی لیے ہوئے
ہوں شمعِ کشتہ، درخورِ محفل نہیں رہا
مرنے کی، اے دل! اور ہی تدبیر کر کہ میں
شایانِ دست و بازوے قاتل نہیں رہا
بر رُوے شش جہت درِ آیینہ باز ہے
یاں امتیازِ ناقص و کامل نہیں رہا

وا کر دیے ہیں شوق نے بندِ نقابِ حسن
غیر از نگاہ، اب کوئی حائل نہیں رہا
گو میں رہا رہینِ ستم‌ہاے روزگار
لیکن ترے خیال سے غافل نہیں رہا
دل سے ہواے کشتِ وفا مٹ گئی کہ واں
حاصل، سواے حسرتِ حاصل نہیں رہا
بیدادِ عشق سے نہیں ڈرتا مگر، اسدؔ!
جس دل پہ ناز تھا مجھے، وہ دل نہیں رہا

رشک کہتا ہے کہ، اس کا غیر سے اخلاص حیف!
عقل کہتی ہے کہ ’وہ بے مہر کس کا آشنا!

ज़र्रा-ज़र्रा साग़रे-मैख़ाना-ए-नैरंग[1] हैं
गर्दिशे-मजनू, ब-चश्मक-हाए-लैला[2] आशना
शौक़ है सामां-तराज़े-नाज़िशे अरबाबे-इज़्ज़[3]
ज़र्रा सहरा-दस्तगाह-ओ क़तरा-दरिया-आशना[4]
मैं और इक आफ़त का टुकड़ा वह दिले-वहशी, कि है
आफ़ियत[5] का दुश्मन और आवारगी का आशना
शिकवा-संजे-रश्के-हम-दीगर[6] न रहना चाहिए
मेरा ज़ानू[7] मूनिस[8] और आईना तेरा आशना
रब्ते-यक-शीराज़ा-ए-वहशत[9] हैं अज़्ज़ाए-बहार[10]
सब्ज़ा बेगाना, सबा आवारा, गुल ना-आशना
कोहकन नक़्क़ाशे-यक तिम्साले[11] - शीरीं था, 'असद'
संग से सर मारकर होवे न पैदा आशना

ज़िक्र उस परीवश[12] का और फिर बयां अपना
बन गया रक़ीब आख़िर, था जो राज़दां[13] अपना
मै वो क्यों बहुत पीते बज़्मे-ग़ैर[14] में, यारब
आज ही हुआ मंज़ूर उनको इम्तहां अपना

1-दुनिया की मधुशाला का प्याला 2-लैला की आंखों के संकेत 3-विनम्र लोगों के गर्व की सामग्री जुटाने वाला 4-प्रत्येक कण मरुस्थल की विशालता लिए हुए है और प्रत्येक बूंद सागर की विशालता 5-कुशलता 6-एक-दूसरे की ईर्ष्या के कारण शिकायत करने वाले 7-घुटना 8-हमदर्द 9-उन्माद के संग्रह का सूत्र 10-बसंत के तत्त्व 11-चित्र 12-परी जैसे चेहरे वाला 13-भेदी, मित्र 14-रक़ीब की महफ़िल

ذرہ ذرہ ساغرِ میخانۂ نیرنگ ہے
گردشِ مجنوں بہ چشمک ہائے لیلا آشنا

شوق، ہے ساماں طرازِ نازشِ اربابِ عجز
ذرّہ صحرا دست گاہ و قطرہ دریا آشنا

میں، اور ایک آفت کا ٹکڑا وہ دلِ وحشی کہ، ہے
عافیت کا دشمن اور آوارگی کا آشنا

شکوہ سنجِ رشکِ ہم دیگر نہ رہنا چاہیے
میرا زانو مونس اور آئینہ تیرا آشنا

ربطِ یک شیرازۂ وحشت ہیں اجزائے بہار
سبزہ بیگانہ، صبا آوارا، گل نا آشنا

کوہکن نقاشِ یک تمثالِ شیریں تھا، اسد!
سنگ سے سر مار کر، ہووے نہ پیدا آشنا

ذکر اس پری وش کا، اور پھر بیاں اپنا
بن گیا رقیب آخر، تھا جو رازداں اپنا

مے وہ کیوں بہت پیتے بزمِ غیر میں، یارب!
آج ہی ہوا منظور ان کو امتحان اپنا

मंज़र[1] इक बुलन्दी पर और हम बना सकते
अर्श[2] से उधर होता काश कि मकां अपना
दे वो जिस क़दर ज़िल्लत हम हंसी में टालेंगे
बारे आशना निकला, उनका पासबां[3] अपना
दर्दे-दिल लिखूं कब तक, जाऊं उनको दिखला दूं
उंगलियां फ़िगार[4] अपनी, खांमा[5] ख़ूंचकों[6] अपना
घिसते-घिसते मिट जाता आपने अ़बस[7] बदला
नंगे-सिजदा से[8] मेरे संगे-आस्तां[9] अपना
ता करे न गंम्माज़ी[10], कर लिया है दुश्मन को
दोस्त की शिकायत में हमने हमज़बां अपना
हम कहां के दाना थे, किस हुनर में यकता[11] थे
बेसबब हुआ 'ग़ालिब', दुश्मन अस्मां अपना

सुरमा-ए-हफ़्ते-नज़र[12] हूं, मेरी क़ीमत ये है
कि रहे चश्मे-ख़रीदार[13] पे एहसां अपना
रुख़सते-नाला[14] मुझे दे कि मुबादा[15] ज़ालिम
तेरे चेहरे से हो ज़ाहिर ग़मे-पिनहां[16] अपना

ग़ाफ़िल[17] ब-वहमे-नाज़[18] ख़ुद-आरा है वर्ना यां
बे-शाना-ए-सबा[19] नहीं तुर्रा गयाह[20] का

1-दृश्य 2-आकाश 3-चौकीदार 4-घायल 5-क़लम 6-जिससे रक्त टपक रहा हो 7-व्यर्थ 8-माथा टेकने से पड़े हुए दाग़ों से 9-दहलीज़ का पत्थर 10- चुग़ली 11-अद्वितीय 12-सात चीज़ें (सब कुछ) देखने वाला सुरमा 13-ख़रीदार की आंख 14-रोने की अनुमति 15-ऐसा न हो 16-छिपा हुआ दुःख 17-बेखबर 18-अदा के भ्रम में 19-हवा की कंघी के बग़ैर 20-घास

منظر اک بلندی پر اور' ہم بنا سکتے
عرش سے ادھر ہوتا' کاش کے مکاں اپنا!

دے وہ جس قدر ذلت' ہم ہنسی میں ٹالینگے
بارے آشنا نکلا' ان کا پاسباں' اپنا

دردِ دل لکھوں کب تک' جاؤں ان کو دکھلا دوں
انگلیاں فگار اپنی، خامہ خونچکاں اپنا

گھستے گھستے مٹ جاتا، آپ نے عبث بدلا
ننگِ سجدہ سے میرے سنگِ آستاں اپنا

تا کرے نہ غمازی، کر لیا ہے دشمن کو
دوست کی شکایت میں ہم نے ہمزباں اپنا

ہم کہاں کے دانا تھے، کس ہنر میں یکتا تھے
بے سبب ہوا' غالبؔ! دشمن آسماں اپنا

سرمۂ مفتِ نظر ہوں، مری قیمت یہ ہے
کہ رہے چشمِ خریدار پہ احساں میرا

رخصتِ نالہ مجھے دے کہ مبادا ظالم!
تیرے چہرے سے ہو ظاہر غمِ پنہاں میرا

غافل' بہ وہم ناز' خود آرا ہے' ورنہ یاں
بے شانۂ صبا نہیں طرّہ گیاہ کا

बज़्मे-क़दह[1] से ऐशे-तमन्ना[2] न रख, कि रंग
सैदे-ज़िदाम-जस्ता[3] है इस दामगाह[4] का
रहमत[5] अगर क़ुबूल करे क्या बईद[6] है
शर्मिन्दगी से उज्र न करना गुनाह का
मक़्तल[7] को किस निशात[8] से जाता हूं मैं कि है
पुर-गुल[9] ख़याले-ज़ख़्म[10] से दामन निगाह का
जां[11] दर-हवाए-यक-निगहे-गर्म[12] है 'असद'
परवाना है वकील तेरे दाद-ख़्वाह[13] का

जौर[14] से बाज़ आये पर बाज़ आयें क्या
कहते हैं, हम तुमको मुंह दिखलायें क्या
रात-दिन गर्दिश में हैं सात आस्मां
हो रहेगा कुछ-न-कुछ घबरायें क्या
लाग[15] हो तो उसको हम समझें लगाव
जब न हो कुछ भी, तो धोका खायें क्या
हो लिये क्यों नामाबर[16] के साथ-साथ
या रब ! अपने ख़त को हम पहुंचायें क्या
मोजे-ख़ूं[17] सर से गुज़र ही क्यों न जाय
आस्ताने-यार[18] से उठ जायें क्या

1-शराब की महफ़िल 2-विलास की चाह 3-जाल से छूटा हुआ शिकारी 4-जाल लगाने का स्थान 5-ख़ुदा 6-दूर 7-वध का स्थान 8-ख़ुशी 9-फूलों से भरा 10-घाव की कल्पना 11-प्राण 12-प्रेम-दृष्टि रूपी हवा 13-न्याय मांगने वाला 14-अत्याचार 15-शत्रुता 16-संदेशवाहक 17-ख़ून की तरंग 18-यार की चौखट

بزمِ قدح سے عیش تمنا نہ رکھ کہ رنگ
صید زدام جستہ ہے اس دامگاہ کا

رحمت اگر قبول کرے، کیا بعید ہے
شرمندگی سے عذر نہ کرنا گناہ کا

مقتل کو کس نشاط سے جاتا ہوں میں کہ ہے
پُر گل خیالِ زخم سے دامن نگاہ کا

جاں در ہوائے یک نگہِ گرم ہے، اسدؔ
پروانہ، ہے وکیل ترے داد خواہ کا

جور سے باز آئے، پر باز آئیں کیا!
کہتے ہیں، ہم تجھ کو منھ دکھلائیں کیا!

رات دن گردش میں ہیں، سات آسماں
ہو رہیگا کچھ نہ کچھ، گھبرائیں کیا!

لاگ ہو، تو اس کو ہم سمجھیں لگاؤ
جب نہ ہو کچھ بھی، تو دھوکا کھائیں کیا!

ہولیے کیوں نامہ بر کے ساتھ ساتھ
یارب! اپنے خط کو ہم پہنچائیں کیا!

موجِ خوں سر سے گزر ہی کیوں نہ جائے
آستانِ یار سے اٹھ جائیں کیا!

उम्र भर देखा किये मरने की राह
मर गये पर देखिये दिखलायें क्या
पूछते हैं वो कि 'ग़ालिब' कौन है
कोई बतलाओ कि हम बतलायें क्या

लताफ़त[1] बे-कसाफ़त[2] जल्वा पैदा कर नहीं सकता
चमन ज़ंगार[3] है आईना-ए-बादे-बहारी[4] का
हरीफ़े-जोशिशे-दूरिया[5] नहीं ख़ुद्दारी-ए-साहिल[6]
जहां साक़ी हो तू बातिल[6] है दावा होशियारी का

इशरते-क़तरा[8] है दरिया में फ़ना[9] हो जाना
दर्द का हद से गुज़रना है दवा हो जाना
तुझसे क़िस्मत में मेरी सूरते-कुफ़्ल- अबजद[10]
था लिखा बात के बनते ही जुदा हो जाना
दिल हुआ कश्मकशे-चारा-ए-ज़हमत[11] में तमाम
मिट गया घिसने में इस उक़्दा[12] का वा हो जाना[13]
अब जफ़ा से भी हैं महरूम[14] हम, अल्लाह-अल्लाह !
इस क़दर दुश्मने-अरबाबे-वफ़ा[15] हो जाना
ज़ोफ़[16] से गिरियां[17] मुबद्दल[18] वे-दमे-सर्द[19] हुआ
बावर[20] आया हमें पानी का हवा हो जाना

1-सूक्ष्मता 2-मलिनता के बिना 3-जंग 4-वसंत-वायु का आईना 5-समुद्र के ज्वार को रोकने वाला 6-तट का आत्माभिमान 7-मिथ्या 8-बूंद का ऐश्वर्य 9-विलीन 10-अबजद, ताले के सदृश 11-दु:ख के उपचार की चेष्टा 12-गांठ 13-खुलना 14-वंचित 15-चाहने वालों को शत्रु 16-निर्बलता 17-रुदन 18-परिणत 19-ठंडी आह 20-विश्वास

عمر بھر دیکھا کیا مرنے کی راہ
مر گئے پر، دیکھیے دکھلائیں کیا!
پوچھتے ہیں وہ کہ، غالبؔ کون ہے؟
کوئی بتلاؤ کہ ہم بتلائیں کیا!

لطافت بے کثافت 'جلوہ پیدا کر نہیں سکتی
چمن 'زنگار ہے آینۂ بادِ بہاری کا
حریفِ جوششِ دریا' نہیں خودداریِ ساحل
جہاں ساقی ہو تُو، باطل ہے دعویٰ ہوشیاری کا

عشرتِ قطرہ ہے' دریا میں فنا ہو جانا
درد کا حد سے گزرنا 'ہے دوا ہو جانا
تجھ سے، قسمت میں مری صورتِ قفلِ ابجد
تھا لکھا، بات کے بنتے ہی 'جدا ہو جانا
دل ہوا کش مکشِ چارۂ زحمت میں تمام
مٹ گیا گھِسنے میں اس عقدے کا وا ہو جانا
اب جفا سے بھی ہیں محروم ہم' اللہ اللہ!
اس قدر دشمنِ اربابِ وفا ہو جانا!
ضعف سے گریہ مبدل بہ دمِ سرد ہوا
باور آیا ہمیں، پانی کا ہوا ہو جانا

दिल से मिटना तेरी अंगुश्ते-हिनाई[1] का ख़्याल
हो गया गोश्त से नाख़ुन का जुदा हो जाना
है मुझे अब्रे-बहारी[2] का बरस कर खुलना
रोते-रोते ग़मे-फ़ुरक़त में फ़ना हो जाना
गर नहीं नकहते-गुल[3] को तेरे कूचे की हवस
क्यों है गर्दे-रहे-जौलाने-सबा[4] हो जाना
ताकि मुझ पर खुले ऐजाज़े-हवाए-सैक़ल[5]
देख बरसात से सब्ज़ आईने का हो जाना
बख़्शे है जल्वा-ए-गुल[6] ज़ौफ़-तमाशा, 'ग़ालिब'
चश्म को चाहिए हर रंग में वा हो जाना

अफ़सोस कि दन्दां का किया रिज़्क[7] फ़लक[8] ने
जिन लोगों की थी दरखुरे-इक्दे-गुहर[9] अंगुश्त
काफ़ी है निशानी तेरे छल्ले का न देना
ख़ाली मुझे दिखला के बवक़्ते-सफ़र अंगुश्त
लिखता हूं 'असद' सोज़िशे-दिल[10] से सुख़ने-गर्म[11]
ता रख न सके कोई मेरे हर्फ़ पे अंगुश्त

मुंद गईं खोलते ही खोलते आंखें 'ग़ालिब'
यार लाये मेरी बालीं[12] पे उसे, पर, किस वक़्त

1-मेहंदी-लगी अंगुली 2-बरसात का बादल 3-पुष्प-सौरभ 4-चमन की वायु के मार्ग की धूल 5-क़लई की वायु का रहस्य 6-फूलों का दृश्य 7-ख़ुराक 8-आकाश 9-मोती पहनने योग्य 10-दिल की जलन 11-जलते हुए शे'र 12-सिरहाने

دل سے مٹنا تری انگشتِ حنائی کا خیال
ہو گیا گوشت سے ناخن کا جدا ہوجانا
ہے مجھے، ابرِ بہاری کا برس کر کھلنا
روتے روتے غمِ فرقت میں فنا ہو جانا
گر نہیں نکہتِ گل کو ترے کوچے کی ہوس
کیوں ہے گردِ رہِ جولانِ صبا ہو جانا
تاکہ مجھ پر کھلے اعجازِ ہوائے صیقل
دیکھ برسات میں سبز آینے کا ہو جانا
بخشے ہے جلوۂ گل ذوقِ تماشا غالبؔ!
چشم کو چاہیے ہر رنگ میں وا ہوجانا

افسوس کہ دیداں کا کیا رزق فلک نے
جن لوگوں کی تھی درخورِ عقدِ گہر انگشت
کافی ہے نشانی تری، چھلّے کا نہ دینا
خالی مجھے دکھلا کے بوقتِ سفر انگشت
لکھتا ہوں، اسدؔ! سوزشِ دل سے سخنِ گرم
تا رکھ نہ سکے کوئی مرے حرف پر انگشت

مند گئیں، کھولتے ہی کھولتے آنکھیں، غالبؔ!
یار لائے مری بالیں پہ اسے، پر کس وقت

आमदे-ख़त[1] से हुआ है सर्द जो बाज़ारे-दोस्त
दूदे-शम-ए-कुश्ता[2] था शायद ख़ते-रुख़सारे-दोस्त[3]

ए दिले-ना-आकबत-अन्देश[4] ज़ब्ते-शौक़[5] कर
कौन ला सकता है ताबे-जल्वा-ए-दीदारे-दोस्त[6]

ख़ाना[7]-वीरां-साज़ी-ए-हैरत[8]-तमाशा कीजिये
सूरते-नक़्शे-क़दम[9] हूं रुफ़्तए-रफ़्तारे-दोस्त[10]

इश्क़ में बेदादे-रश्के-ग़ैर[11] ने मारा मुझे
कुश्ता-ए-दुश्मन[12] हूं आख़िर, गरचे था बीमारे-दोस्त

चश्मे-मा रौशन[13] कि उस बेदर्द का दिल शाद[14] है
दीदा-ए-पुरखूं हमारा साग़रे-सरशारे-दोस्त[15]

ग़ैर यूं करता है मेरी पुरसिश[16] उसके हिज्र[17] में
बेतकल्लुफ़ दोस्त हो जैसे कोई ग़मख़्वारे-दोस्त

ताकि मैं जानूं कि है उसकी रसाई[18] वां तलक
मुझको देता है पयामे-वादा-ए-दीदारे-दोस्त[19]

जबकि मैं करता हूं अपना शिकवा-ए-ज़ोफ़े-दिमाग़[20]
सर करे है वो हदीसे-ज़ुल्फ़े-अम्बर-बारे-दोस्त[21]

1-मुंह पर बाल आना 2-बुझे हुए दीपक का धुआं 3-मित्र के चेहरे के बाल 4-परिणाम को न समझनेवाले दिल 5-शौक़ को संयत कर 6-प्रिय को देखने का सामर्थ्य 7-घर 8-बरबादी से उत्पन्न आश्चर्य 9-पदचिन्ह के सदृश 10-दोस्त की मंथर गति पर मोहित 11-प्रतिद्वन्द्वी की ईर्ष्या का दुःख 12-दुश्मन का मारा हुआ 13-मेरी आंख प्रकाशमान है 14-प्रसन्न 15-यार के लिए भरा हुआ प्याला 16-पूछ-ताछ 17-वियोग 18-पहुंच 19- मित्र के दर्शन के वचन का सन्देश 20-मानसिक दुर्बलता की शिकायत 21-मित्र की सुगन्धि बिखेरने वाली ज़ुल्फ़ की बात

آمدِ خط سے ہوا ہے سرد جو بازارِ دوست
دُودِ شمعِ کشتہ تھا، شاید خط رُخسارِ دوست

اے دلِ ناعاقبت اندیش! ضبطِ شوق کر
کون لا سکتا ہے تابِ جلوۂ دیدارِ دوست

خانہ ویراں سازیِ حیرت تماشا کیجیے
صورتِ نقشِ قدم، ہوں رفتۂ رفتارِ دوست

عشق میں، بیدادِ رشکِ غیر نے مارا مجھے
کشتۂ دشمن ہوں آخر، گرچہ تھا بیمارِ دوست

چشمِ ماروشن، کہ اُس بیدرد کا دل شاد ہے
دیدۂ پُرخوں ہمارا، ساغرِ سرشارِ دوست

غیر یوں کرتا ہے میری پُرسِش ،اس کے ہجر میں
بے تکلف دوست ہو جیسے کوئی غمخوارِ دوست

تا کہ میں جانوں کہ ہے اُس کی رسائی واں تلک
مجھ کو دیتا ہے پیامِ وعدۂ دیدارِ دوست

جب کہ میں کرتا ہوں اپنا شکوۂ ضعفِ دماغ
سر کرے ہے وہ حدیثِ زلفِ عنبر بارِ دوست

चुपके-चुपके मुझको रोते देख पाता है अगर
हंस के करता है बयाने-शोख़ी-ए-गुफ़्तारे-दोस्त
मेहरबानी हाए-दुश्मन की शिकायत कीजिये
या बयां कीजे, सिपासे-लज़्ज़ते-आज़ारे-दोस्त[1]
ये ग़ज़ल अपनी मुझे जी से पसन्द आती है आप
है रदीफ़े-शेर में 'ग़ालिब' ज़बसे तकरारे-दोस्त[2]

गुलशन में बन्दोबस्त[3] बरंगे-दिगर[4] है आज
क़ुमरी का तौक़ हल्क़ा-ए-बेरूने-दर[5] है आज
आता है एक पारा-ए-दिल[6] हर फ़ुग़ां[7] के साथ
तारे-नफ़स[8] कमन्दे-शिकारे-असर[9] है आज
ऐ आक़बत[10] किनारा कर, ऐ इन्तज़ाम चल
सैलाबे-गिरियां[12] दर-पए-दीवारो-दर[12] है आज

लो हम मरीज़े-इश्क़ के तीमारदार हैं
अच्छा अगर न हो तो मसीहा का क्या इलाज?

हुस्न ग़म्ज़े[13] की कशाकश[14] से छुटा मेरे बाद
बारे आराम से है अहले-जफ़ा[15] मेरे बाद

1-मित्र द्वारा मिलने वाले कष्ट के आनन्द की प्रशंसा 2-'मित्र' शब्द का दोहराना 3-व्यवस्था 4-दूसरे ढंग से 5-दरवाज़े से बाहर 6-दिल का टुकड़ा 7-आह 8-सांस की डोरी 9-प्रभाव का शिकार करने वाला फंदा 10-अंत, परलोक 11-रुदन की बाढ़ 12-घर को गिरा देने पर उतारू 13-नाज़ और अदा 14-प्रयास 15-अत्याचार करने वाले

چھپکے چھپکے مجھ کو روتے دیکھ پاتا ہے، اگر
ہنس کے کرتا ہے بیانِ شوخیِ گفتارِ دوست

مہربانی ہائے دشمن کی شکایت کیجیے
یا بیاں کیجے سپاسِ لذتِ آزارِ دوست

یہ غزل اپنی، مجھے جی سے پسند آتی ہے آپ
ہے ردیفِ شعر میں، غالب! زبس تکرارِ دوست

گلشن میں بندوبست برنگ دگر ہے آج
قمری کا طوق، حلقۂ بیرونِ در ہے آج

آتا ہے ایک پارۂ دل ہر فغاں کے ساتھ
تارِ نفس، کمندِ شکارِ اثر ہے آج

اے عافیت کنارہ کر، اے انتظام چل
سیلابِ گریہ درپئے دیوار و در ہے آج

لو، ہم مریضِ عشق کے بیمار دار ہیں
اچھا اگر نہ ہو تو مسیحا کا کیا علاج

حسن، غمزے کی کشاکش سے چھٹا میرے بعد
بارے آرام سے ہیں اہلِ جفا میرے بعد

मंसबे-शेफ़्तगी[1] के कोई क़ाबिल न रहा
हुई माज़ूली-ए-अन्दाज़ो-अदा[2] मेरे बाद
शम्अ़ बुझती है तो उसमें से धुआं उठता है
शोला-ए-इश्क़ सियहपोश[3] हुआ मेरे बाद
ख़ूं है दिल ख़ाक में, अहवाले-बुतां[4] पर, यानी
उनके नाख़ुन हुए मोहताजे-हिना[5] मेरे बाद
दरख़ुरे-अ़र्ज़[6] नहीं, जौहरे-बेदाद[7] को जा
निगहे-नाज़[8] है सुरमे से ख़फ़ा मेरे बाद
है जुनूं, अहले-जुनूं[9] के लिए आग़ोशे-विदा[10]
चाक होता है गिरेबां से जुदा मेरे बाद
कौन होता है हरीफ़े - मए - मर्द - अफ़गने - इश्क़[11]
है मुकर्रर[12] लबे-साक़ी पे सला[13] मेरे बाद
ग़म से मरता हूं, कि इतना नहीं दुनिया में कोई
कि करे ताज़ियते[14]-मेहरो-वफ़ा मेरे बाद
आये है बेकसी-ए-इश्क़[15] पे रोना 'ग़ालिब'
किसके घर जायेगा सैलाबे-बला[16] मेरे बाद

1-आसक्ति का पद 2-नाज़-नख़रे जाते रहे 3-काले वस्त्र पहने हुए 4-रूप वालों की अवस्था 5-मेहंदी लगानी पड़ती है (क्योंकि ख़ून नहीं मिलता) 6-प्रार्थना के योग्य 7-निष्ठुर तत्व 8-सुन्दर आंख 9-उन्मत्त व्यक्ति 10-विदा की गोद 11-मनुष्य-घातक प्रेम की शराब पीने का साहस कौन करता है 12-दुबारा 13-आवाज़ 14-शोक प्रकट करना 15-प्रेम की विवशता 16-विपत्ति की बाढ़

منصب شیفتگی کے کوئی قابل نہ رہا
ہوئی معزولیِ انداز و ادا میرے بعد

شمع بجھتی ہے تو اس میں سے دھواں اٹھتا ہے
شعلۂ عشق سیہ پوش ہوا میرے بعد

خوں ہے دل خاک میں احوالِ بتاں پر، یعنی
ان کے ناخن ہوئے محتاجِ حنا میرے بعد

درخورِ عرض نہیں جوہرِ بے داد کو جا
نگۂ ناز ہے سرمے سے خفا میرے بعد

ہے جنوں اہلِ جنوں کے لیے آغوشِ وداع
چاک ہوتا ہے گریباں سے جدا میرے بعد

کون ہوتا ہے حریفِ مےِ مرد افگنِ عشق
ہے مکرر لبِ ساقی پہ صلا میرے بعد

غم سے مرتا ہوں کہ اتنا نہیں دنیا میں کوئی
کہ کرے تعزیتِ مہر و وفا میرے بعد

آئے ہے بے کسیِ عشق پہ رونا غالبؔ!
کس کے گھر جائیگا سیلابِ بلا میرے بعد

बला से हैं जो ये पेशे-नज़र[1] दरो-दीवार
निगाहे-शौक़ को हैं बालो-पर[2] दरो-दीवार
वफ़रे-अश्क[3] ने काशाने[4] का किया यह रंग
कि हो गये मेरे दीवारो-दर दरो-दीवार
नहीं है साया कि सुनकर नवे दे-मक़दमे-यार[4]
गये हैं चन्द क़दम पेश्तर दरो-दीवार
हुई है किस क़दर अरज़ानी-ए-मए-जल्वा[6]
कि मस्त है तेरे कूचे में हर दरो-दीवार
जो है तुझे सरे-सौदा-ए-इन्तज़ार[7] तो आ
कि हैं दुकाने-मताअ-ए-नज़र[8] दरो-दीवार
हुजूमे-गिरियां का सामना कब किया मैंने
कि गिर पड़े न मेरे पांव पर दो-दीवार
वो आ रहा मेरे हमसाये में, तो साये से
हुए फ़िदा दरो-दीवार पर दरो-दीवार
नज़र में खटके है बिन तेरे घर की आबादी
हमेशा रोते हैं हम देखकर दरो-दीवार
न पूछ बेख़ुदी-ए-ऐशे-मक़दमे-सैलाब[9]
न नाचते हैं पड़े सर-ब-सर[10] दरो-दीवार
न कह किसी से कि 'ग़ालिब' नहीं ज़माने में
हरीफ़े - राज़े - मुहब्बत, मगर दरो - दीवार

1-दृष्टि के सामने 2-बाल और पंख 3-आंसुओं की अधिकता 4-घर 5-मित्र के आने का शुभ समाचार 6-दर्शन-रूपी शराब की अधिकता 7-प्रतिज्ञा के उन्माद का सामर्थ्य 8-दृष्टि-रूपी धन की दुकान 9-बाढ़ केस्वागत के आनन्द से उत्पन्न आत्मविस्मृत्ति 10-सर्वथा

بلا سے، ہیں جو یہ پیشِ نظر در و دیوار
نگاہِ شوق کو ہیں بال و پر، در و دیوار

وفورِ اشک نے کاشانے کا کیا یہ رنگ
کہ ہوگئے مرے دیوار و در، در و دیوار

نہیں ہے سایہ، کہ سن کر نویدِ مقدمِ یار
گئے ہیں چند قدم پیشتر در و دیوار

ہوئی ہے کس قدر ارزانیِ مےِ جلوہ
کہ مست ہے ترے کوچے میں ہر در و دیوار

جو ہے تجھے سرِ سودائے انتظار، تو آ
کہ ہیں دکانِ متاعِ نظر در و دیوار

ہجومِ گریہ کا سامان کب کیا میں نے
کہ گر پڑے نہ مرے پانو پر در و دیوار

وہ آ رہا مرے ہمسایے میں تو سایے سے
ہوئے فدا در و دیوار پر، در و دیوار

نظر میں کھٹکے ہے بن تیرے گھر کی آبادی
ہمیشہ روتے ہیں ہم دیکھ کر در و دیوار

نہ پوچھ بیخودیِ عیشِ مقدمِ سیلاب
نہ کہ ناچتے ہیں پڑے سر بسر در و دیوار

نہ کہہ کسی سے کہ غالبؔ، نہیں زمانے میں
حریفِ رازِ محبت، مگر در و دیوار

घर जब बना लिया तेरे दर पर कहे बग़ैर
जानेगा अब भी तू ने मेरा घर कहे बग़ैर
कहते हैं, जब रही न मुझे ताक़ते-सुख़न[1]
जानूं किसी के दिल की मैं क्यों कर कहे बग़ैर
काम उससे आ पड़ा है कि जिसका जहान में
लेवे न कोई नाम 'सितमगर' कहे बग़ैर
जी में ही कुछ नहीं है हमारे, वगर्ना हम
सर जाये या रहे, न रहें पर कहे बग़ैर
छोड़ूंगा मैं न उस बुते-काफ़िर का पूजना
छोड़े न ख़ल्क़[2] गो मुझे काफ़िर कहे बग़ैर
मक़सद हैं नाज़ो-ग़ुम्ज़ा, वले गुफ़्तगू में काम
चलता नहीं है, दश्ना-ओ-ख़ंजर[3] कहे बग़ैर
हरचन्द हो मुशाहित-ए-हक़[4] की गुफ़्तगू
बनती नहीं है बादा-ओ-साग़र[5] कहे बग़ैर
बहरा हूं मैं तो चाहिए दूना हो इल्तफ़ात[6]
सुनता नहीं हूं बात मुकर्रर[7] कहे बग़ैर
'ग़ालिब' न कर हुर्ज़र में तू बार-बार अर्ज़
ज़ाहिर है तेरा हाल सब उन पर कहे बग़ैर

क्यों जल गया न ताबे-रुख़े-यार[8] देखकर
जलता हूं अपनी ताक़ते-दीदार देखकर

1-बोलने की शक्ति 2-दुनिया 3-कटार और छुरी 4-भगवत् दर्शन 5-शराब और प्याला 6-कृपा 7-दुबारा 8-मित्र के चेहरे की चमक

گھر، جب بنا لیا ترے در پر، کہے بغیر
جانے گا اب بھی تو نہ مرا گھر، کہے بغیر

کہتے ہیں، جب رہی نہ مجھے طاقتِ سخن
جانوں کسی کے دل کی میں کیوں کر، کہے بغیر

کام اس سے آپڑا ہے کہ، جس کا جہان میں
لیوے نہ کوئی نام ''ستمگر'' کہے بغیر

جی میں ہی کچھ نہیں ہے ہمارے، وگرنہ ہم
سر جائے یار ہے، نہ رہیں پر کہے بغیر

چھوڑونگا میں نہ اس بتِ کافر کا پوجنا
چھوڑے نہ خلق گو مجھے کافر کہے بغیر

مقصد ہے ناز وغمزہ، ولے گفتگو میں کام
چلتا نہیں ہے، دشنہ وخنجر کہے بغیر

ہر چند ہو مشاہدۂ حق کی گفتگو
بنتی نہیں ہے، بادہ وساغر کہے بغیر

بہرا ہوں میں، تو چاہیے دونا ہو التفات
سنتا نہیں ہوں بات مکرر کہے بغیر

غالبؔ! نہ کر حضور میں تو بار بار عرض
ظاہر ہے تیرا حال سب ان پر کہے بغیر

کیوں جل گیا نہ، تابِ رخِ یار دیکھ کر
جلتا ہوں، اپنی طاقتِ دیدار دیکھ کر

आतिशपरस्त कहते हैं अहले-जहां[1] मुझे
सरगर्म-नाला-हाए शरर-बार[2] देखकर
क्या आबरू-ए-इश्क़ जहां आ़म हो जफ़ा
रुकता हूं तुमको बेसबब-आज़ार देखकर
आता है मेरे क़त्ल को पुर-जोशे-रश्क से
मरता हूं उसके हाथ में तलवार देखकर
साबित हुआ है गर्दने-मीना[3] पे ख़ूने-ख़ल्क़[4]
लरज़े है मौजे-मै तेरी रफ़्तार देखकर
वा हसरत[4]! कि यार ने खींचा सितम से हाथ
हमको हरीसे-लज़्ज़ते-आज़ार[6] देखकर
बिक जाते हैं हम आम मताअ़ए-सुख़न[7] के
साथ लेकिन अयारे-तबए-ख़रीदार[8] देखकर
ज़ुन्नार[9] बांध, सुबह्-सददाना[10] तोड़ डाल
रहरौ[11] चले है राह को हमवार देखकर
इन आबलों से पांव के घबरा गया था मैं
जी ख़ुश हुआ है राह को पुरख़ार[12] देखकर
क्या बदगुमां है मुझसे, कि आईने में मेरे
तूती का अ़क्स[13] समझे है, ज़िंगार देखकर
गिरनी थी हम पे बर्क़े-तजल्ली[14], न तूर[15] पर
देते हैं बादा[16] ज़र्फ़े-क़दह-ख़्वार[17] देखकर

1-दुनिया वाले 2-चिनगारियां बरसाने वाले आर्तनाद में लगे हुए 3-सुराही की गर्दन 4-दुनिया की हत्या 5-हाय हसरत! 6-कष्ट के स्वाद का लोभी 7-काव्यरूपी धन 8-ख़रीदार की तबीयत की कसौटी 9-जनेऊ 10-सौ मनकों वाली माला 11-राही 12-कांटों से भरी 13-प्रतिबिम्ब 14-ईश्वरीय ज्योति की बिजली 15-पहाड़-विशेष जिस पर ख़ुदा ने मूसा को दर्शन दिए थे 16-शराब 17-पीने वाले का साहस

آتش پرست کہتے ہیں اہلِ جہاں مجھے
سر گرم نالہ ہائے شرر بار دیکھ کر

کیا آبروے عشق، جہاں عام ہو جفا
رکتا ہوں، تم کو بے سبب آزار دیکھ کر

آتا ہے میرے قتل کو، پر جوشِ رشک سے
مرتا ہوں اس کے ہاتھ میں تلوار دیکھ کر

ثابت ہوا ہے گردنِ مینا پہ، خونِ خلق
لرزے ہے موجِ مے تری رفتار دیکھ کر

واحسرتا! کہ یار نے کھینچا ستم سے ہاتھ
ہم کو حریصِ لذتِ آزار دیکھ کر

بک جاتے ہیں ہم آپ متاعِ سخن کے ساتھ
لیکن عیارِ طبعِ خریدار دیکھ کر

زنار باندھ، سبحۂ صددانہ توڑ ڈال
رہرو چلے ہے راہ کو ہموار دیکھ کر

ان آبلوں سے پانو کے گھبرا گیا تھا میں
جی خوش ہوا ہے راہ کو پُر خار دیکھ کر

کیا بدگماں ہے مجھ سے کہ آینے میں مرے
طوطی کا عکس سمجھے ہے زنگار دیکھ کر

گِرنی تھی ہم پہ برقِ تجلی، نہ طور پر
دیتے ہیں بادہ ظرفِ قدح خوار دیکھ کر

सर फोड़ना वो 'ग़ालिबे'-शौरीदा-हाल[1] का
याद आ गया मुझे तेरी दीवार देखकर

लरज़ता है मेरा दिल, ज़हमते-मेहरे-दरख़्शां[2] पर
मैं हू वो क़तरा-ए-शबनम जो हो ख़ारे-बयाबां[3] पर
फ़ना तालीमे-दर्से-बेख़ुदी हूं उस ज़माने से
कि मजनूं लाम अलिफ़ लिखता था दीवारे-दबिस्ता[4] पर
फ़राग़त किस क़दर रहती मुझे तशवीशे-मरहम[5] से
बहम[6] गर सुलह करते पारा-हाए-दिल[7] नमकदां पर
मुझे अब देखकर अब्रे-शफ़क़-आलूदा[8] याद आया
कि फुर्कत में तेरी आतिश[9] बरसती थी गुलिस्तां पर
बजुज़-परवाज़े -शौक़े-नाज़[10] क्या बाक़ी रहा होगा
क़यामत इक हवाए-तुंद[11] है ख़ाके-शहीदां पर
न लड़ नासेह से 'ग़ालिब' क्या हुआ, गर उसने शिद्दत की
हमारा भी तो आख़िर ज़ोर चलता है गिरेबां पर

है बस कि हर इक उनके इशारे में निशां और
करते हैं मुहब्बत तो गुज़रता है गुमां और या
रब, वो न समझे हैं न समझेंगे मेरी बात दे
और दिल उनको जो न दे मुझको ज़बां और

1-परेशानहाल 'ग़ालिब' 2-चमकते सूरज का कष्ट 3-जंगल का कांटा 4-मदरसे की दीवार 5-मरहम की चिन्ता 6-परस्पर 7-दिल के टुकड़े 8-लालिमा-रंजित बादल 9-आग 10-प्रेम के शौक़ में उड़ने के अतिरिक्त 11-तीव्र वायु

سر پھوڑنا وہ غالبؔ شوریدہ حال کا
یاد آگیا مجھے، تری دیوار دیکھ کر

لرزتا ہے مرا دل زحمتِ مہرِ درخشاں پر
میں ہوں وہ قطرۂ شبنم کہ ہو خارِ بیاباں پر
فنا تعلیمِ درسِ بیخودی ہوں اس زمانے سے
کہ مجنوں لام الف لکھتا تھا دیوارِ دبستاں پر
فراغت کس قدر رہتی مجھے تشویشِ مرہم سے
بہم گر صلح کرتے پارہ ہائے دل نمکداں پر
مجھے اب دیکھ کر ابرِ شفق آلودہ، یاد آیا
کہ فرقت میں تری، آتش برستی تھی گلستاں پر
بجز پروازِ شوقِ ناز، کیا باقی رہا ہوگا!
قیامت اک ہوائے تند ہے خاکِ شہیداں پر
نہ لڑنا صح سے، غالبؔ کیا ہوا گراس نے شدّت کی
ہمارا بھی تو آخر زور چلتا ہے گریباں پر

بے بسکہ ہر اک ان کے اشارے میں نشاں اور
کرتے ہیں محبت تو گزرتا ہے گماں اور
یارب! وہ نہ سمجھے ہیں نہ سمجھیںگے مری بات
دے اور دل ان کو، جو نہ دے مجھ کو زباں اور

अबरू[1] से है क्या उस निगहे-नाज़[2] को पैवन्द
है तीर मुक़र्रर, मगर उसकी है कमां और

तुम शहर में हो तो हमें क्या ग़म? जब उठेंगे
ले आयेंगे बाज़ार से जाकर दिलो-जां और

हरचन्द सुबुक-दस्त[3] हुए बुत-शिकनी में
हम हैं, तो अभी राह में है संगे-गिरां[4] और

है ख़ूने-जिगर जोश में दिल खोल के रोता
होते कई जो दीदा-ए-ख़ूंनाबा-फ़िशां[5] और

मरता हूं इस आवाज़ पे, हरचन्द सर उड़ जाय
जल्लाद को, लेकिन वो कहे जाएं कि 'हां और'

लोगों को है ख़ुर्शीदे-जहां-ताब[6] का धोका
हर रोज़ दिखाता हूं मैं इक दाग़े-निहां[7] और

लेता, न अगर दिल तुम्हें देता, कोई दम चैन
करता, जो न मरता कोई दिन, आहो-फ़ुग़ा और

पाते नहीं जब राह, तो चढ़ जाते हैं नाले
रुकती है मेरी तबअ़[8] तो होती है रवां और

हैं और भी दुनिया में सुख़नवर बहुत अच्छे
कहते हैं कि 'ग़ालिब' का है अन्दाजे-बयां और

लाज़िम था कि देखो मेरा रस्ता कोई दिन और
तन्हा गये क्यों ? अब रहो तन्हा कोई दिन और

1-भवें 2-प्रेयसी की निगाह 3-सिद्धहस्त 4-भारी पत्थर 5-ख़ून टपकाने वाली आंख 6-दुनिया को आलोकित करने वाला सूरज 7-छिपा हुआ दाग़ 8-तबीअत

ابرو سے ہے کیا اس نگہہِ ناز کو پیوند
ہے تیر مقرر، مگر اس کی ہے کماں اور

تم شہر میں ہو، تو ہمیں کیا غم،جب اٹھینگے
لے آئینگے بازار سے جاکر دل وجاں اور

ہر چند سبک دست ہوئے بت شکنی میں
ہم ہیں، تو ابھی راہ میں ہے سنگِ گراں اور

ہے خونِ جگر جوش میں، دل کھول کے روتا
ہوتے جو کئی دیدۂ خونابہ فشاں اور

مرتا ہوں اس آواز پہ، ہر چند کہ سر اڑ جائے
جلاد کو لیکن وہ کہے جائیں کہ ''ہاں' اور''

لوگوں کو ہے خرشیدِ جہانتاب کا دھوکا
ہر روز دکھاتا ہوں میں اک داغِ نہاں اور

لیتا، نہ اگر دل تمہیں دیتا، کوئی دم چین
کرتا، جو نہ مرتا کوئی دن، آہ وفغاں اور

پاتے نہیں جب راہ، تو چڑھ جاتے ہیں نالے
رکتی ہے مری طبع، تو ہوتی ہے رواں اور

ہیں اور بھی دنیا میں سخنور بہت اچھے
کہتے ہیں کہ غالبؔ کا ہے اندازِ بیاں اور

لازم تھا کہ دیکھو مرا رستا کوئی دن اور
تنہا گئے کیوں، اب رہو تنہا کوئی دن اور

मिट जाएगा सर, गर तेरा पत्थर न घिसेगा
हूं दर पे तेरे नासिया-फ़र्सा[1] कोई दिन और

आये हो कल और आज ही कहते हो कि जाऊं
माना कि हमेशा नहीं, अच्छा, कोई दिन और

जाते हुए कहते हो, क़यामत को मिलेंगे
क्या ख़ूब! क़यामत का है गोया कोई दिन और

हां ऐ फ़लके-पीर, जवां था अभी 'आरिफ़'
क्या तेरा बिगड़ता जो न मरता कोई दिन और

तुम माहे-शबे-चार-दहुम[2] थे मेरे घर के
फिर क्यों न रहा घर का वो नक़्शा कोई दिन और

तुम कौन से ऐसे थे खरे दादो-सितद[3] के
करता मलक-उल-मौत[4] तक़ाज़ा कोई दिन और

मुझसे तुम्हें नफ़रत सही, 'नय्यर' से लड़ाई
बच्चों का भी देखा न तमाशा कोई दिन और

गुज़री न बहरहाल यह मुद्दत ख़ुशी-नाख़ुश
करना था, जवां-मर्ग! गुज़ारा कोई दिन और

नादां हो जो कहते हो कि क्यों जीते हो 'ग़ालिब'
किस्मत में है मरने की तमन्ना कोई दिन और

क्योंकर उस बुत से रखूं जान अज़ीज़
क्या नहीं है मुझे ईमान अज़ीज़

दिल से निकला पै न निकला दिल से
है तेरे तीर का पैक़ान[5] अज़ीज़

1-माथा घिस रहा 2-चौदहवीं की रात का चांद 3-लेन-देन 4-यमराज 5-तीर का फल

مٹ جائیگا سر، گر ترا پتھر نہ گھسے گا
ہوں در پہ ترے ناصیہ فرسا کوئی دن اور

آئے ہو کل اور آج ہی کہتے ہو کہ جاؤں
مانا کہ ہمیشہ نہیں، اچھا، کوئی دن اور

جاتے ہوئے کہتے ہو: قیامت کو ملینگے
کیا خوب، قیامت کا ہے گویا کوئی دن اور

ہاں، اے فلکِ پیر! جواں تھا ابھی عارف
کیا تیرا بگڑتا، جو نہ مرتا کوئی دن اور

تم ماہِ شب چاردہم تھے مرے گھر کے
پھر کیوں نہ رہا گھر کا وہ نقشا کوئی دن اور

تم کون سے تھے ایسے کھرے دادوستد کے
کرتا ملک الموت تقاضا کوئی دن اور

مجھ سے تمھیں نفرت سہی، نیّر سے لڑائی
بچوں کا بھی دیکھا نہ تماشا کوئی دن اور

گزری نہ بہر حال یہ مدّت خوش وناخوش
کرنا تھا جواں مرگ! گزارا کوئی دن اور

ناداں ہو، جو کہتے ہو کہ "کیوں جیتے ہیں" غالب
قسمت میں ہے مرنے کی تمنا کوئی دن اور

کیوں کر اُس بُت سے رکھوں جان عزیز
کیا نہیں ہے مجھے ایمان عزیز!

دِل سے نِکلا، پہ نہ نکلا دل سے
ہے ترے تیر کا پیکانِ عزیز

ताब लाए ही बनेगी, 'ग़ालिब'
वाक़या सख़्त है और जान अज़ीज़

न गुले-नग़म हूं, न पर्दा-ए-साज़
मैं हूं अपनी शिकस्त की आवाज़
तू, और आराइशे-ख़मे-काकुल[1]
मैं, और अन्देशा-हाए-दरो-दराज़[2]
लाफ़े तमकीं[3] फ़रेबे-सादा-दिली[4]
हम हैं, और राज़ हाए-सीना-गुदाज़
हूं गिरफ़्तारे उल्फ़ते-सैयाद[5]
वर्ना बाक़ी है ताक़ते परवाज़
वो भी दिन हो कि उस सितमगर
से नाज़ ख़ींचूं बजाय हसरते-नाज़
नहीं दिल में तेरे वो क़तरा-ए-खूं
जिससे मिज़गां[6] हुई न हो गुलबाज़[7]
मुझको पूछा तो कुछ ग़ज़ब न हुआ
मैं ग़रीब और तू ग़रीब-नवाज़
'असदुल्ला ख़ां' तमाम हुआ
ऐ दरेग़ां,[8] वो रिन्दे-शाहिद-बाज़[9]

1-जुल्फ़ों का श्रृंगार 2-दूर-दूर की शंकाएं 3-सहन करने का दावा 4-सरलहृदयता का धोखा 5-शिकारी के प्रेम में बन्दी 6-पलकें 7-फूलों से खेलने वाली 8-हाय 9-सौन्दर्य-आसक्त शराबी

تاب لائے ہی بنے گی غالبؔ!
واقعہ سخت ہے اور جان عزیز

نہ گلِ نغمہ ہوں نہ پردۂ ساز
میں ہوں اپنی شکست کی آواز
تو، اور آرایشِ خمِ کاکل
میں، اور اندیشہ ہائے دور دراز
لافِ تمکیں: فریب سادہ دلی
ہم ہیں، اور راز ہائے سینہ گداز
ہوں گرفتارِ الفتِ صیاد
ورنہ باقی ہے طاقتِ پرواز
وہ بھی دن ہو کہ اس ستمگر سے
ناز کھینچوں، بجائے حسرتِ ناز
نہیں دل میں مرے وہ قطرۂ خوں
جس سے مژگاں ہوئی نہ ہو گلباز
مجھ کو پوچھا، تو کچھ غضب نہ ہوا
میں غریب اور تو غریب نواز
اسداللہ خاں تمام ہوا
اے دریغا، وہ رندِ شاہد باز!

मुज़्दा[1] ऐ ज़ौक़े-असीरी[2] कि नज़र आता है
दाम ख़ाली क़फ़से-मुर्ग़-गिरफ़्तार[3] के पास
जिगरे-तिश्ना-ए-आज़ार[4] तसल्ली न हुआ
जूए यूं हमने बहाई बुने-हर -ख़ार[5] के पास
मुंद गईं खोलते ही खोलते आंखें हय, हय
ख़ूब वक़्त आये तुम इस आशिक़े-बीमार के पास
मैं भी रुक-रुक के न मरता, जो ज़बां के बदले
दश्ना[6] इक तेज़-सा होता मेरे ग़मख़्वार के पास
दहने-शेर[7] में जा बैठिए लेकिन ऐ दिल
न खड़े हूजिए ख़ूबाने-दिल-आज़ार[8] के पास
देखकर तुझको चमन बसा कि नमू[9] करता है
खुद-बखुद पहुंचे हैं गुल गोशा-ए-दस्तार[10] के पास
मर गया फोड़ के सर, 'ग़ालिबे'-वहशी, हय, हय
बैठना उसका वो आकर तेरी दीवार के पास

न लेवे गर ख़से-जौहर[11] तरावत[12] सब्ज़ ए-ख़त से
लगा दे ख़ाना-ए-आईना[13] में रूए-निगार[14] आतिश
फ़रोगे-हुस्न[15] से होती है हले-मुश्किले-आशिक़
न निकले शम्अ के पा से निकाले गर न ख़ार[16] आतिश

1-शुभ समाचार 2-क़ैदी बनने का शौक़ 3-पकड़े हुए पक्षी का पिंजरा 4-कष्टों का प्यारा जिगर 5-हर एक कांटे की नोक 6-छुरी 7-शेर का मुंह 8-दिल को पीड़ित करने वाली सुन्दरी प्रेमिकाएं 9-खिलता है। 10-पगड़ी का कोना 11-जौहर के तृण 12-तरी 13-वह कमरा जिसमें बहुत-से आईने लगे हों और एक का प्रतिबिम्ब दूसरे में पड़ता हो 14-सुन्दर प्रेयसी का चेहरा 15-रूप की चमक 16-कांटा

مژدہ، اے ذوقِ اسیری! کہ نظر آتا ہے
دامِ خالی، قفسِ مرغِ گرفتار کے پاس

جگرِ تشنۂ آزار، تسلی نہ ہوا
جوئے خوں ہم نے بہائی بُنِ ہر خار کے پاس

مند گئیں کھولتے ہی کھولتے آنکھیں، ہے ہے!
خوب وقت آئے تم اس عاشقِ بیمار کے پاس

میں بھی رک رک کے نہ مرتا، جو زباں کے بدلے
دشنہ اک تیز سا ہوتا مرے غمخوار کے پاس

دہنِ شیر میں جا بیٹھیے، لیکن اے دل!
نہ کھڑے ہوجیے خوبانِ دل آزار کے پاس

دیکھ کر تجھ کو، چمن بسکہ نمو کرتا ہے
خود بخود پہنچے ہے گل گوشۂ دستار کے پاس

مر گیا پھوڑ کے سر غالبؔ وحشی، ہے ہے!
بیٹھنا اس کا وہ، آ کر، تری دیوار کے پاس

نہ لیوے، گر خسِ جوہر طراوت سبزۂ خط سے
لگائے خانۂ آئینہ میں روئے نگار آتش

فروغِ حسن سے ہوتی ہے حلِ مشکلِ عاشق
نہ نکلے شمع کے پا سے، نکالے گر نہ خار آتش

रुख़े-निगार[1] से है सोज़-जाविदानी-ए-शम्अ़[2]
हुई है आतिशे-गुल[3] आबे-ज़िन्दगानी-ए-शम्अ़[4]
ज़बाने-अहले-ज़बां[5] में है मर्गे-ख़ामोशी[6]
ये बात बज़्म में रौशन हुई ज़बानी-ए-शम्अ़
करे है सर्फ़[7] ब-ईमाए-शोला[8] क़िस्सा तमाम[9]
बतर्ज़े-अहले-फ़ना[10] है फ़साना-ख़्वानी-ए-शम्अ़[11]
ग़ुम उसको हसरते-परवाना का है, ऐ शोला
तेरे लरज़ने से ज़ाहिर है नातवानी-ए-शम्अ़[12]
निशाते-दाग़-ग़मे-इश्क़[13] की बहार न पूछ
शगुफ़्तगी[14] है शहीदे-गुले-खिज़ानी-ए-शम्अ़
जले है देख के बालीने-यार[15] पर मुझको न
क्यों हो दिल पे मेरे दाग़े-बदगुमानी-ए-शम्अ़

बीमे-रक़ीब[16] से नहीं करते विदा-ए-होश
मजबूर यां तलक हुए, ऐ इख़्तयार, हैफ़!
जलता है दिल कि क्यों न हम इक बार जल गए
ए नातमामिए - नफसे - शोला - बार[18] हैफ़ !

1-प्रेयसी का चेहरा 2-शम्अ़ की स्थिर जलन 3-फूल की आग 4-शम्अ़ के लिए अमृत 5-भाषा-विशेषज्ञों की भाषा 6-मूक मृत्यु 7-खर्च 8-आग के संकेत से 9-ख़त्म 10-मिटने वालों की शैली 11-शम्अ़ की कहानी कहना 12-शम्अ़ की दुर्बलता 13-इश्क़ के ग़म के दाग़ का उल्लास 14-खिलना 15-यार के सिरहाने 16-रक़ीब का भय 17-आग बरसाने वाली सांसों की अपूर्णता

رُخِ نگار سے ہے سوزِ جاودانیِ شمع
ہوئی ہے آتشِ گُل آبِ زندگانی شمع
زبان اہلِ زباں میں، ہے مرگ، خاموشی
یہ بات بزم میں روشن ہوئی زبانیِ شمع
کرے ہے صرف بہ ایمائے شعلہ قصہ تمام
بہ طرزِ اہلِ فنا ہے فسانہ خوانیِ شمع
غم اُس کو حسرتِ پروانہ کا ہے اے شعلے!
ترے لرزنے سے ظاہر ہے ناتوانیِ شمع
ترے خیال سے روح اہتزاز کرتی ہے
بہ جلوہ ریزیِ باد و بہ پرفشانیِ شمع
نشاطِ داغِ غمِ عشق کی بہار نہ پوچھ
شگفتگی ہے شہیدِ گُلِ خزانیِ شمع
جلے ہے، دیکھ کے بالینِ یار پر مجھ کو
نہ کیوں ہو دل پہ مرے داغِ بدگمانیِ شمع

بیم رقیب سے نہیں کرتے وداعِ ہوش
مجبوریاں تلک ہوئے اے اختیار ’حیف!
جلتا ہے دل کہ کیوں نہ ہم اک بار جل گئے
اے ناتمامیِ نفسِ شعلہ بار حیف!

ज़ख़्म पर छिड़कें कहां तिफ़लाने-बेपरवा[1] नमक
क्या मज़ा होता, अगर पत्थर में भी होता नमक
गर्दे - राहे - यार[2] है सामाने नाज़े - ज़ख़्म - दिल[3]
वर्ना होता है जहां में किस क़दर पैदा नमक
मुझको अरज़ानी[4] रहे, तुझको मुबारिक हूजियो
नाला-ए-बुलबुल का दर्द और ख़न्दा-ए-गुल[5] का नमक
शोरे-जौलां[6] था किनारे-बह[7] पर किसका, कि आज
गर्दे -साहिल[8] है बज़ख़्मे-मौज-ए-दरिया[9] नमक
दाद देता है मेरे ज़ख़्मे-जिगर की वाह, वाह
याद करता है मुझे, देखे है वो जिस जा नमक
छोड़कर जाना तने-मजरूहे-आशिक़[10] हैफ़ है
दिल तलब करता है ज़ख़्म, और मांगे हैं एज़ा[11] नमक
ग़ैर की मिन्नत न खींचूंगा, पए-तौक़ीरे-दर्द[12]
ज़ख़्म मिस्ले-ख़न्दा-ए-क़ातिल[13] है, सर-ता-पा नमक
याद हैं वो दिन मुझे 'ग़ालिब' कि वज्दे-ज़ौक़[14] में
ज़ख़्म से गिरता तो मैं पलकों से चुनता था नमक

आह को चाहिए इक उम्र असर होने तक
कौन जीता है तेरी ज़ुल्फ़ के सर होने तक

1-बेपरवाह बच्चे 2-प्रेयसी की राह की धूल 3-दिल के घाव की ख़ुशी का सामान 4-बहुलता 5-फूल की मुस्कान 6-आगमन का शोर 7-समुद्र तट 8-किनारे की धूल 9-नदी की लहर के घाव से 10-घायल प्रेमी का शरीर 11-अंग 12-पीड़ा की प्रतिष्ठा के लिए 13-हत्यारे की मुस्कान के सदृश 14-आनन्द की मस्ती में

زخم پر چھڑکیں کہاں طفلانِ بے پروا نمک
کیا مزا ہوتا، اگر پتھر میں بھی ہوتا نمک

گردِ راہِ یار ہے سامانِ نازِ زخمِ دل
ورنہ ہوتا ہے جہاں میں کس قدر پیدا نمک

مجھ کو ارزانی رہے، تجھ کو مبارک ہوجیو
نالۂ بلبل کا درد اور خندۂ گُل کا نمک

شورِ جولاں تھا کنارِ بحر پر کس کا کہ آج
گردِ ساحل ہے بہ زخمِ موجۂ دریا نمک

داد دیتا ہے مرے زخمِ جگر کی، واہ واہ!
یاد کرتا ہے مجھے، دیکھے ہے وہ جس جا نمک

چھوڑ کر جانا تنِ مجروحِ عاشق حیف ہے
دل طلب کرتا ہے زخم اور مانگے ہیں اعضا نمک

غیر کی منت نہ کھینچوں گا پئے توفیرِ درد
زخم، مثلِ خندۂ قاتل ہے سرتا پا نمک

یاد ہیں غالبؔ! تجھے وہ دن کہ وجدِ ذوق میں
زخم سے گرتا، تو میں پلکوں سے چنتا تھا نمک

آہ کو چاہیے اک عمر اثر ہونے تک
کون جیتا ہے تری زلف کے سر ہونے تک

दाम हर-मौज[1] में है हल्क़ा-ए-सदकामे-नहंग[2]
देखें क्या गुज़रे है कतरे पे गुहर होने तक
आशिक़ी सब्र-तलब और तमन्ना बेताब
दिल का क्या रंग करूं ख़ूने-जिगर होने तक
हमने माना कि तग़ाफ़ुल[3] न करोगे, लेकिन
ख़ाक हो जाएंगे हम तुमको ख़बर होने तक
परतवे-ख़ुर[4] से है शबनम को फ़ना की तालीम
मैं भी हूं एक इनायत की नज़र होने तक
यक-नज़र बेश[5] नहीं, फ़ुर्सते-हस्ती[6] ग़ाफ़िल
गर्मी-ए-बज़्म है इक रक़्स-शरर[7] होने तक
ग़मे हस्ती का 'असद' किससे हो जुज़[8] मर्ग[9] इलाज
शम्अ़ हर रंग में जलती है सहर[10] होने तक

गर तुझको है यक़ीने-इजाबत[11], दुआ़ न मांग
यानी बग़ैर-यक-दिले-बे-मुद्दआ़[12] ने मांग
आता है दाग़े-हसरते-दिल[13] का शुमार याद
मुझसे मेरे गुनह का हिसाब ऐ ख़ुदा ! न मांग

है किस क़दर हलाक फ़रेबे-वफ़ाए-गुल[14]
बुलबुल के कारोबार पे हैं ख़न्दा-हाए-गुल[15]

1-प्रत्येक तरंग का जाल 2-सौ जबड़ों वाले मगरमच्छ का घेरा 3-उपेक्षा 4-सूरज का प्रतिबिम्ब 5-ज़्यादा 6-जीने की अवधि 7-चिंगारी का नृत्य 8-सिवाय 9-मौत 10-सुबह 11-क़यामत के दिन क्षमा किए जाने का विश्वास 12-कामना रहित दिल के सिवा 13-दिल की हसरतों के दाग़ 14-फूलों के प्रेम के छल का मारा हुआ 15-फूलों का हंसना

دام ہر موج میں ہے حلقۂ صد کامِ نہنگ
دیکھیں کیا گزرے ہے قطرے پہ گہر ہونے تک

عاشقی صبر طلب، اور تمنا بیتاب
دل کا کیا رنگ کروں خونِ جگر ہونے تک

ہم نے مانا کہ تغافل نہ کروگے، لیکن
خاک ہو جائینگے ہم، تم کو خبر ہونے تک

پرتوِ خُور سے ہے شبنم کو فنا کی تعلیم
میں بھی ہوں ایک عنایت کی نظر ہونے تک

یک نظر بیش نہیں فرصتِ ہستی غافل!
گرمیِ بزم ہے اک رقصِ شرر ہوتے تک

غمِ ہستی کا اسدؔ! کس سے ہو جز مرگ علاج
شمع ہر رنگ میں جلتی ہے سحر ہوتے تک

گر تجھ کو ہے یقینِ اجابت دعا نہ مانگ
یعنی بغیر یک دلِ بے مدّعا نہ مانگ

آتا ہے داغِ حسرتِ دل کا شمار یاد
مجھ سے مرے گنہ کا حساب اے خدا نہ مانگ

ہے کس قدر ہلاکِ فریبِ وفائے گل
بلبل کے کاروبار پہ ہیں خندہ ہائے گل

आज़ादी-ए-नसीम[1] मुबारक कि हर तरफ़
टूटे पड़े हैं हल्क़ा -ए-दामे-हवाए-गुल[2]
जो था, सो मौजे-रंग के धोके में मर गया
ऐ वाए नाला-ए-लबे-ख़ूनी[3] नवाए-गुल[4]
ख़ुशहाल उस हरीफ़े-सियह-मस्त[5] का कि जो
रखता हो मिस्ले-साया-ए-गुल[6] सर ब-पाए-गुल[7]
ईजाद[8] करती है उसे तेरे लिए बहार
मेरा रक़ीब है नफ़से-इत्र-साए-गुल
शर्मिन्दा रखते हैं मुझे बादे-बहार[9] से
मीना-ए-शराबो[10]–दिले-बे हवाए-गुल[11]
सतवत[12] से तेरे जल्वा -ए -हुस्ने -ग़यूर[13] की
ख़ूं है मेरी निगाह में रंगे-अदा-ए-गुल
तेरे ही जल्वा का है ये धोका, कि आज तक
बेअख़्तियार दौड़े है गुल दर-क़फ़ाए-गुल
'ग़ालिब' मुझे है उससे हम-आग़ोशी आरज़ू
जिसका ख़याल है गुले-ज़ै बे-क़बाए-गुल[14]

ग़म नहीं होता है आज़ादों को बेश--अज़-यक-नफ़स
बर्क़ से करते हैं रौशन शम्अ-ए-मातमख़ाना हम

1-हवा की स्वतंत्रता 2-फूलों की हवा के जाल का घेरा 3-खूनी होंठ की आह 4-फूलों की आवाज़ 5-शराब में मस्त प्रेमी 6-फूल की परछाईं के सदृश 7-फूल के पांव पर 8-आविष्कार 9-बसन्त की हवा 10-शराब से ख़ाली सुराही 11-फूल की हवा से रिक्त दिल 12-शान, रोब 13-गौरवयुक्त सौन्दर्य का दर्शन 14-फूल के पहनावे की कंठी का फूल

آزادیِ نسیم مبارک کہ ہر طرف
ٹوٹے پڑے ہیں حلقۂ دامِ ہوائے گل

جو تھا، سو موجِ رنگ کے دھوکے میں مر گیا
اے وائے 'نالہ' لبِ خونیں نوائے گل!

خوش حال اس حریفِ سیہ مست کا کہ جو
رکھتا ہو مثلِ سایۂ گل، سر بہ پائے گل

ایجاد کرتی ہے اسے تیرے لیے بہار
میرا رقیب ہے نفسِ عطر سائے گل

شرمندہ رکھتے ہیں مجھے بادِ بہار سے
مینائے بے شراب و دلِ بے ہوائے گل

سطوت سے تیرے جلوۂ حسنِ غیور کی
خوں ہے مری نگاہ میں رنگِ ادائے گل

تیرے ہی جلوے کا ہے یہ دھوکا کہ آج تک
بے اختیار دوڑے ہے گل در قفائے گل

غالبؔ! مجھے ہے اس سے ہم آغوشی آرزو
جس کا خیال، ہے گلِ جیبِ قبائے گل

غم نہیں ہوتا ہے آزادوں کو بیش از یک نفس
برق سے کرتے ہیں روشن شمعِ ماتم خانہ ہم

महफ़िलें बरहम करे है गंजफ़ा-बाज़े-ख़याल[1]
है वरक़-गरदानी-ए-नैरंगे-यक-बुतख़ाना हम
बावजूदे यक जहां, हंगामा पैदाई[2] नहीं
है चिराग़ाने-शबिस्ताने-दिले-परवाना[3] हम
ज़ोफ़ से है न क़नाअ़त से ये तर्के-जुस्तजू
हैं वबाले-तकिया-गाहे-हिम्मते-मर्दाना हम
दायम-उल-हब्स इसमें हैं लाखों तमन्नाएं 'असद'
जानते हैं सीना-ए-पुर-ख़ूं को ज़िन्दाख़ाना हम

मुझको दियारे-ग़ैर[5] में मारा, वतन से दूर
रख ली मेरे ख़ुदा ने मेरी बेकसी की शर्म
वो हल्क़ा-हाए-ज़ुल्फ़[6] कमीं[7] में हैं ऐ ख़ुदा
रख लीजो मेरे दावा-ए-वारस्तगी[8] की शर्म

वो फ़िराक़[9] और वो विसाल[10] कहां
वो शबो-रोज़ो-माहो-साल[11] कहां
फ़ुर्सते - कारोबारे - शौक़ किसे
ज़ौक़े - नज़्ज़ारा - ए - जमाल[12] कहां
दिल तो दिल वो दिमाग़ भी न रहा
शौरे - सौदा - ए - ख़त्तो - खाल कहां

1-ताश खेलने का ख़याल 2-उत्पत्ति 3-परवाने के हृदय -प्रवेश का प्रकाश 4-ख़ून से भरा सीना 5-पराया घर 6-ज़ुल्फ़ के डोरे 7-घात 8-स्वतंत्र रहने का दावा 9-वियोग 10-मिलन 11-रात, दिन, महीने, साल 12-सौन्दर्य देखने की अभिलाषा

محفلیں برہم کرے ہے گنجفہ بازِ خیال
ہیں ورق گردانیِ نیرنگ یک بتخانہ ہم

باوجودِ یک جہاں ہنگامہ، پیدائی نہیں
ہیں چراغانِ شبستانِ دل پروانہ ہم

ضعف سے ہے، نے قناعت سے، یہ ترکِ جستجو
ہیں وبالِ تکیہ گاہِ ہمتِ مردانہ ہم

دائم الحبس اس میں ہیں لاکھوں تمنائیں اسدؔ!
جانتے ہیں سینۂ پُر خوں کو زنداں خانہ ہم

مجھ کو دیارِ غیر میں مارا وطن سے دور
رکھ لی مرے خدا نے، مری بیکسی کی شرم

وہ حلقہ ہائے زلف کمیں میں ہیں، اے خدا!
رکھ لیجو میرے دعویِ وارستگی کی شرم

وہ فراق اور وہ وصال کہاں
وہ شب و روز و ماہ و سال کہاں

فرصتِ کاروبارِ شوق کسے
ذوقِ نظارۂ جمال کہاں

دل تو دل، وہ دماغ بھی نہ رہا
شورِ سودائے خط و خال کہاں

थी वो इक शख़्स के तसव्वुर[1] से
अब वो राअ़नाइ-ए-ख़याल[2] कहां
ऐसा आसां नहीं लहू रोना
दिल में ताक़त जिगर में हाल[3] कहां
हमसे छूटा क़िमारख़ाना-ए-इश्क़[4]
वां जो जावें, गिरह में माल कहां
फ़िक्रे-दुनिया में सर खपाता हूं
मैं कहां और ये वबाल कहां
मुज़्मंहिल[5] हो गये कुवा[4] 'ग़ालिब'
वो अ़नासिर[7] में एतदाल कहां

की वफ़ा हमसे तो ग़ैर उसको जफा कहते हैं
होती आई है कि अच्छों को बुरा कहते हैं
आज हम अपनी परीशानी-ए-ख़ातिर[8] उनसे
कहने जाते तो हैं, पर देखिए क्या कहते हैं
अगले वक़्तों के हैं ये लोग इन्हें कुछ न कहो
जो मै-ओ-नग़मा[9] को अ़न्दोहरुबा[10] कहते हैं
दिल में आ जाये है होती है जो फ़ुर्सत ग़म से
और फिर कौन-से नाले को रसा[11] कहते हैं
है परे सरहदे-इदराक[12] से अपना मस्जूद[13]
क़िबले[14] को अहले-नज़र क़िबलानुमा[15] कहते हैं

1-कल्पना 2-विचार-सौंदर्य 3-मस्ती 4-इश्क़ का जुआख़ाना 5-शिथिल 6-अंब 7-तत्त्व 8-मन की परेशानी 9-शराब और संगीत 10-दुःख-दर्द हरने वाला 11-प्रभावित करने वाला 12-समझ की सीमा 13-सिजदे का पात्र 14-काबा 15-दिग्दर्शक यंत्र

تھی وہ اک شخص کے تصور سے
اب وہ رعنائیِ خیال کہاں

ایسا آساں نہیں، لہو رونا
دل میں طاقت، جگر میں حال کہاں

ہم سے چھوٹا قمار خانۂ عشق
واں جو جائیں، گرہ میں مال کہاں

فکرِ دنیا میں سر کھپاتا ہوں
میں کہاں، اور یہ وبال کہاں

مضمحل ہو گئے قویٰ، غالبؔ!
وہ عناصر میں اعتدال کہاں

کی وفا ہم سے، تو غیر اس کو جفا کہتے ہیں
ہوتی آئی ہے کہ اچھوں کو برا کہتے ہیں

آج ہم اپنی پریشانیِ خاطر ان سے
کہنے جاتے تو ہیں، پر دیکھیے کیا کہتے ہیں

اگلے وقتوں کے ہیں یہ لوگ، انھیں کچھ نہ کہو
جو مے ونغمہ کو اندوہ رُبا کہتے ہیں

دل میں آ جائے ہے، ہوتی ہے جو فرصت غش سے
اور پھر کون سے نالے کو رسا کہتے ہیں؟

ہے پرے سرحدِ ادراک سے، اپنا مسجود
قبلے کو، اہلِ نظر، قبلہ نما کہتے ہیں

पाए-अफ़गार[1] पे जब से तुझे रहम आया है
ख़ारे-रह[2] को तेरे हम मेहर-गिया[3] कहते हैं
इक शरर दिल में है उससे कोई घबरायेगा क्या
आग मतलूब है हमको जो हवा कहते हैं
देखिए लाती है उस शोख़ की नख़वत[4] क्या रंग
उसकी हर बात पे हम नामे-ख़ुदा कहते हैं
'वहशत'-ओ-शेफ़्ता' अब मर्सिया कहवें शायद
'मर गया ग़ालिबे-आशुफ़्ता-नवा'[5] कहते हैं

आबरू क्या ख़ाक उस गुल की कि गुलशन में नहीं
है गिरेबां नंगे - पैराहन[6] जो दामन में नहीं
ज़ोफ़ से ऐ गिरियां कुछ बाक़ी मेरे तन में नहीं
रंग होकर उड़ गया, जो यूं कि दामन में नहीं
हो गये हैं जमअ़ अज़्ज़ाए-निगाहे-आफ़ताब[7]
ज़र्रे उसके घर की दीवारों के रौज़न[8] में नहीं
क्या कहू तारीकी-ए-ज़िन्दाने-ग़म[9] अन्धेर है
पम्बा[10] नूरे-सुबह[11] से कम जिसके रौज़न में नहीं
रौनक़े-हस्ती[12] है इश्क़े-ख़ाना-वीरां-साज़ से
अंजुमन बे-शम्अ है, गर बर्क़ ख़िरमन[13] में नहीं

1-पांव के घाव 2-मार्ग का कांटा 3-एक प्रकार की घास 4-घमण्ड 5-दुःखपूर्ण काव्य कहने वाला 'ग़ालिब' 6-पहनावे के लिए लज्जास्पद 7-सूरज की दृष्टि के कण 8-रोशनदान 9-विषाद के बन्दीगृह का अधिकार 10-रुई का फाहा 11-सुबह का प्रकाश 12-जीवन की शोभा 13-खलिहान

پائے افگار پہ جب سے تجھے رحم آیا ہے
خارِ رہ کو ترے ہم مہرِ گیا کہتے ہیں

اک شرر دل میں ہے، اس سے کوئی گھبرائیگا کیا
آگ مطلوب ہے ہم کو، جو ہوا کہتے ہیں

دیکھیے، لاتی ہے اس شوخ کی نخوت کیا رنگ
اس کی ہر بات پہ ہم نامِ خدا کہتے ہیں

وحشتؔ و شیفتہؔ اب مرثیہ کہویں شاید
مرگیا غالبؔ آشفتہ نوا، کہتے ہیں

آبرو کیا خاک اس گل کی کہ گلشن میں نہیں
ہے گریباں ننگِ پیراہن، جو دامن میں نہیں

ضعف سے اے گریہ! کچھ باقی مرے تن میں نہیں
رنگ ہوکر اڑ گیا، جو خوں کہ دامن میں نہیں

ہوگئے ہیں جمع اجزائے نگاہِ آفتاب
ذرے اسکے گھر کی دیواروں کے روزن میں نہیں

کیا کہوں تاریکِ زندانِ غم اندھیر ہے
پنبہ نورِ صبح سے کم جس کے روزن میں نہیں

رونقِ ہستی، ہے عشقِ خانہ ویراں ساز سے
انجمن بے شمع ہے، گر برق خرمن میں نہیں

ज़ख़्म सिलवाने से मुझ पर चाराजोई[1] का है ताअ़न[12]
ग़ैर समझा है कि लज़्ज़त ज़ख़्मे-सोज़न[3] में नहीं
बस कि हैं हम इक बहारे-नाज़ के मारे हुए
जल्वा-ए-गुल के सिवा गर्द अपने मदफ़न[4] में नहीं
क़तरा-क़तरा इक हयूला[5] है, नये नासूर का
भी ज़ौक़े-दर्द से फ़ारिग़[6] मेरे तन में नहीं
ले गई साक़ी की नख़वत[7] क़ुल्ज़म-आशामी[8] मेरी
मौजे-मै की आज रग मीना की गर्दन में नहीं
हो फ़िशारे-ज़ोफ़[9] में क्या नातवानी[10] की नुमूद[11] ?
क़द के झुकने को भी गुंजाइश मेरे तन में नहीं
थी वतन में शान क्या 'ग़ालिब', कि हो ग़ुर्बत[12] में क़द्र
बेतकल्लुफ़ हूं वो मुश्ते-ख़स[13] कि गुलख़न[14] में नहीं

ओहदे से मदहे-नाज़[15] के बाहर न आ सका
गर इक अदा हो तो उसे अपनी क़ज़ा[16] कहूं
हल्क़े हैं चश्म-हाए-कुशादा[17]-ब-सूए-दिल[18]
हर तारे ज़ुल्फ़ को निगहे-सुरमा-सा कहूं
मैं और सद-हज़ार नवाए-जिगर-ख़राश[19]
तू और एक वो न शुनीदन[20] कि क्या कहूं

1-उपचार 2-ताना, उलाहना 3-सुई का धाव 4-क़ब्र 5-भौतिक तत्त्व 6-निश्चित 7-घमण्ड8-समुद्र को पी जाना 9-दुर्बलता का दबाव 10-कमज़ोरी 11-प्रकटीकरण 12-परदेस 13-मुट्ठी-भर घास 14-आग उत्पन्न करने वाला एक पत्थर 15-सौंदर्य की प्रशंसा 16-मृत्यु 17-विस्फारित आंखें 18-दिल की ओर 19-जिगर चीरनेवाली आवाज़ 20-सुनना

زخم سلوانے سے ،مجھ پر چارہ جوئی کا ہے طعن
غیر سمجھا ہے کہ لذت زخمِ سوزن میں نہیں

بسکہ ہیں ہم اک بہارِ ناز کے مارے ہوئے
جلوۂ گل کے سوا، گرد اپنے مدفن میں نہیں

قطرہ قطرہ، اک ہیولیٰ ہے، نئے ناسور کا
خوں بھی، ذوقِ درد سے، فارغ مرے تن میں نہیں

لے گئی ساقی کی نخوت، قلزم آشامی مری
موجِ مے کی آج رگ، مینا کی گردن میں نہیں

ہو فشارِ ضعف میں کیا ناتوانی کی نمود!
قد کے جھکنے کی بھی گنجایش مرے تن میں نہیں

تھی وطن میں شان کیا، غالبؔ! کہ ہو غربت میں قدر
بے تکلف، ہوں وہ مشتِ خس کہ گلخن میں نہیں

عہدے سے مدحِ ناز کے باہر نہ آسکا
گر اک ادا ہو، تو اسے اپنی قضا کہوں

حلقے ہیں، چشم ہائے کشادہ بسوے دل
ہر تارِ زلف کو، نگہِ سرمہ سا کہوں

میں، اور صد ہزار نواے جگر خراش
تو، اور ایک وہ نشنیدن کہ کیا کہوں

ज़ालिम मेरे गुमां से मुझे मुन्फ़इल[1] न चाह
हय, हय, ख़ुदा-न-कर्दा, तुझे बेवफ़ा कहूं

मेहरबां होके बुला लो मुझे चाहो जिस वक़्त
मैं गया वक़्त नहीं हूं कि फिर आ भी न सकूं
ज़ोफ़[2] में ताना-ए-अग़यार[3] का शिकवा क्या है
बात कुछ सर तो नहीं है कि उठा भी न सकूं
ज़हर मिलता ही नहीं मुझको सितमगर, वर्ना
क्या कसम है तेरे मिलने की कि खा भी न सकें

हमसे खुल जाओ बवक़्ते-मैपरस्ती[4] एक दिन
वर्ना हम छेड़ेंगे, रखकर उज़्रेमस्ती एक दिन
ग़र्राए-औजे-बिनाए-आलमे इम्क़ा[5] न हो
इस बलन्दी के नसीबों में है पस्ती एक दिन
क़र्ज़ की पीते थे मै लेकिन समझते थे कि हां
रंग लायेगी हमारी फ़ाक़ामस्ती एक दिन
नग्मा-हाए-ग़म को भी ऐ दिल, ग़नीमत जानिए
बे-सदा[6] हो जायेगा यह साज़े-हस्ती[7] एक दिन
धौल-धप्पा उस सरापा-नाज़ का शेवा नहीं
हम ही कर बैठे थे 'ग़ालिब' पेशदस्ती[8] एक दिन

हम पर जफ़ा से तर्के-वफ़ा का गुमां नहीं
इक छेड़ है वगर्ना मुराद इम्तिहां नहीं

1-पश्चात्ताप करने वाला 2-दुर्बलता 3-शत्रुओं का व्यंग्य 4-शराब पीते समय 5-दुनिया को अपने महान होने का गर्व 6-मौन 7-शरीर 8-पहल, छेड़ख़ानी

ظالم! مرے گماں سے مجھے منفعل نہ چاہ
ہے ہے، خدا نکردہ، تجھے بیوفا کہوں!

مہرباں ہوکے بلا لو مجھے، چاہو جس وقت
میں گیا وقت نہیں ہوں کہ پھر آ بھی نہ سکوں
ضعف میں طعنۂ اغیار کا شکوہ کیا ہے
بات کچھ سر تو نہیں ہے کہ اٹھا بھی نہ سکوں
زہر ملتا ہی نہیں مجھ کو ستمگر، ورنہ
کیا قسم ہے ترے ملنے کی کہ کھا بھی نہ سکوں

ہم سے کھل جاؤ بہ وقتِ مے پرستی ایک دن
ورنہ ہم چھیڑینگے، رکھ کر عذرِ مستی ایک دن
غرّۂ اوجِ بنائے عالمِ امکاں نہ ہو
اس بلندی کے نصیبوں میں ہے پستی ایک دن
قرض کی پیتے تھے مے، لیکن سمجھتے تھے کہ ہاں،
رنگ لاویگی ہماری فاقہ مستی ایک دن
نغمہ ہاے غم کو بھی، اے دل! غنیمت جانیے
بے صدا ہوجائیگا یہ سازِ ہستی ایک دن
دھول دھپا اس سراپا ناز کا شیوہ نہیں
ہم ہی کر بیٹھے تھے، غالب! پیش دستی ایک دن

ہم پر، جفا سے، ترکِ وفا کا گماں نہیں
اک چھیڑ ہے، وگر نہ مراد امتحاں نہیں

किस मुंह से शुक्र कीजिए इस लुत्फ़े-ख़ास का
पुरसिश[1] है और पाए-सुख़न[2] दरमियां नहीं

हमको सितम अज़ीज़, सितमगर को हम अज़ीज़
ना-मेहरबां नहीं है, अगर मेहरबां नहीं

बोसा नहीं, न दीजिये, दुश्नाम[3] ही सही
आख़िर ज़बां तो रखते हो तुम, गर दहां[4] नहीं

हरचन्द जां - गुदाज़िए - क़हरो - इताब[5] हैं
हरचन्द पुश्त - गर्मी - ए - ताबो - तवां नहीं

जां मुतरिबे - तराना - ए - हल - मिन - मज़ीद[6] है
लब परदा - संजे - ज़रज़म - ए - अल - अमां[7] नहीं

ख़ंजर से चीर सीना अगर दिल न हो दुनीम[8]
दिल में छुरी चुभो मिज़ां[9] गर ख़ूंचकां[10] नहीं

है नंगे-सीना दिल अगर, आतिश-कदा न हो
है आरे-दिल[11] नफ़स अगर आज़र-फ़िशां[12] नहीं

नुक़्सां नहीं जुनूं में बला से हो घर ख़राब
सौ गज़ ज़मीं के बदले बयाबां गिरा नहीं

कहते हो क्या लिखा है तेरी सरनविश्त[13] में
गोया जबीं पे सजदा-ए-बुत का निशां नहीं

पाता हूं उससे दाद कुछ अपने कलाम की
रूह-उल-कुदुस[14] अगचें मेरा हमज़बां नहीं

1-हाल पूछना 2-बात का माध्यम (बातचीत) 3-गाली 4-मुंह 5-क्रोध और रोष से उत्पन्न कष्ट 6-'और लाओ' का गीत गाने वाला 7-शरण मांगना 8-दो टुकड़े 9-पलक 10-रक्तरंजित 11-दिल के लिए लज्जा 12-आग उगलने वाला 13-भाग्य 14-एक फ़रिश्ता

کس منہ سے شکر کیجیے، اس لطفِ خاص کا
پرسش ہے، اور پائے سخن درمیاں نہیں

ہم کو ستم عزیز، ستمگر کو ہم عزیز
نامہرباں نہیں ہے، اگر مہرباں نہیں

بوسہ نہیں، نہ دیجیے، دشنام ہی سہی
آخر زباں تو رکھتے ہو تم، گر دہاں نہیں

ہر چند جاں گدازیِ قہر و عتاب ہے
ہر چند پشت گرمیِ تاب و تواں نہیں

جاں، مطربِ ترانۂ ''ہل من مزید'' ہے
لب، پردہ سنجِ زمزمۂ الاماں نہیں

خنجر سے چیر سینہ، اگر دل نہ ہو دونیم
دل میں چھری چبھو، مژہ گر خونچکاں نہیں

ہے ننگِ سینہ دل اگر آتشکدہ نہ ہو
ہے عارِ دل، نفس اگر آزر فشاں نہیں

نقصاں نہیں، جنوں میں بلا سے ہو گھر خراب
سو گز زمیں کے بدلے بیاباں گراں نہیں

کہتے ہو، ''کیا لکھا ہے تری سرنوشت میں!
گویا جبیں پہ سجدۂ بت کا نشاں نہیں

پاتا ہوں اس سے داد کچھ اپنے کلام کی
روح القدس اگرچہ مرا ہم زباں نہیں

जां है बहाए-बोसा[1] वले क्यों कहे अभी
'ग़ालिब' को जानता है कि वो नीमजा नहीं

मानअ-ए-दश्त-नवर्दी[2] कोई तदबीर नहीं
एक चक्कर है मेरे पांव में ज़ंजीर नहीं
शौक़ उस दश्त में दौड़ाए है मुझको कि जहां
जादा[3] ग़ैर-अज़[4] निगहे-दीदा-ए-तस्वीर[5] नहीं
हसरते-लज़्ज़ते-आज़ार[6] रही जाती है
जादा-ए-राहे-वफ़ा[7] जुज़ दमे-शमशीर[8] नहीं
रंजे-नौमीदी-ए-जावेद गवारा रहियो
ख़ुश हूं गर नाला ज़बूनी-कशे तासीर नहीं
सर खुजाता है जहां ज़ख़्मे-सर अच्छा हो जाए
लेज़्ज़ते-संग[9] बअन्दाज़-ए-तक़रीर नहीं
जब करम[10] रुख़्सते-बेबाक़ी-ओ-गुस्ताखी दे
कोई तक़सीर[11] बजुज़ ख़िजलते-तक़सीर[12] नहीं
'ग़ालिब' अपना ये अक़ीदा[13] है बक़ौले-'नासिख़'
'आप बे-बहरा है जो मोतक़िदे-मीर[14] नहीं

मत मर्दुम के-दीदा[15] में समझो ये निगाहें
हैं जमअ सुवैदाए-दिले-चश्म[16]में आहें

1-चुम्बन का मूल्य 2-जंगल में घूमने से रोकने वाली 3-मार्ग 4-सिवाय 5-तस्वीर की आंख की दृष्टि 6-दुःख के स्वाद की आकांक्षा 7-प्रेममार्ग 8-तलवार की धार 9-पत्थर खाने का मज़ा 10-कृपा की मूर्ति अर्थात् प्रेयसी 11-अपराध 12-अपराध पर लज्जित होना 13-विश्वास 14-कवि 'मीर' का श्रद्धालु 15-आंख की पुतली 16-दिल का दाग़ (पुतली)

جاں ہے بہاے بوسہ، ولے کیوں کہے، کبھی
غالبؔ کو جانتا ہے کہ وہ نیم جاں نہیں

مانعِ دشت نوردی، کوئی تدبیر نہیں
ایک چکر ہے، مرے پانو میں زنجیر نہیں
شوق اس دشت میں دوڑائے ہے مجھکو کہ جہاں
جادہ، غیر از نگہہِ دیدۂ تصویر نہیں
حسرتِ لذتِ آزار رہی جاتی ہے
جادۂ راہِ وفا جز دمِ شمشیر نہیں
رنجِ نومیدیِ جاوید! گوارا رہیو!
خوش ہوں گر نالہ زبونی کشِ تاثیر نہیں
سر کھجاتا ہے، جہاں زخمِ سر اچھا ہوجائے
لذتِ سنگ بہ اندازۂ تقریر نہیں
جب کرم رخصتِ بیباکی وگستاخی دے
کوئی تقصیر بجز خجلتِ تقصیر نہیں
غالبؔ! اپنا یہ عقیدہ ہے، بقولِ ناسخؔ
''آپ بے بہرہ ہے، جو معتقدِ میرؔ نہیں''

مت مردمکِ دیدہ میں سمجھو یہ نگاہیں
ہیں جمع سویداے دلِ چشم میں آہیں

बरशकाले-दीदा-ए-आशिक़[1] है, देखा चाहिए
खुल गई मानिन्दे गुल[2] सौ जा[3] से दीवारे-चमन
उल्फ़ते-गुल से ग़लत है दावा-ए-वारस्तगी[4]
सर्व है बावस्फ़े-आज़ादी[5] गिरफ़्तारे-चमन

इश्क़ तासीर[6] से नोमीद[7] नहीं
जां-सुपारी[8] शजरे-बेद[9] नहीं
सल्तनत दस्त-बदस्त आई है
जामे-मै ख़ातिमे-जमशेद[10] नहीं
है तजल्ली[11] तेरी सामाने-बुजूद
ज़र्रा बे-परतवे-ख़ुर्शीद[12] नहीं
राज़े-माशूक़ न रुसवा[13] हो जाए
वर्ना मर जाने में कुछ भेद नहीं
गर्दिशे - रंग - तरब[14] से डर है
ग़मे - महरूमी - ए - जावेद[15] नहीं
कहते हैं जीते हैं उम्मीद पे लोग
हम को जीने की भी उम्मीद नहीं

1-प्रेम के रुदन की बरसात 2-फूल के सदृश 3-जगह 4-स्वतंत्रता का दावा 5-आज़ादी के बावजूद 6-प्रभाव 7-निराश 8-जान निछावर करना 9-बेद का पेड़ (निष्फल) 10-जमशेद बादशाह की अंगूठी 11-प्रकाश 12-सूरज के आलोक के बिना 13-बदनाम 14-आनन्द के परिवर्तनशील रंग 15-सदा वंचित रहने का दुःख

برشکالِ گریۂ عاشق ہے، دیکھا چاہیے
کھل گئی مانندِ گل سو جا سے دیوارِ چمن

الفتِ گل سے غلط ہے دعویِ وارستگی
سرو ہے، باوصفِ آزادی گرفتارِ چمن

☆☆

عشق تاثیر سے نومید نہیں
جاں سپاری شجرِ بید نہیں

سلطنت دست بدست آئی ہے
جامِ مے، خاتمِ جمشید نہیں

ہے تجلی تری سامانِ وجود
ذرہ بے پرتوِ خرشید نہیں

رازِ معشوق نہ رسوا ہو جائے
ورنہ مر جانے میں کچھ بھید نہیں

گردشِ رنگِ طرب سے ڈر ہے
غمِ محرومیِ جاوید نہیں

کہتے ہیں، جیتے ہیں امید پہ لوگ
ہم کو جینے کی بھی امید نہیں

जहां तेरा नक़्शे-क़दम[1] देखते हैं
ख़ियाबां-ख़ियाबां[2] इरम[3] देखते हैं
दिल-आशुफ़्तगा[4] ख़ाले-कुंजे-दहन[5] हैं
सुवैदा[6] में सैर-अदम[7] देखते हैं
तेरे सर्वे-क़ामत[8] से इक क़द्दे-आदम[9]
क़यामत के फ़ित्ने को कम देखते है
तमाशा कर ऐ महवे-आईनादारी[10]
तुझे किस तमन्ना से हम देखते हैं
सुराग़े-तुफ़े-नाला[11] ले दाग़े-दिल से
कि शब-रौ[12] का नक़्शे-क़दम देखते हैं
बनाकर फ़क़ीरों का हम भेस 'ग़ालिब'
तमाश-ए-अहले-करम[13] देखते हैं

मिलती है ख़ूए-यार[14] से नार[15] इल्तिहाब[16] में
काफ़िर हूं गर न मिलती हो राहत अज़ाब[17] में
कब से हूं क्या बताऊं जहाने-ख़राब में
शब-हाए-हिज्र[18] को भी रखूं गर हिसाब में
ता फिर न इन्तज़ार में नींद आए उम्र भर
आने का अ़हद[19] कर गये आये जो ख़्वाब में

1-पदचिन्ह 2-क्यारी-क्यारी 3-स्वर्ग 4-परेशान-हाल 5-अधर के कोने का तिल 6-दिल का दाग़ 7-अनस्तित्व का तमाशा 8-सर्व के पेड़ जैसा लम्बा क़द 9-मनुष्य के क़द जितना 10-आईना देखने में मस्त 11-आह की गर्मी का पता 12-रात का राही 13-दानियों का तमाशा 4-प्रेयसी का स्वभाव 15-आग (नरक) 16-लपट 17-दुःख 18-वियोग की रातें 19-वाअ़दा

جہاں تیرا نقشِ قدم دیکھتے ہیں
خیاباں خیاباں ارم دیکھتے ہیں

دل آشفتگاں، خالِ کنجِ دہن کے
سویدا میں سیرِ عدم دیکھتے ہیں

ترے سروِ قامت سے اک قدِ آدم
قیامت کے فتنے کو کم دیکھتے ہیں

تماشا کہ، اے محوِ آئینہ داری!
تجھے کس تمنا سے ہم دیکھتے ہیں

سراغِ تفِ نالہ، لے داغِ دل سے
کہ شب رَو کا نقشِ قدم دیکھتے ہیں

بنا کر فقیروں کا ہم بھیس، غالبؔ!
تماشائے اہلِ کرم دیکھتے ہیں

ملتی ہے خوئے یار سے نار التہاب میں
کافر ہوں، گر نہ ملتی ہو راحت عذاب میں

کب سے ہوں، کیا بتاؤں، جہانِ خراب میں
شب ہائے ہجر کو بھی رکھوں گر حساب میں

تا پھر نہ انتظار میں نیند آئے عمر بھر
آنے کا عہد کر گئے، آئے جو خواب میں

क़ासिद[1] के आते-आते ख़त इक और लिख रखूं
मैं जानता हूं, जो वो लिखेंगे जवाब में
मुझ तक कब उनकी बज़्म में आता था दौरे-जाम
साक़ी ने कुछ मिला न दिया हो शराब में
जो मुन्किरे-वफ़ा[2] हो फ़रेब उस पे क्या चले
क्यों बदगुमां हूं दोस्त से, दुश्मन के बाब में[3]
मैं मुज़्तरिब[4] हूं वस्ल में ख़ौफ़े-रक़ीब[5] से
डाला है तुमको वहम ने किस पेचो-ताब में
मैं और हज़्ज़े-वस्ल[6] ख़ुदा-साज़[7] बात है
जां नज़्र देनी भूल गया इज़्तिराब[8] में
है तेवरी चढ़ी हुई अन्दर नक़ाब के
है इक शिकन पड़ी हुई तर्फ़े नक़ाब में
लाखों लगाव, एक चुराना निगाह का
लाखों बनाव, एक बिगड़ना इताब[9] में
वो नाला दिल में ख़स के बराबर जगह न पाये
जिस नाले से शिगाफ़ पड़े आफ़ताब[10] में
वो सेह्र[11] मुद्दआ -तलबी[12] में न काम आये
जिस सेह्र से सफ़ीना[13] खां[14] हो सराब[15] में
'ग़ालिब' छुटी शराब, पर अब भी कभी-कभी
पीता हूं रोज़े-अब्रो[16]-शबे-माहताब[17] में

1-संदेशवाहक 2-वफ़ा से इनकार करने वाला 3-सम्बन्ध में 4-बेचैन 5-प्रतिद्वन्द्वी का भय 6-मिलने का आनन्द 7-ख़ुदा की देन 8-विकलता 9-क्रोध 10-सूरत 11-जादू, मन्त्र 12-इच्छापूर्ति 13-नाव 14-चलता 15-मरीचिका 16-जिस दिन बादल छाया हो 17-चांदनी रात

قاصد کے آتے آتے، خط اک اور لکھ رکھوں
میں جانتا ہوں جو وہ لکھینگے جواب میں

مجھ تک کب' ان کی بزم میں، آتا تھا دورِ جام
ساقی نے کچھ ملا نہ دیا ہو شراب میں

جو منکرِ وفا ہو، فریب اس پہ کیا چلے
کیوں بدگماں ہوں دوست سے' دشمن کے باب میں

میں مضطرب ہوں وصل میں' خوفِ رقیب سے
ڈالا ہے تم کو وہم نے، کس پیچ وتاب میں

میں، اور حظِ وصل، خداساز بات ہے
جاں نذر دینی بھول گیا اضطراب میں

ہے تیوری چڑھی ہوئی اندر نقاب کے
ہے اک شکن پڑی ہوئی طرفِ نقاب میں

لاکھوں لگاؤ، ایک چرانا نگاہ کا
لاکھوں بناؤ، ایک بگڑنا عتاب میں

وہ نالہ، دل میں خس کے برابر جگہ نہ پائے!
جس نالے سے شگاف پڑے آفتاب میں

وہ سحر، مدعا طلبی میں نہ کام آئے!
جس سحر سے سفینہ رواں ہو سراب میں

غالبؔ! چھٹی شراب، پر اب بھی، کبھی کبھی
پیتا ہوں روزِ ابروشبِ ماہتاب میں

कल के लिए कर आज न ख़िस्सत[1] शराब में
यह सूए-ज़न[2] है साक़ी-ए-कौसर[3] के बाब में

हैं आज क्यों ज़लील कि कल तक न थी पसन्द
गुस्ताख़ी-ए-फ़रिश्ता हमारी जनाब में[4]

जां क्यों निकलने लगती है तन से दमे-समाअ़[5]
गर वो सदा समाई है चंगो-रबाब में

रौ[6] में है रख़्शे-उम्र[7] कहां देखिए थमे
न हाथ बाग पर है न पा है रकाब में

उतना ही मुझ को अपनी हक़ीक़त से बोअ़द[8] है
जितना कि वहमे-ग़ैर से हूं पेचो-ताब में

अस्ले - शुहूदो - शाहिदो - मशहूद[9] एक है
हैरां हूं फिर मुशाहिदा[10] है किस हिसाब में

है मुश्तमिल[11] नुमूदे-सुवर[12] पर वुजूदे-बहर[13]
यां क्या धेरा है क़तरा-ओ-मौजो-हुबाब[14] में

शर्म एक अदाए-नाज़ है अपने ही से सही
हैं कितने बे-हिजाब कि हैं यों हिजाब[15] में

1-कंजूसी 2-अविश्वास 3-कौसर स्रोत का साक़ी (ख़ुदा) 4-ख़ुदा ने मनुष्य को बनाकर सब फ़रिश्तों से कहा कि तुम इसे सिजदा अर्थात् प्रणाम करो। एक फ़रिश्ते ने यह आदेश मानने से इनकार किया, तो ख़ुदा ने उसे स्वर्ग से निकाल दिया और वह शैतान बना। उसी ओर संकेत करते हुए कहा है कि कभी हमारे अर्थात् मनुष्य के हुजूर में फ़रिश्ते की उद्दण्डता भी गवारा नहीं थी ,पर आज वही मनुष्य इतना अपमानित क्यों हो रहा है? 5-गाना सुनते समय 6-गति 7-आयु का घोड़ा 8-दूरी 9-उपस्थिति, दर्शक और जिसे देखा जाए 10-अवलोकन 11-निर्भर 12-रूप का प्रकट होना 13-समुद्र का अस्तित्व 14-बूंद, लहर और बुलबुला 15-पर्दा

کل کے لیے، کر آج نہ خِسّت شراب میں
یہ سوء ظن ہے ساقیِ کوثر کے باب میں

ہیں آج کیوں ذلیل، کہ کل تک نہ تھی پسند
گستاخیِ فرشتہ ہماری جناب میں

جاں کیوں نکلنے لگتی ہے تن سے، دمِ سماع
گر وہ صدا سمائی ہے چنگ و رباب میں

رو میں ہے رخشِ عمر، کہاں دیکھیے، تھمے
نے ہاتھ باگ پر ہے، نہ پا ہے رکاب میں

اتنا ہی مجھکو اپنی حقیقت سے بُعد ہے
جتنا کہ وہمِ غیر سے ہوں پیچ و تاب میں

اصلِ شہود و شاہد و مشہود ایک ہے
حیراں ہوں، پھر مشاہدہ ہے کس حساب میں!

ہے مشتمل نمودِ صُوَر پر وجودِ بحر
یاں کیا دھرا ہے قطرہ و موج و حباب میں

شرم ایک ادائے ناز ہے، اپنے ہی سے سہی
ہیں کتنے بے حجاب کہ ہیں یوں حجاب میں

आराइशे-जमाल[1] से फ़ारिग नहीं हनोज़
पेशे-नज़र है आईना दाइम नक़ाब में
हैं ग़ैबे-ग़ैब[2] जिसको समझते हैं हम शुहूद[3]
हैं ख़्वाब में हनोज़, जो जागे हैं ख़्वाब में
'ग़ालिब' नदीमे-दोस्तों[4] से आती है बूए-दोस्त
मशग़ूले-हक़ हूं बन्दगी-ए-बूतुराब[5] में

हैरां हूं, दिल को रोऊं कि पीटूं जिगर को मैं
मक़दूर[6] हो तो साथ रखूं नौहागर[7] को मैं
छोड़ा न रश्क[8] ने कि तेरे घर का नाम लूं
हर इक से पूछता हूं कि जाऊं किधर को मैं
जाना पड़ा रक़ीब के दर पर हज़ार बार
ऐ काश, जानता न तेरी रहगुज़र को मैं
है क्या जो कस के बांधिए मेरी बला डरे
क्या जानता नहीं हूं तुम्हारी कमर को मैं
लो, वह भी कहते हैं कि यह बेनंगो-नाम है
यह जानता अगर तो लुटाता न घर को मैं
चलता हूं थोड़ी दूर हर-इक तेज़-रौ[9] के साथ
पहचानता नहीं हूं अभी राहबर[10] को मैं
ख़्वाहिश को अहमकों ने परस्तिश[11] दिया क़रार
क्या पूजता हूं उस बुते-बेदादगर[12] को मैं

1-सौन्दर्य का श्रृंगार 2-छिपा हुआ 3-प्रकट 4-मित्र का साथी 5-हज़रत अली की वंदना 6-सामर्थ्य 7-रोने वाला, मर्सिया कहने वाला 8-ईर्ष्या 9-तीव्रगामी 10-पथ-प्रदर्शक 11-पूजा 12-निष्ठुर प्रिय

آرایشِ جمال سے فارغ نہیں ہنوز
پیشِ نظر ہے آینہ دائم نقاب میں
ہے غیب غیب، جس کو سمجھتے ہیں ہم شہود
ہیں خواب میں ہنوز، جو جاگے ہیں خواب میں
غالبؔ! ندیمِ دوست سے آتی ہے بوے دوست
مشغولِ حق ہوں، بندگیِ بوتراب میں

حیراں ہوں، دل کو روؤں کہ پیٹوں جگر کو میں
مقدور ہو تو ساتھ رکھوں نوحہ گر کو میں
چھوڑا نہ رشک نے کہ ترے گھر کا نام لوں
ہر اک سے پوچھتا ہوں کہ جاؤں کدھر کو میں؟
جانا پڑا رقیب کے در پر ہزار بار
اے کاش! جانتا نہ تری رہگزر کو میں
ہے کیا جو کس کے باندھیے، میری بلا ڈرے
کیا جانتا نہیں ہوں تمھاری کمر کو میں
لو وہ بھی کہتے ہیں کہ یہ بے ننگ و نام ہے
یہ جانتا اگر، تو لٹاتا نہ گھر کو میں
چلتا ہوں تھوڑی دور ہر اک تیز رَو کے ساتھ
پہچانتا نہیں ہوں ابھی راہبر کو میں
خواہش کو احمقوں نے پرستش دیا قرار
کیا پوجتا ہوں اس بتِ بیداد گر کو میں؟

फिर बेख़ुदी में भूल गया, राहे-कू-ए-यार
जाता वगर्ना एक दिन अपनी ख़बर को मैं
अपने पे कर रहा हूं कयास अहले-दहर[1] का
समझा हूं दिल-पज़ीर[2] मताअ-ए-हुनर[3] को मैं
'ग़ालिब' ख़ुदा करे कि सवारे-समन्दे-नाज़[4]
देखूं अली बहादुरे-आली-गुहर को मैं

ज़िक्र मेरा ब-बदी भी उसे मंज़ूर नहीं
ग़ैर की बात बिगड़ जाये, तो कुछ दूर नहीं
बादा-ए-सैरे-गुलिस्तां है ख़ुशा[5] तालअं-ए-शौक़[6]
मुज़्दए-कत्ल[7] मुक़द्दर[8] है जो मजकूर[9] नहीं
शाहिदे-हस्तिए-मुतलक[10] की कमर है आलम
लोग कहते हैं कि है, पर हमें मंज़ूर[11] नहीं
क़तरा अपना भी हक़ीक़त में है दरिया लेकिन
हमको तक़लीदे-तुनुक-ज़र्फिए-मंसूर नहीं
हसरत ! ऐ ज़ौक़-ख़राबी, कि वो ताक़त न रही
इश्क़े-पुर-अ़रबदा[12] की गौ[13] तने-रंजूर[14] नहीं
मैं जो कहता हूं कि हम लेंगे क़यामत में तुम्हें
किस रऊनत[15] से वो कहते हैं कि हम हूर नहीं

1-दुनिया वाले 2-दिल को लुभाने वाला 3-हुनर की दौलत 4-गर्व के घोड़े पर सवार 5-प्रसन्न होने की बात 6-शौक़ का भाग्य 7-कत्ल की ख़ुशख़बरी 8-क़िस्मत की लगी हुई 9-ज़िक्र 10-पूर्ण अस्तित्व वाला भगवान 11-मंसूर के ओछेपन का अनुसरण 12-जंगजू इश्क़ 13-योग्य 14-बीमार शरीर 15-घमण्ड

پھر بیخودی میں بھول گیا راہِ کوئے یار
جاتا وگرنہ ایک دن اپنی خبر کو میں
اپنے پہ کر رہا ہوں قیاس اہلِ دہر کا
سمجھا ہوں دلپذیر متاعِ ہنر کو میں
غالبؔ! خدا کرے کہ سوارِ سمندِ ناز
دیکھوں علی بہادرِ عالی گہر کو میں

ذکر میرا، بہ بدی بھی اسے منظور نہیں
غیر کی بات بگڑ جائے تو کچھ دُور نہیں
وعدۂ سیرِ گلستاں ہے 'خوشا طالعِ شوق!
مژدۂ قتل مقدر ہے جو مذکور نہیں
شاہدِ ہستیِ مطلق کی کمر ہے عالم
لوگ کہتے ہیں کہ ہے، پر ہمیں منظور نہیں
قطرہ اپنا بھی حقیقت میں ہے دریا لیکن
ہم کو تقلیدِ تنک ظرفیِ منصور نہیں
حسرت 'اے ذوقِ خرابی! کہ وہ طاقت نہ رہی
حقِ پُر عربدہ کی گوں تنِ رنجور نہیں
میں جو کہتا ہوں کہ ہم لینگے قیامت میں تمھیں
کس رعونت سے وہ کہتے ہیں کہ "ہم حور نہیں"

ज़ुल्म कर, ज़ुल्म, अगर लुत्फ़ दरेग़[1] आता हो
तू तग़ाफ़ुल[2] में किसी रंग से माअ़ज़ूर[3] नहीं
साफ़ दुर्दीकशे-पैमाना-ए-जम[4] हैं हम लोग
वाए वो बादा जो अफ़शुर्दा-ए-अंगूर[5] नहीं
हूं 'ज़ुहूरी' के मुकाबिल में ख़िफाई 'ग़ालिब'
मेरे दावे पे यह हुज्जत है कि मशहूर नहीं

नाला जुज़ हुस्ने-तलब[6] ऐ सितम-ईजाद नहीं
हैं तक़ाज़ा-ए-जफ़ा शिकवा-ए-बेदाद[7] नहीं
इश्क़ो-मज़दूरी-ए-इश्रत-गहे-ख़ुसरो[8], क्या ख़ूब !
हमको तस्लीम नेकनामी-ए-फरहाद[9] नहीं
कम नहीं वो भी ख़राबी में, पै वुसअ़त[10] मालूम
दश्त[11] में है मुझे वो ऐश कि घर याद नहीं
अहले-बीनिश[12] को हैं तूफ़ाने-हवादिस[13] मकतब
लतमए-मौज[14] कम-अज़-सेलिए-उस्ताद[15] नहीं
वाए महरूमी-ए-तस्लीम बदा[16] हाले-वफ़ा
जानता है कि हमें ताक़ते-फ़रियाद नहीं
रंगे-तमकीने[17]-गुलो-लाला-परीशां क्यों है ?
गर चराग़ाने-सरे-रह-गुज़रे बाद[18] नहीं

1-मन न करता हो 2-उपेक्षा 3-विवश 4-जमशेद के प्याले की तलछट तक पी जाने वाले 5-अंगूर की निचोड़ी हुई 6-सविनय मांग 7-निष्ठुरता की शिकायत 8-ख़ुसरो बादशाह के महल की मज़दूरी (जो फ़रहाद ने की थी) 9-फ़रहाद की नेकनामी 10-विस्तार 11-जंगल 12-बुद्धिमान 13-विपत्तियों का तूफ़ान 14-लहरों का थपेड़ा 15-उस्ताद की चपत से कम 16-बहुत बुरा 17-शान 18-पवन के पथ के दीपक

ظلم کر ظلم، اگر لطف دریغ آتا ہو
تو تغافل میں کسی رنگ سے معذور نہیں
صاف دردی کشِ پیمانۂ جم ہیں ہم لوگ
وائے! وہ بادہ کہ افشردۂ انگور نہیں
ہوں ظہوری کے مقابل میں خفائی غالب
میرے دعوے پہ یہ حجت ہے کہ "مشہور نہیں"

نالہ جز حسنِ طلب اے ستم ایجاد نہیں
ہے تقاضائے جفا، شکوۂ بیداد نہیں
عشق و مزدوریِ عشرت گہہِ خسرو، کیا خوب!
ہم کو تسلیم نکونامیِ فرہاد نہیں
کم نہیں وہ بھی خرابی میں، پہ وسعت معلوم
دشت میں ہے مجھے وہ عیش کہ گھر یاد نہیں
اہلِ بینش کو ہے طوفانِ حوادث، مکتب
لطمۂ موج کم از سیلیِ استاد نہیں
وائے! محرومیِ تسلیم و بدا! حالِ وفا
جانتا ہے کہ ہمیں طاقتِ فریاد نہیں
رنگِ تمکینِ گل و لالہ، پریشاں کیوں ہے
گر چراغانِ سرِ رہگزرِ باد نہیں

सबदे-गुल[1] के तले बन्द करे है गुलचीं
मज़दा, ऐ मुर्ग़, कि गुलज़ार में सय्याद नहीं
नफ़ी[2] से करती है इस्बात[3] तराविश[4] गोया
दी है जाए-दहन[5] उसको दमे-ईजाद[6] "नहीं"
कम नहीं जल्वागरी में तेरे कूचे से बहिश्त
यही नक़्शा है, वले, इस क़दर आबाद नहीं
करते किस मुंह से हो ग़ुर्बत की शिकायत 'ग़ालिब'
तुमको बे-मुहरी-ए-याराने-वतन[7] याद नहीं

दोनों जहान देके वो समझे ये ख़ुश रहा
यां आ पड़ी ये शर्म कि तकरार क्या करें
थक-थक के हर मुक़ाम पे दो-चार रह गये
तेरा पता न पाएं, तो नाचार क्या करें
क्या शम्अ़ के नहीं हैं हवाख़्वाह अहले-बज़्म[9]
हो ग़म ही जांगुदाज़[10] तो ग़मख़्वार क्या करें

हो गई है ग़ैर की शीरीं-बयानी[11] कारगर[12]
इश्क़ का उसको गुमां हम बेज़बानों पर नहीं

1-फूलों का टोकरा 2-नकार 3-सकार 4-निकलती है 5-मुंह की जगह 6-रचना करते समय 7-देश वासियों की निष्ठुरता 8-शुभचिंतक 9-महफ़िल वाले 10-जान घुलाने वाला 11-मृदुभाषिता 12-सफल

سبزۂ گل کے تلے بند کرے ہے گلچیں
مژدہ، اے مرغ! کہ گلزار میں صیاد نہیں

نفی سے کرتی ہے اثبات تراوش، گویا
دی ہی جائے دہن اس کو دمِ ایجاد 'نہیں'

کم نہیں، جلوہ گری میں، ترے کوچے سے بہشت
یہی نقشہ ہے، ولے اس قدر آباد نہیں

کرتے کس منہ سے ہو غربت کی شکایت 'غالب'!
تم کو بے مہریِ یارانِ وطن یاد نہیں!

دونوں جہان دے کے وہ سمجھے، یہ خوش رہا
یاں آپڑی یہ شرم کہ تکرار کیا کریں

تھک تھک کے ہر مقام پہ دو چار رہ گئے
تیرا پتا نہ پائیں، تو ناچار کیا کریں!

کیا شمع کے نہیں ہیں ہوا خواہ، اہلِ بزم!
ہو غم ہی جاں گداز، تو غمخوار کیا کریں!

ہوگئی ہے غیر کی شیریں بیانی کارگر
عشق کا اس کو گماں ہم بے زبانوں پر نہیں

क़यामत है कि सुन लैला का दश्ते-क़स[1] में आना
तआज्जुब से वो बोला यों, भी होता है ज़माने में
दिले-नाज़ुक पे उसके रहम आता है मुझे 'ग़ालिब'
न कर सरगर्म उस काफ़िर को उल्फ़तआज़माने में

दिल लगाकर लग गया उनको भी तनहा बैठना
बारे, अपनी बेकसी की हमने पाई दाद यां
हैं जवाल-आपमादा[2] अज्ज़ा[3] आफ़रीनिश[4] के तमाम
मेहरे-गर्दू[5] है चिराग़े-रह-गुज़ारे-बाद यां

ये हम जो हिज्र[6] में दीवारो-दर को देखते हैं
कभी सबा को कभी नामाबर[7] को देखते हैं
वो आये घर में हमारे, ख़ुदा की क़ुदरत है
कभी हम उनको, कभी अपने घर को देखते हैं
नज़र लगे न कहीं उसके दस्तो-बाज़ू[8] को
ये लोग क्यों मेरे ज़ख़्मे-जिगर को देखते हैं
तेरे जवाहिरे-तरफ़े -कुलह[9] को क्या देखें
हम औज़-तालअ-एलालो-गुहर[10] को देखते हैं

1-मजनूं के प्रवास का जंगल 2-पतनोन्मुख 3-पंचभूत 4-सृष्टि 5-आकाश का सूर्य 6-वियोग 7-संदेशवाहक 8-हाथ और बांहें 9-टोपी में टंके हुए रत्न 10-हीरे-जवाहरात के भाग्य की ऊंचाई

قیامت ہے کہ سن لیلیٰ کا دشتِ قیس میں آنا
تعجب سے وہ بولا، ''یوں بھی ہوتا ہے زمانے میں!
دلِ نازک پہ اس کے رحم آتا ہے مجھے 'غالب!
نہ کر سر گرم اس کافر کو الفت آزمانے میں

دل لگا کر، لگ گیا ان کو بھی تنہا بیٹھنا
بارے، اپنی بیکسی کی ہم نے پائی دادیاں
ہیں زوال آمادہ اجزا آفرینش کے تمام
مہرِ گردوں ہے، چراغِ رہگزارِ بادیاں

یہ ہم 'جو ہجر میں 'دیوار ودر کو دیکھتے ہیں
کبھی صبا کو، کبھی نامہ بر کو دیکھتے ہیں
وہ آئے گھر میں ہمارے 'خدا کی قدرت ہے!
کبھی ہم ان کو، کبھی اپنے گھر کو دیکھتے ہیں
نظر لگے نہ کہیں، اس کے دست وبازو کو
یہ لوگ کیوں مرے زخمِ جگر کو دیکھتے ہیں!
ترے جواہرِ طرفِ کُلہ کو کیا دیکھیں!
ہم اوجِ طالعِ لعل وگہر کو دیکھتے ہیں

नहीं, कि मुझको क़यामत का एतिक़ाद[1] नहीं
शबे-फ़िराक़[2] से रोज़े-जज़ा[3] ज़ियाद[4] नहीं
कोई कहें कि शबे-मह[5] में क्या बुराई है
बला से, आज अगर दिन को अब्रो-बाद[6] नहीं
जो आऊं सामने उनके, तो मरहबा[7] न कहें
जो जाऊं वां से कहीं को तो ख़ैरबाद नहीं
कभी जो याद भी आता हूं मैं तो कहते हैं
कि आज बज़्म में कुछ फ़ित्ना-ओ-फ़साद नहीं
अलावा ईद के मिलती है और दिन भी शराब
गदा-ए-कूचा-ए-मैख़ाना[8] नामुराद नहीं
जहां में हो ग़मो-शादी बहम, हमें क्या काम
दिया है हमको ख़ुदा ने वो दिल कि शाद नहीं
तुम उनके वादे का ज़िक्र उनसे क्यों क़रो 'ग़ालिब'
ये क्या कि तुम कहो, और वो कहें कि याद नहीं

तेरे तौसन[9] को सबा[10] बांधते हैं
हम भी मज़मूं की हवा बांधते हैं
आह का किसने असर देखा है
हम भी इक अपनी हवा बांधते हैं

1-विश्वास 2-वियोग की रात 3-क़यामत का दिन 4-अधिक 5-चांदनी रात 6-घटाएं और हवाएं 7-शुभागमन 8-मधुशाला के कूचे का भिखारी 9-घोड़ा 10-हवा

نہیں کہ مجھ کو قیامت کا اعتقاد نہیں
شبِ فراق سے روزِ جزا زیاد نہیں

کوئی کہے کہ شبِ مہ میں کیا برائی ہے
بلا سے آج اگر دن کو ابر و باد نہیں

جو آؤں سامنے ان کے، تو مرحبا نہ کہیں
جو جاؤں واں سے کہیں کو، تو خیر باد نہیں

کبھی جو یاد بھی آتا ہوں میں، تو کہتے ہیں
کہ "آج بزم میں کچھ فتنہ وفساد نہیں!"

علاوہ عید کے ملتی ہے اور دن بھی شراب
گدائے کوچۂ میخانہ نامراد نہیں

جہاں میں ہو غم وشادی بہم، ہمیں کیا کام
دیا ہے ہم کو خدا نے وہ دل کہ شاد نہیں

تم ان کے وعدے کا ذکر ان سے کیوں کرو غالبؔ
یہ کیا کہ تم کہو اور وہ کہیں کہ "یاد نہیں"

تیرے توسن کو صبا باندھتے ہیں
ہم بھی مضموں کی ہوا باندھتے ہیں

آہ کا کس نے اثر دیکھا ہے!
ہم بھی ایک اپنی ہوا باندھتے ہیں

तेरी सुरअ़त[1] के मुक़ाबिल, ऐ उम्र !
बर्क़ को पा-ब-हिना[2] बांधते हैं
क़ैदे-हस्ती[3] से रिहाई मालूम
अश्क[4] को बे-सरो-पा बांधते हैं
नशा-ए-रंग से है वाशुदे-गुल[5]
मस्त कब बन्दे-क़बा[6] बांधते हैं
गलती-हाए-मज़ामीं मत पूछ
लोग नाले को रसा बांधते हैं
अहले-तदबीर की वामान्दगिया[7]
आबलों पर भी हिना बांधते हैं
सादा-पुरकार[8] हैं ख़ूब 'ग़ालिब'
हमसे पैमाने-वफ़ा बांधते हैं

ज़माना सख़्त कम-आज़ार[9] है बजाने-'असर'
वगर्ना हम तो तवक़्क़ो ज़ियादा रखते हैं

दायम[10] पड़ा हुआ तेरे दर पर नहीं हूं मैं
ख़ाक ऐसी ज़िन्दगी पे कि पत्थर नहीं हूं मैं
क्यों गर्दिशे-मुदाम[11] से घबरा न जाए दिल?
इन्सान हूं, प्याला-ओ-साग़र नहीं हूं मैं

1-तीव्र गति 2-मेहंदी लगे पांव (चलने में असमर्थ) 3-जीवन की क़ैद 4-आंसू 5-फूलों का खिलना 6-कुर्ते के बन्द 7-थकन 8-देखने में भेले किन्तु चतुर 9-कम दुःख देने वाला 10-हमेशा 11-सदा का चक्कर

تیری فرصت کے مقابل، اے عمر!
برق کو پابہ حنا باندھتے ہیں
قیدِ ہستی سے رہائی معلوم
اشک کو بے سروپا باندھتے ہیں
نشۂ رنگ سے ہے واشدِ گل
مست کب بندِ قبا باندھتے ہیں
غلطی ہائے مضامیں مت پوچھ
لوگ نالے کو رسا باندھتے ہیں
اہلِ تدبیر کی واماندگیاں!
آبلوں پر بھی حنا باندھتے ہیں
سادہ پُرکار ہیں خوباں، غالب!
ہم سے پیمانِ وفا باندھتے ہیں

زمانہ سخت کم آزار ہے بجانِ اسدؔ
وگرنہ ہم تو توقع زیادہ رکھتے ہیں

دائم پڑا ہوا ترے در پر نہیں ہوں میں
خاک ایسی زندگی پہ کہ پتھر نہیں ہوں میں
کیوں گردشِ مدام سے گھبر نہ جائے دل
انسان ہوں پیالہ وساغر نہیں ہوں میں

या रब! ज़माना मुझको मिटाता है किसलिए
लोहे-जहां[1] पे हर्फ़े-मुक़र्रर[2] नहीं हूं मैं
हद चाहिए सज़ा में उक़ूबत[3] के वास्ते
आख़िर गुनाहगार हूं काफ़िर नहीं हूं मैं
किस वास्ते अज़ीज़ नहीं जानते मुझे ?
लालो-ज़मुर्रुदो-ज़रो-गौहर नहीं हूं मैं
रखते हो तुम क़दम मेरी आंखों से क्यों दरेग़
रुतबे में मेहर-ओ-माह[4] से कमतर नहीं हूं मैं
करते हो मुझको मनअं-ए-क़दम-बोस[5] किसलिए
क्या आसमान के भी बराबर नहीं हूं मैं ?
'ग़ालिब' वज़ीफ़ाख़्वार हो, दो शाह को दुआ
वो दिन गये कि कहते थे "नौकर नहीं हूं मैं"

सब कहां? कुछ लाला-ओ-गुल में नुमायां[6] हो गईं
ख़ाक में क्या सूरतें होंगी कि पिनहां[7] हो गईं
याद थीं हमको भी रंगारंग बज़्मआराइयां[8]
लेकिन जब नक़्शो-निगारे-ताक़े-निसियां[9] हो गईं
थीं बनातुन्नाशे-गुर्दूं[10] दिन को पर्दे में निहां[11]
शब को उनके जी में क्या आई कि उरियां[12] हो गईं
क़ैद से याकूब ने ली गो न यूसुफ़ की ख़बर
लेकिन आंखें रौज़ने-दीवारे-ज़िन्दा[13] हो गईं

1-संसार रूपी तख़्ती 2-दुबारा लिखा गया अक्षर, फ़ालतू 3-कष्ट 4-सूरज और चांद 5-क़दम चूमने से मना 6-प्रकट 7-गुप्त 8-मजलिस सजाना 9-विस्मृति के ताक़ के बेल-बूटे 10-सप्तर्षि-मंडल 11-छिपे 12-प्रकट 13-क़ैदख़ाने की दीवार के छेद

یارب! زمانہ مجھ کو مٹاتا ہے کس لیے؟
لوحِ جہاں پہ حرفِ مکرّر نہیں ہوں میں

حد چاہیے سزا میں، عقوبت کے واسطے
آخر گناہگار ہوں، کافر نہیں ہوں میں

کس واسطے عزیز نہیں جانتے مجھے؟
لعل وزمرد وزر وگوھر نہیں ہوں میں

رکھتے ہوتم قدم مری آنکھوں سے کیوں دریغ!
رتبے میں مہر وماہ سے کمتر نہیں ہوں میں

کرتے ہو مجھ کو منع قدم بوس کس لیے!
کیا آسمان کے بھی برابر نہیں ہوں میں

غالبؔ، وظیفہ خوار ہو، دوشاہ کو دعا
وہ دن گئے جو کہتے تھے، نوکر نہیں ہوں میں"

سب کہاں، کچھ لالہ وگُل میں نمایاں ہوگئیں
خاک میں، کیا صورتیں ہونگی جو پنہاں ہوگئیں

یاد تھیں ہم کو بھی، رنگا رنگ بزم آرائیاں
لیکن اب نقش ونگارِ طاقِ نسیاں ہوگئیں

تھیں بنات النعش گردوں دن کو پردے میں نہاں
شب کو ان کے جی میں کیا آئی کہ عریاں ہوگئیں

قید میں، یعقوب نے لی گو نہ یوسف کی خبر
لیکن آنکھیں روزنِ دیوارِ زنداں ہوگئیں

सब रक़ीबों से हों नाख़ुश, पर ज़नाने-मिस्र से[1]
हैं ज़ुलेख़ा ख़ुश कि महवे-माहे-कनआ[2] हो गईं
जूए-ख़ूं[3] आंखों से बहने दो कि है शामे-फ़िराक़
मैं ये समझूंगा कि दो शम्अएं फ़रोज़ां[4] हो गईं
इन परीज़ादों से लेंगे ख़ुल्द[5] में हम इन्तक़ाम
क़ुदरते-हक़ से यही हूरें अगर वां हो गईं
नींद उसकी है, दिमाग़ उसका है, रातें उसकी हैं
तेरी ज़ुलफ़ें जिसके बाज़ू पर परीशां हो गईं
मैं चमन में क्या गया, गोया दबिस्तां[6] खुल गया
बुलबुलें सुनकर मेरे नाले ग़ज़लाख़्वा हो गईं
वो निगाहें क्यों हुई जाती हैं या रब दिल के पार
जो मेरी कोताही-ए-क़िस्मत[7] से मिज़गां हो गईं
बस कि रोका मैंने और सीने में उभरीं पै-ब-पै
मेरी आहें बख़िया-ए-चाके-गिरेबां हो गईं
वां गया भी मैं, तो उनकी गालियों का क्या जवाब?
याद थीं जितनी दुआएं सफ़े-दरबां हो गईं
जां-फिज़ां[8] है बादा[9] जिसके हाथ में जाम आ
गया सब लकीरें हाथ की गोया रगे-जां हो गईं
हम मुवहिहद[10] हैं हमारा केश[11] है तर्के-रुसूम[12]
मिल्लतें[13] जब मिट गई अज़्ज़ा-ए-ईमां[14] हो गईं
रंज से ख़ूगर[15] हुआ इंसां तो मिट जाता है रंज
मुश्किलें मुझपर पड़ीं इतनी कि आसां हो गईं

1-मिस्र देश की स्त्रियों 2-यूसुफ को देखने में खो गईं 3-ख़ून की नदी 4-प्रज्जवलित 5-स्वर्ग 6-पाठशाला 7-दुर्भाग्य 8-प्राणवर्धक 9-शराब 10.-एकेश्वरवादी 11-धर्म 12-प्रथा-त्याग 13-सम्प्रदाय 14-धर्म के अंग 15-अभ्यस्त

سب رقیبوں سے ہے ناخوش، پر زنانِ مصر سے
ہے زلیخا خوش کہ محوِ ماہِ کنعاں ہوگئیں

جوے خوں آنکھوں سے بہنے دو کہ ہے شامِ فراق
میں یہ سمجھونگا کہ شمعیں دو فروزاں ہوگئیں

ان پریزادوں سے لینگے خلد میں ہم انتقام
قدرتِ حق سے یہی، حوریں، اگر واں ہوگئیں

نینداس کی ہے، دماغ اس کا ہے، راتیں اسکی ہیں
تیری زلفیں جس کے بازو پر پریشاں ہوگئیں

میں چمن میں کیا گیا، گویا دبستاں کھل گیا
بلبلیں سن کر مرے نالے، غزل خواں ہوگئیں

وہ نگاہیں کیوں ہوئی جاتی ہیں یارب! دل کے پار
جو مرے کوتاہیِ قسمت سے مژگاں ہوگئیں

بس کہ روکا میں نے، اور سینے میں ابھریں پے بہ پے
میری آہیں، بخیۂ چاکِ گریباں ہوگئیں

واں گیا بھی میں، تو ان کی گالیوں کا کیا جواب!
یاد تھیں جتنی دعائیں، صرفِ درباں ہوگئیں

جانفزا ہے بادہ، جس کے ہاتھ میں جام آگیا
سب لکیریں ہاتھ کی گویا رگِ جاں ہوگئیں

ہم موحّد ہیں، ہمارا کیش ہے ترکِ رسوم
ملتیں جب مٹ گئیں، اجزاے ایماں ہوگئیں

رنج سے خوگر ہوا انسان، تو مٹ جاتا ہے رنج
مشکلیں مجھ پر پڑیں اتنی کہ آساں ہوگئیں

यूं ही गर रोता रहा 'ग़ालिब' तो ऐ अहले-जहां!
देखना इन बस्तियों को तुम, कि वीरां हो गईं

दीवानगी से दोश[1] पे ज़ुन्नार[2] भी नहीं
यानी हमारी जैब[3] में इक तार भी नहीं
दिल को नियाज़े-हसरते-दीदार[4] कर चुके
देखा तो हममें ताक़ते-दीदार भी नहीं
मिलना अगर तेरा नहीं आसां तो सहल है
दुश्वार तो यही है कि दुश्वार भी नहीं
बे इश्क़ उम्र कट नहीं सकती है और यां
ताक़त बक़ दरे-लज़्ज़ ते -आज़ार भी नहीं
शोरीदगी[5] के हाथ से सर है वबाले-दोश[6]
सहरा में ऐ ख़ुदा कोई दीवार भी नहीं
गुंजाइशे-अदावते -अग़यार[7] इक तरफ
यां दिल में ज़ोफ़ से हवसे-यार भी नहीं
डर नाला-हाए-ज़ार से मेरे ख़ुदा को मान
आख़िर नवाए-मुर्ग़-गिरफ़तार[8] भी नहीं
दिल में है यार की सफ़े-मिज़गां[9] से रूकशी[10]
हालांकि ताक़ते-ख़ालिशे-ख़ार[11] भी नहीं
इस सादगी पे कौन न मर जाए, ऐ ख़ुदा!
लड़ते हैं और हाथ में तलवार भी नहीं

1-कंघा 2-जनेऊ 3-गिरेबान 4-दर्शक की अभिलाषा की भेंट 5-उन्माद 6-कंधों के लिए मुसीबत 7-ग़ैरों की दुश्मनी की गुंजाइश 8-पिंजड़े में बन्द पक्षी की आवाज़ 9-पलकें 10-सामना 11-कांटे की चुभन सहन करने की शक्ति

یوہی گر روتا رہا غالبؔ، تو اے اہلِ جہاں!
دیکھنا ان بستیوں کو تم کہ ویراں ہوگئیں

دیوانگی سے، دوش پہ زنّار بھی نہیں
یعنی ہمارے جیب میں اک تار بھی نہیں
دل کو نیازِ حسرتِ دیدار کر چکے
دیکھا تو ہم میں طاقتِ دیدار بھی نہیں
ملنا ترا اگر نہیں آساں، تو سہل ہے
دشوار تو یہی ہے کہ، دشوار بھی نہیں
بے عشق عمر کٹ نہیں سکتی ہے اور یاں
طاقت بقدرِ لذتِ آزار بھی نہیں
شوریدگی کے ہاتھ سے ہے سر وبالِ دوش
صحرا میں، اے خدا! کوئی دیوار بھی نہیں
گنجایشِ عداوتِ اغیار یک طرف
یاں دل میں ضعف سے ہوسِ یار بھی نہیں
ڈر نالہ ہائے زار سے میرے، خدا کو مان
آخر نوائے مرغِ گرفتار بھی نہیں
دل میں ہے یار کی صفِ مژگاں سے روکشی
حال آنکہ طاقتِ خلشِ خار بھی نہیں
اس سادگی پہ کون نہ مرجائے، اے خدا!
لڑتے ہیں، اور ہاتھ میں تلوار بھی نہیں

देखा 'असद' को ख़ल्वत-ओ-जल्वत[1] में बारहा
दीवाना गर नहीं है तो हुशियार भी नहीं

नहीं है ज़ख़्म कोई बख़िया के दरख़ुर[2] मेरे तन में
हुआ है तारे-अश्क़े-यास[3] रिश्ता[4] चश्मे-सोज़न[5] में
हुई है मानअ़-ए-ज़ौक़े-तमाशा ख़ाना-वीरानी[6]
कफ़-सैलाब[7] बाक़ी है बरंगे-पम्बा[8] रौज़न में
वदीअ़त[9] ख़ाना-ए-बेदादे-काविश-हाए-मिज़गां हूं
नगीने-नामे-शाहिद[10] है मेरा हर क़तरा-खूं तन में
बयां किससे हो ज़ुल्मत-गुस्तरी[11] मेरे शबिस्तां[12] की
शबे-मह हो जो रख दें पम्बा दीवारों के रौज़न में
निकोहिश[13] मानअ़-ए-बेरब्ती-ए-शोरे-जुनूं[14]-आई
हुआ है ख़न्दा-ए-अहबाब[15] बख़िया जैबो-दामन में
हुए उस मेहर-वश[16] के जल्वा-ए-तिमसाल[17] के आगे
पर-अफ़शां[18] जौहर आईने में मिस्ले-जर्रा[19] रौज़न में
न जानूं नेक हूं या बद हूं पर सोहबत मुख़ालिफ़ है।
जो गुल हूं तो ख़सख़न[20] में जो ख़स हूं तो गुलशन में
हज़ारों दिल दिये जोशे-जुनूने-इश्क़ ने मुझको
सियह होकर सुवैदा[21] हो गया हर क़तरा-खूं तन में

1-एकान्त और महफ़िल 2-योग्य 3-निराशा के आंसुओं का तार 4-धागा 5-सूई की आंख 6-घर की बरबादी 7-बाढ़ का झाग 8-रुई के फ़ाहे की तरह 9-धरोहर 10-वह नगीना जिसपर प्रेयसी का नाम अंकित हो 11-अन्धकार 12.शयनगृह 13.निंदा 14-उन्माद के आवेग को रोक दिया 15-मित्रों का मुस्कराना 16-सूर्यमुखी 17-प्रतिबिम्ब 18-फड़फड़ाता 19-कण के सदृश 20-घास का खेत 21-दिल का दाग़

دیکھا اسدؔ کو خلوت و جلوت میں بارہا
دیوانہ گر نہیں ہے، تو ہشیار بھی نہیں

نہیں ہے زخم کوئی ، بخیے کے درخور مرے تن میں
ہوا ہے تارِ اشکِ یاس، رشتہ چشمِ سوزن میں
ہوئی ہے مانعِ ذوقِ تماشا، خانہ ویرانی
کفِ سیلاب باقی ہے برنگِ پنبہ روزن میں
ودیعت خانۂ بیداد کاوش ہائے مژگاں ہوں
نگینِ نام شاہد' ہے مرے ہر قطرہ خوں، تن میں
بیاں کس سے ہو ظلمت گستری میرے شبستاں کی
شبِ مہ ہو جو رکھ دیں پنبہ دیواروں کے روزن میں
نکوہش، مانعِ بے ربطیِ شورِ جنوں آئی
ہوا ہے خندۂ احباب، بخیہ جیب و دامن میں
ہوئے اس مہر وش کے جلوۂ تمثال کے آگے
پرافشاں جوہر آئینے میں، مثلِ ذرہ روزن میں
نہ جانوں نیک ہوں یا بد ہوں، پر صحبت مخالف ہے
جو گل ہوں تو ہوں گلخن میں، جو خس ہوں تو ہوں گلشن میں
ہزاروں دل دیئے، جوشِ جنونِ عشق نے مجھ کو
سیہ ہو کر سویدا ہو گیا، ہر قطرہ خوں تن میں

'असद' ज़िन्दानी-ए-तासीरे-उल्फ़त-हाय-ख़ूबां[1] हूँ
ख़मे-दस्ते-नवाज़िश[2] हो गया है तौक़ गर्दन में

मज़े जहान के अपनी नज़र में ख़ाक नहीं
सिवाए ख़ूने-जिगर, सो जिगर में ख़ाक नहीं
मगर[3] ग़ुबार हुए पर हवा उड़ा ले जाए
वगर्ना ताबो-तवां[4] बालो-पर[5] में ख़ाक नहीं।
ये किस बहिश्त-शमाइल[6] की आमद-आमद है?
कि ग़ैर-जल्वा-ए-गुल[7] रहगुज़र में ख़ाक नहीं
भला उसे न सही, कुछ मुझी को रहम आता
असर मेरे नफ़से-बे असर में ख़ाक नहीं
ख़याले-जल्वा-ए-गुल से ख़राब है मैकश[8]
शराबख़ाने के दीवारो-दर में ख़ाक नहीं
हुआ हूं इश्क़ की ग़ारतगरी[9] से शर्मिन्दा
सिवाय हसरते-तामीर[10] घर में ख़ाक नहीं
हमारे शे'र हैं अब सिर्फ दिल्लगी के 'असद'
खुला कि फ़ायदा अर्ज़े-हुनर में ख़ाक नहीं

दिल ही तो है न संगो-ख़िश्त[11] दर्द से भर न आए क्यों
रोयेंगे हम हज़ार बार कोई हमें सताये क्यों

1-प्रेमिकाओं की प्रीति के प्रभाव का बन्दी 2-प्यार से गले में पड़ी बांह 3-शायद 4-शक्ति 5-पंख 6-स्वर्ग-सदृश 7-फूलों की छवि के सिवाय 8-शराबी 9-बरबादी 10-निर्माण की हसरत 11-पत्थर और ईंट

اسدؔ! زندانیِ تاثیرِ الفت ہائے خوباں ہوں
خمِ دست نوازش ہو گیا ہے، طوق گردن میں

مزے جہان کے اپنی نظر میں خاک نہیں
سوائے خونِ جگر، سو جگر میں خاک نہیں
مگر غبار ہوئے پر، ہوا اڑا لے جائے
وگر نہ تاب وتواں، بال وپر میں خاک نہیں
یہ کس بہشت شمائل کی آمد آمد ہے!
کہ غیرِ جلوۂ گل رہگزر میں خاک نہیں
بھلا اسے نہ سہی، کچھ مجھی کو رحم آتا
اثر مرے نفسِ بے اثر میں خاک نہیں
خیال جلوۂ گل سے، خراب ہیں میکش
شرابخانے کے دیوار ودر میں خاک نہیں
ہوا ہوں عشق کی غارتگری سے شرمندہ
سوائے حسرتِ تعمیر گھر، میں خاک نہیں
ہمارے شعر ہیں اب صرف دل لگی کے، اسدؔ
کھلا کہ، فائدہ عرضِ ہنر میں خاک نہیں

دل ہی تو ہے، نہ سنگ وخشت، درد سے بھر نہ آئے کیوں!
روئینگے ہم ہزار بار، کوئی ہمیں ستائے کیوں!

दैर[1] नहीं, हरम[2] नहीं, दर नहीं, आस्तां[3] नहीं
बैठे हैं रहगुज़र पे हम, ग़ैर हमें उठाये क्यों
जब वो जमाले-दिलफ़रोज़[4] सूरते-मेहरे-नीम रोज़[5]
आप ही हो नज़ारा-सोज़, पर्दे में मुंह छिपाये क्यों
दश्ना-ए-ग़म्ज़ा[6] जांसिता[7], नावके-नाज़[8] बे-पनाह
तेरा ही अक्से-रुख़[9] सही, सामने तेरे आये क्यों
क़ैदे-हयातो[10]-बन्दे-ग़म[11] अस्ल में दोनों एक हैं
मौत से पहले आदमी ग़म से निजात पाये क्यों
हुस्न और उसपे हुस्न-ज़न[12] रह गई बुल्हवस[13] की शर्म
अपने पे एतमाद है ग़ैर को आज़माये क्यों
वां वो ग़ुरूरे-इज़्ज़ो-नाज़[14] यां ये हिजाबे-पासे-वज़अ[15]
राह में हम मिले कहां, बज़्म में वो बुलाये क्यों
हां वो नहीं ख़ुदापरस्त, जाओ वो बेवफ़ा सही
जिसको हो दीनों-दिल अज़ीज़ उसकी गली में जाये क्यों
'ग़ालिबे'-ख़स्ता[16] के बग़ैर कौन-से काम बन्द हैं
रोइए ज़ार-ज़ार क्या कीजिए हाय-हाय क्यों

ग़ुंचा-ए-नाशिगुफ़्ता[17] को दूर से मत दिखा कि
क्यों बोसे को पूछता हूं मैं मुंह से मुझे बता कि यों

1-मन्दिर 2-काबा 3-चौखट 4-मनोहर सौन्दर्य 5-दोपहर के सूरज के सदृश 6-भ्रू-विलास की कटारी 7-जानलेवा 8-नख़रे का तीर 9-चेहरे का प्रतिबिम्ब 10-जीवन का बंधन 11-दुःख का बंधन 12-अच्छी भावनाएं 13-तीव्र लालसा रखने वाला 14-सम्मान और रूप का अंहकार 15-स्वाभिमान के स्वभाव की लज्जा 16-बुरे हाल वाला 17-अविकसित

دیر نہیں، حرم نہیں، در نہیں، آستاں نہیں
بیٹھے ہیں رہگزر پہ ہم، غیر ہمیں اٹھائے کیوں !

جب وہ جمالِ دلفروز، صورتِ مہرِ نیم روز
آپ ہی ہو نظارہ سوز، پردے میں منھ چھپائے کیوں!

دشنۂ غمزہ جاں ستاں، ناوکِ ناز بے پناہ
تیرا ہی عکس رخ سہی، سامنے تیرے آئے کیوں !

قیدِ حیات وبندِ غم، اصل میں دونوں ایک ہیں
موت سے پہلے، آدمی غم سے نجات پائے کیوں!

حسن اور اس پہ حسنِ ظن، رہ گئی بوالہوس کی شرم
اپنے پہ اعتماد ہے، غیر کو آزمائے کیوں!

واں وہ غرور عزّ وناز، یاں یہ حجابِ پاسِ وضع
راہ میں ہم ملیں کہاں، بزم میں وہ بلائے کیوں !

ہاں وہ نہیں خدا پرست، جاؤ وہ بیوفا سہی
جس کو ہو دین ودل عزیز، اس کی گلی میں جائے کیوں!

غالبؔ خستہ کے بغیر کون سے کام بند ہیں!
روئیے زار زار کیا، کیجیے ہائے ہائے کیوں!

غنچۂ ناشگفتہ کو دور سے مت دکھا کہ "یوں"
بوسے کو پوچھتا ہوں میں، منھ سے مجھے بتا کہ "یوں"

पुरसिशे-तर्ज़े-दिलबरी[1] कीजिए क्यों कि बिन कहे
उसके हर इशारे से निकले है ये अदा कि यों

रात के वक़्त मैं पिये साथ रक़ीब को लिये
आये वो यां ख़ुदा करे, पर न करे ख़ुदा कि यों

"ग़ैर से रात क्या बनी" ये जो कहा तो देखिए
सामने आन बैठना, और ये देखना कि यों

बज़्म में उसके रू-ब-रू क्यों न ख़ामोश बैठिए
उसकी तो ख़ामुशी में भी है यही मुद्दआ कि यों

मैंने कहा कि बज़्मे-नाज़[2] चाहिए ग़ैर से तही[3],
सुनके सितम-ज़रीफ़ ने मुझको उठा दिया कि यों

मुझसे कहा जो यार ने "जाते हैं होश किस तरह"
देखके मेरी बेख़ुदी चलने लगी हवा कि यों

कब मुझे कुए-यार[4] में रहने की वज़अ[5] याद थी
आईनादार बन गई हैरते-नक़्शे-पा[6] कि यों

गर तेरे दिल में हो ख़याल, वस्ल[7] शौक़ का ज़वाल[8]
मौज मुहीते-आब[9] में मारे है दस्तो-पा[10] कि यों

जो ये कहे कि रेख़्ता[11] क्योंकि हो रश्के-फ़ारसी[12]
गुफ़्तए-'ग़ालिब'[13] एक बार पढ़के उसे सुना कि यों

हसद[14] से दिल अगर अफसुर्दा है गर्म-तमाशा हो
कि चश्मे-तंग[15] शायद कसरते-नज़्ज़ारा[16] से वा हो

1-दिल छीनने का ढंग पूछना 2-नाज़ की महफ़िल 3-ख़ाली 4-प्रियतम का कूचा 5-ढंग 6.पद-चिन्ह का विस्मय 7-मिलन 8-पतन 9-भंवर 10-हाथ-पांव 11-उर्दू 12-फ़ारसी के बराबर 13-ग़ालिब' का कमाल 14-द्वेष 15-दृष्टि की संकीर्णता 16-दृश्य की बहुलता

"پرسشِ طرزِ دلبری کیجیے کیا کہ بن کہے
اس کے ہر ایک اشارے سے نکلے ہے یہ ادا کہ "یوں"

رات کے وقت مے پیے، ساتھ رقیب کو لیے
آئے وہ یاں خدا کرے، پر نہ کرے خدا کہ یوں

غیر سے رات کیا بنی؟ یہ جو کہا، تو دیکھیے
سامنے آن بیٹھنا، اور یہ دیکھنا کہ یوں

بزم میں اُس کے رو برو، کیوں نہ خموش بیٹھیے
اسکی تو خامشی میں بھی ہے یہی مدعا کہ یوں

میں نے کہا کہ "بزمِ ناز چاہیے غیر سے تہی"
سن کے، ستم ظریف نے مجھ کو اٹھا دیا کہ "یوں؟"

مجھ سے کہا جو یار نے "جاتے ہیں ہوش کس طرح؟"
دیکھ کے میری بیخودی چلنے لگی ہوا کہ "یوں"

کب مجھے کوے یار میں رہنے کی وضع یاد تھی
آئینہ دار بن گئی حیرتِ نقشِ پا کہ یوں

گر ترے دل میں ہو خیال، وصل میں شوق کا زوال
موج، محیطِ آب میں مارے ہے دست و پا کہ "یوں"

جو یہ کہے کہ "ریختہ کیوں کے ہو رشکِ فارسی؟"
گفتۂ غالبؔ ایک بار پڑھ کے اسے سنا کہ "یوں"

حسد سے دل اگر افسردہ ہے، گرمِ تماشا ہو
کہ چشمِ تنگ، شاید کثرتِ نظارہ سے وا ہو

बक़दरे-हसरते-दिल चाहिये ज़ौक़े-मआसी[1] भी
भरूं यक गोशा-ए-दामन, गर आबे-हफ़्त-दरिया[2] हो
अगर वो सर्वक़द ग़र्मे-ख़िरामे-नाज़[3] हो जाए
क़फे-हर-ख़ाके-गुलशन शक्ले-क़ुमरी नाला फरसा[4] हो

का'बा में जा रहा तो न दो ताना, क्या कहीं
भूला हूं हक़्क़े-सोहबते-अहले-कुनिश्त[6] को
ताअ़त[7] में ता रहे न मै-ओ-अंगबी[8] की लाग
दोज़ख़ में डाल दो कोई लेकर बहिश्त को
हूं मुन्हरिफ़[9] न क्यों रहो रस्मे-सवाब[10] से
टेढ़ा लगा है ख़त क़लमे-सरनविश्त को
आई अगर बला तो जगह से टली नहीं
एराही[11] दे के हमने बचाया है किश्त को
'ग़ालिब' कुछ अपनी सअ़ई से लहना[12] नहीं मुझे
ख़िरमन[13] जले अगर न मलख़[14] खाये किश्त[15] को

वारस्ता[16] इससे हैं कि मुहब्बत ही क्यों न हो
कीजे हमारे साथ, अदावत ही क्यों न हो

1-गुनाहों का शौक़ 2-सात नदियों का पानी 3-नाज़ से चले 4-क़ुमरी पक्षी के समान 5-रुदन करने लगे 6-अग्नि पूजकों के साथ रहने के अधिकार 7-पूजा 8-शराब और शहद 9-न मानने वाला 10-धार्मिक रीति-रिवाज 11-बीच में मोहरा डालकर 12-लाभ 13-खलिहान 14-टिड्डा 15-खेती 16-आज़ाद

بقدرِ حسرتِ دل، چاہیے ذوقِ معاصی بھی
بھروں یک گوشۂ دامن، گر آبِ ہفت دریا ہو
اگر وہ سروقد، گرمِ خرامِ ناز آجاوے
کفِ ہر خاکِ گلشن، شکلِ قمری نالہ فرسا ہو

کعبے میں جارہا، تو نہ دو طعنہ، کیا کہیں
بھولا ہوں حقِّ صحبتِ اہلِ کنشت کو!
طاعت میں، تا رہے نہ مے وانگبیں کی لاگ
دوزخ میں ڈال دو کوئی لے کر بہشت کو
ہو منحرف نہ کیوں رہ ورسمِ ثواب سے
ٹیڑھا لگا ہے قط قلمِ سر نوشت کو
آئی اگر بلا تو جگہ سے ٹلی نہیں
ایراہی دے کے ہم نے بچایا ہے کشت کو
غالبؔ! کچھ اپنی سعی سے کہنا نہیں مجھے
خرمن جلے، اگر نہ ملخ کھائے کِشت کو

وارستہ اس سے ہیں کہ محبت ہی کیوں نہ ہو
کیجے ہمارے ساتھ، عداوت ہی کیوں نہ ہو

छोड़ा न मुझमें ज़ोफ़ ने रंग इख़्तिलात[1] का
है दिल पे बार[2] नक़्शे-मुहब्बत ही क्यों न हो
है मुझको तुझसे तज़्किरए-ग़ैर[3] का गिला
हरचन्द बर-सबीले-शिकायत[4] ही क्यों न हो
पैदा हुई हैं कहते हैं "हर दर्द की दवा"
यों हो तो चारा-ए-ग़मे-उल्फ़त ही क्यों न हो
डाला न बेकसी ने किसी से मुआ़मला[5]
अपने से खींचता हूं ख़िजालत[6] ही क्यों न हो
है आदमी बजाए-ख़ुद-इक महशरे-ख़याल[7]
हम अंजुमन समझते हैं ख़लवत[8] ही क्यों न हो
हंगामा-ए-ज़बूनी-ए-हिम्मत[9] है. इन्फ़आ़ल[10]
हासिल न कीजे दहर[11] से इबरत ही क्यों न हो
वारस्तगी बहाना-ए-बेगानगी नहीं
अपने से कर न ग़ैर से वहशत ही क्यों न हो
मिटता है फ़ौते-फ़ुर्सते-हस्ती[12] का ग़म कोई
उम्र-अज़ीज़ सर्फ़े-इबादत ही क्यों न हो
उस फ़ित्ना-ख़ू[13] के दर से अब उठते नहीं
'असद' इसमें हमारे सर पे क़यामत ही क्यों न हो

क़फ़स[14] में हूं गर अच्छा भी न जाने मेरे शेवन[15] को
मेरा होना बुरा क्या है नवा-संजाने-गुलशन[16] को

1-मेल-मिलाप 2-बोझ 3-ग़ैर का ज़िक्र 4-शिकायत के तौर पर 5-सरोकार 6-शर्मिन्दगी 7-विचारों का प्रलय 8-एकान्त 9-साहसहीनता का आधिक्य 10 पश्चात्ताप 11-दुनिया 12-जीवन के अवकाश का अन्त 13-ख़राब आदत वाला लड़ाकू14-पिंजरा 15 रुदन 16-चमन में चहचहाने वालों को

چھوڑا نہ مجھ میں ضعف نے رنگ اختلاط کا
ہے دل پہ بار نقشِ محبت ہی کیوں نہ ہو

ہے مجھ کو تجھ سے تذکرۂ غیر کا گلہ
ہر چند بر سبیلِ شکایت ہی کیوں نہ ہو

پیدا ہوئی ہے، کہتے ہیں، ہر درد کی دوا
یوں ہو، تو چارۂ غمِ الفت ہی کیوں نہ ہو

ڈالا نہ بیکسی نے کسی سے معاملہ
اپنے سے کھینچتا ہوں، خجالت ہی کیوں نہ ہو

ہے آدمی بجائے خود اک محشرِ خیال
ہم انجمن سمجھتے ہیں، خلوت ہی کیوں نہ ہو

ہنگامۂ زبونیِ ہمت، ہے انفعال
حاصل نہ کیجے دہر سے، عبرت ہی کیوں نہ ہو

وارستگی بہانۂ بیگانگی نہیں
اپنے سے کر، نہ غیر سے، وحشت ہی کیوں نہ ہو

مٹتا ہے فوتِ فرصتِ ہستی کا غم کوئی
عمرِ عزیز صرفِ عبادت ہی کیوں نہ ہو

اس فتنہ خو کے در سے اب اٹھتے نہیں اسدؔ!
اس میں ہمارے سر پہ قیامت ہی کیوں نہ ہو!

قفس میں ہوں، گر اچھا بھی نہ جانیں میرے شیون کو
مرا ہونا برا کیا ہے نواسنجانِ گلشن کو

नहीं गर हमदर्दी[1] आसां, न हो, ये रश्क क्या कम है
न दी होती ख़ुदाया आरज़ू-ए-दोस्त[2] दुश्मन को
न निकला आंख से तेरी इक आंसू उस जराहत पर
किया सीने में जिसने ख़ूचकां[3] मिज़गाने-सोज़न[4] को
ख़ुदा शर्माए हाथों को कि रखते हैं कशाकश[5] में
कभी मेरे ग़रीबां को कभी जानां के दामन को
अभी हम क़त्लगाह को देखना आसां समझते हैं
नहीं देखा शनावर[6] जूए-खूं[7] में तेरे तौसन[8] को
हुई चर्चा जो मेरे पांव की ज़ंजीर बनने का
किया बेताब का[9] में जुम्बिशे-जौहर[10] ने आहन[11] को
ख़ुशी क्या खेत पर मेरे अगर सौ बार अब आवे
समझता हूं कि ढूंढे है अभी से बर्क़ ख़िरमन को
वफ़ादारी बशर्ते-उस्तुवारी[12] अस्ले-ईमां है
मेरे बुतख़ाने में तो काबे में गाड़ो बिरहमन को
शहादत थी मेरी क़िस्मत में जो दी थी ये ख़ूं मुझको
जहां तलवार को देखा झुका देता था गर्दन को
न लुटता दिन को तो कब रात को यों बेख़बर सोता
रहा खटका न चोरी का दुआ देता हूं रहज़न[13] को
सुख़न क्या कह नहीं सकते कि जोया[14] हों जवाहर के
जिगर क्या हम नहीं रखते कि खोदें जा के माअ़दन[15] को

1-मिलता 2-प्रिय की अभिलाषा 3-रक्त-रंजित 4-सुई की पलकें (नोक) 5-खींचातानी 6-तैरते हुए 7-ख़ून की नदी 8-घोड़ा 9-खान 10-हीरे की करवट 11-लोहा 12-स्थायित्व की शर्त के साथ 13-लुटेरा 14-ढूंढने वाले 15-खान

نہیں گر ہمدمی آساں، نہ ہو، یہ رشک کیا کم ہے
نہ دی ہوتی، خدایا! آرزوئے دوست دشمن کو

نہ نکلا آنکھ سے تیری اک آنسو، اس جراحت پر
کیا سینے میں جس نے خونچکاں، مژگانِ سوزن کو

خدا شرمائے ہاتھوں کو کہ رکھتے ہیں کشاکش میں
کبھی میرے گریباں کو، کبھی جاناں کے دامن کو

ابھی ہم قتل گہہ کا دیکھنا آساں سمجھتے ہیں
نہیں دیکھا شناور جوئے خوں میں تیرے توسن کو

ہوا چرچا جو میرے پانو کی زنجیر بننے کا
کیا بیتاب کاں میں جنبشِ جوہر نے آہن کو

خوشی کیا، کھیت پر میرے، اگر سو بار ابر آوے
سمجھتا ہوں کہ ڈھونڈھے ہے ابھی سے برق خرمن کو

وفاداری بہ شرطِ استواری، اصلِ ایماں ہے
مرے بت خانے میں، تو کعبے میں گاڑو برہمن کو

شہادت تھی مری قسمت میں، جو دی تھی یہ خو مجھ کو
جہاں تلوار کو دیکھا، جھکا دیتا تھا گردن کو

نہ لٹتا دن کو، تو کب رات کو یوں بیخبر سوتا
رہا کھٹکا نہ چوری کا' دعا دیتا ہوں رہزن کو

سخن کیا کہہ نہیں سکتے، کہ جویا ہوں جواہر کے
جگر کیا ہم نہیں رکھتے، کہ کھودیں جا کے معدن کو

मेरे शाहे-सुलेमां जाह से निस्बत नहीं 'ग़ालिब'
फ़रीदूना - जमो - कैख़ुसरु - ओ - दाराब - ओ - बहमन[1] को

धोता हूं जब मैं पीने को उस सीमतन[2] के पांव
रखता है ज़िद से खींच के बाहर लगन[3] के पांव
दी सादगी से जान पड़ूं कोहकन के पांव
हैहात! क्यों न टूट गये पीरज़न[4] के पांव
भागे थे हम बहुत सी उसीकी सज़ा है ये
होकर असीर[5] दाबते हैं राहज़न के पांव
मरहम की जुस्तजू में घिरा हूं जो दूर-दूर
तन से सिवा फ़िगार[6] हैं इस ख़स्ता-तन के पांव
अल्लाह रे ज़ौक़े-दश्त- नवर्दी[7] कि बादे- मर्ग[8]
हिलते हैं ख़ुद-बख़ुद मेरे अन्दर कफ़न के पांव
है जोशे-गुल बहार में यां तक कि हर तरफ़
उड़ते हुए उलझते हैं मुर्गे-चमन[9] के पांव
शब[10] को किसी के ख़्वाब में आया न हो कहीं
दुखते हैं आज उस बुते-नाज़ुक-बदन के पांव
'ग़ालिब' मेरे कलाम में क्योंकर मज़ा न हो
पीता हूं धोके ख़ुसरु - ए शीरीं - सुख़न[11] के पांव

1-प्राचीन ईरान के पांच महान् सम्राट 2-चांदी जैसे शरीर वाला 3-बर्तन 4-बूढ़ी औरत 5-क़ैदी 6-ज़ख़्मी 7-जंगल में घूमने का शौक़ 8-मृत्यु के बाद 9-उद्यान का पक्षी 10-रात 11-मधुर स्वर वाले ख़ुसरो (बादशाह 'ज़फ़र' की तरफ इशारा है)

مرے شاہِ سلیماں جاہ سے نسبت نہیں غالبؔ!
فریدون و جم و کیخسرو و داراب و بہمن کو

دھوتا ہوں جب میں پینے کو اس سیم تن کے پانو
رکھتا ہے، ضد سے، کھینچ کے باہر لگن کے پانو
دی سادگی سے جان، پڑوں کوہکن کے پانو
ہیہات! کیوں نہ ٹوٹ گئے پیرزن کے پانو
بھاگے تھے ہم بہت، سو اسی کی سزا ہے یہ
ہو کر اسیر، دابتے ہیں، راہزن کے پانو
مرہم کی جستجو میں، پھرا ہوں جو دور دور
تن سے سوا فگار ہیں، اس خستہ تن کے پانو
اللہ رے ذوقِ دشت نوردی کہ، بعدِ مرگ
ہلتے ہیں خود بخود مرے، اندر کفن کے 'پانو
ہے جوشِ گل بہار میں یاں تک کہ' ہر طرف
اڑتے ہوئے الجھتے ہیں مرغِ چمن کے پانو
شب کو کسی کے خواب میں آیا نہ ہو کہیں!
دُکھتے ہیں آج، اس بتِ نازک بدن کے پانو
غالبؔ! مرے کلام میں کیوں کر مزا نہ ہو
پیتا ہوں دھو کے خسروِ شیریں سخن کے پانو

क़तआ

वां उसको हौले-दिल है तो यां मैं हूं शर्मसार
यानी ये मेरी आह की तासीर[1] से न हो
अपने को देखता नहीं ज़ौक़े-सितम तो देख
आईना ताकि दीदा-ए-नख़चीर[2] से न हो

वां पहुंचकर जो ग़श आता पै-ए-दम[3] है हमको
सद-रह[4] आहंगे-ज़मींबोसे-क़दम[5] है हमको
दिल को मैं और मुझे दिल महवे-वफ़ा रखता है
किस क़दर ज़ौक़े-गिरफ़्तारी-ए- दम[6] हैं हमको
ज़ोफ़[7] से नक़्शे-पए-मोर[8] है तौक़े-गर्दन[9]
तेरे कूचे से कहां ताक़ते-रम[10] है हमको
जानकर कीजे तग़ाफ़ुल[11] कि कुछ उम्मीद भी हो
ये निगाहे-ग़लत-अन्दाज़ तो सम[13] है हमको
रेश्के-हम-तरही-ओ[14] दर्दे-असरे-बांगे-हज़[15]
नाला-ए- मुर्ग़े-सहर[16] तेगे-दुदम[17] है हमको
सर उड़ाने के जो वादे को मुक़र्रर[18] चाहा
हंस के बोले कि “तेरे सर की क़सम हमको”

1-प्रभाव 2-शिकार की आंख 3-बार-बार 4-सौ बार 5-पांव चूमने के लिए धरती पर गिरने का विचार 6-एक साथ बन्दी बनने की चाह 7-दुर्बलता 8-चींटियों के पांव के चिन्ह 9-गर्दन का भारी कड़ा 10-भगाने की शक्ति 11-उपेक्षा 12-सरसरी नज़र 13-विष 14-एक जैसा होने की ईर्ष्या 15-व्यथित स्वर के प्रभाव का दर्द 16-प्रात:कालीन पक्षी का रुदन 17-दोधारी तलवार 18-दुबारा

قطعہ

واں اس کو ہولِ دل ہے، تو یاں میں ہوں شرمسار
یعنی یہ میری آہ کی تاثیر سے نہ ہو
اپنے کو دیکھتا نہیں ذوقِ ستم تو دیکھ
آیینہ تاکہ دیدۂ نخچیر سے نہ ہو

واں پہنچ کر جو غش آتا پیہم ہے ہم کو
صدرہ آہنگِ زمیں بوسِ قدم ہے ہم کو
دل کو میں، اور مجھے دل، محوِ وفا رکھتا ہے
کس قدر ذوقِ گرفتاریِ ہم ہے ہم کو
ضعف سے، نقشِ پئے مور، ہے طوقِ گردن
تیرے کوچے سے کہاں طاقتِ رم ہے ہم کو!
جان کر کیجے تغافل کہ کچھ امید بھی ہو
یہ نگاہِ غلط انداز تو سم ہے ہم کو
رشکِ ہم طرحی و دردِ اثرِ بانگِ حزیں
نالۂ مرغِ سحر، تیغِ دودم ہے ہم کو
سر اڑانے کے جو وعدے کو مکرر چاہا
ہنس کے بولے کہ "ترے سر کی قسم ہے ہم کو"

दिल को ख़ूं करने की क्या वजह? वलेकिन नाचार
पासे - बे - रौनक़ी - ए - दीदा[1] अहम[2] है हमको
तुम वो नाज़ुक कि ख़ामोशी को फ़ुगां[3] कहते हो
हम वो आजिज़[4] कि तग़ाफ़ुल भी सितम है हमको

क़तआ

लखनऊ आने का बाइस नहीं खुलता यानी
हवसे-सैरो- तमाशा, सो वो कम है हमको
मक़त - ए - सिलसिला - ए - शौक़ नहीं है ये शहर
अज़्मे-सैरे नजफ़[5] तौफ़े-हरम[6] है हमको
लिए जाती है कहीं एक तवक़्क़ो[7] 'ग़ालिब'
जादा-ए-रह[8] कशिशे-काफ़े-करम[9] है हमको

तुम जानो तुमको ग़ैर से जो रस्मो-राह हो
मुझको भी पूछते रहो तो क्या गुनाह हो
बचते नहीं मुआख़ज़ा-ए-रोज़े-हश्र[10] से
क़ातिल अगर रक़ीब है तो तुम गवाह हो
क्या वो भी बेगुनह-कुशो[11]-हक़ नाशनास[12] हैं
माना कि तुम बशर नहीं ख़ुर्शीदो-माह[13] हो

1-आंख की बेरौनक़ी का लिहाज़ 2-महत्त्वपूर्ण 3-आह 4-लाचार 5-नजफ़ तीर्थ की सैर का निश्चय 6-काबा की परिक्रमा 7-आशा 8-मार्ग 9-उदारता का आकर्षण 10-क़यामत के दिन की पकड़ 11-निर्दोष व्यक्तियों का घातक 12-सत्य को पहचानने वाले 13-सूरज, चांद

دل کے خوں کرنے کی کیا وجہ! ولیکن ناچار
پاسِ بے رونقیِ دیدہ، اہم ہے ہم کو
تم وہ نازک کہ خموشی کو فغاں کہتے ہو
ہم وہ عاجز کہ تغافل بھی ستم ہے ہم کو

قطعہ

لکھنؤ آنے کا باعث نہیں کھلتا، یعنی
ہوسِ سیر وتماشا، سو وہ کم ہے ہم کو
مقطعِ سلسلۂ شوق نہیں ہے یہ شہر
عزمِ سیرِ نجف وطوفِ حرم ہے ہم کو
لیے جاتی ہے کہیں ایک توقع، غالبؔ!
جادۂ رہ، کششِ کاف کرم ہے ہم کو

تم جانو، تم کو غیر سے جو رسم وراہ ہو
مجھ کو بھی پوچھتے رہو، تو کیا گناہ ہو
بچتے نہیں مواخذۂ روزِ حشر سے
قاتل اگر رقیب ہے، تو تم گواہ ہو
کیا وہ بھی بے گنہ کش وحق ناشناس ہیں؟
مانا کہ تم بشر نہیں، خرشید وماہ ہو

उभरा हुआ नक़ाब में है उनके एक तार
मरता हूं मैं कि ये न किसी की निगाह हो
जब मैकदा[1] छुटा तो फिर अब क्या जगह की क़ैद
मस्जिद हो, मदरसा हो, कोई खानक़ाह हो
सुनते हैं जो बहिश्त की तारीफ़ , सब दुरुस्त
लेकिन ख़ुदा करे वो तेरी जल्वागाह[2] हो
'ग़ालिब' भी गर न हो तो कुछ ऐसा ज़रर[3] नहीं
दुनिया हो या रब ! और मेरा बादशाह हो

गई वो बात कि हो गुफ़्तगू तो क्योंकर हो
कहे से कुछ न हुआ फिर कहो तो क्योंकर हो
हमारे ज़हन में इस फिक्र का है नाम विसाल[4]
कि गर न हो तो कहां जाएं, हो तो क्योंकर हो
अदब है और यही कश्मकश[5] तो क्या कीजे
हया[6] है और यही गोमगो[7] तो क्योंकर हो
तुम्हीं कहो कि गुज़ारा सनमपरस्तों[8] का
बुतों की हो अगर ऐसी ही ख़ू तो, क्योंकर हो
उलझते हो तुम अगर देखते हो आईना
जो तुम-से शहर में हों एक - दो, तो क्योंकर हो
जिसे नसीब हो रोज़े-सियाह[9] मेरा-सा
वो शख़्स दिन न रहे रात को तो क्योंकर हो

1-मधुशाला 2-दर्शन-स्थान 3-नुक़सान 4-मिलन 5-खींचातानी 6-लज्जा 7-असमंजस 8-मूर्तिपूजकों (आशिक़ों) 9-बुरा दिन

ابھرا ہوا نقاب میں ہے ان کے ایک تار
مرتا ہوں میں کہ یہ نہ کسی کی نگاہ ہو

جب میکدہ چھٹا، تو پھر اب کیا جگہ کی قید
مسجد ہو، مدرسہ ہو، کوئی خانقاہ ہو

سنتے ہیں جو بہشت کی تعریف، سب درست
لیکن خدا کرے، وہ ترا جلوہ گاہ ہو

غالب بھی گر نہ ہو، تو کچھ ایسا ضرر نہیں
دنیا ہو، یارب! اور مرا بادشاہ ہو

گئی وہ بات کہ 'ہو گفتگو، تو کیوں کر ہو!
کہے سے کچھ نہ ہوا، پھر کہو تو کیوں کر ہو!

ہمارے ذہن میں اس فکر کا ہے نام وصال
کہ گر نہ ہو تو کہاں جائیں، ہو تو کیوں کر ہو!

ادب ہے اور یہی کش مکش تو کیا کیجے
حیا ہے اور یہی گو مگو، تو کیوں کر ہو!

تمھیں کہو کہ گزارا صنم پرستوں کا
بتوں کی ہو اگر ایسی ہی خو، تو کیوں کر ہو!

الجھتے ہو تم، اگر دیکھتے ہو آینہ
جو تم سے شہر میں ہوں ایک دو، تو کیوں کر ہو!

جسے نصیب ہو، روزِ سیاہ، میرا سا
وہ شخص دن نہ کہے رات کو، تو کیوں کر ہو!

हमें फिर उनसे उमीद और उन्हें हमारी क़द्र
हमारी बात ही पूछें न वो तो क्योंकर हो
ग़लत न था हमें ख़त पर गुमां तसल्ली का
न मानें दीदा-ए- दीदार जू[1] तो क्योंकर हो
बताओ इस मिज़ा[2] को देखकर कि मुझको क़रार[3]
ये नेश[4] हो रगे-जां[5] में फ़रो[6] तो क्योंकर हो
मुझे जुनूं नहीं 'ग़ालिब' वले बक़ौल-हुज़ूर[7]
"फ़िराक़े-यार में तस्कीन हो तो क्योंकर हो"

किसी को देके दिल कोई नवा-संजे-फ़ुग़ां[8] क्यों हो
न हो जब दिल ही सीने में तो फिर मुंह में ज़बां क्यों हो
वो अपनी ख़ू न छोड़ेंगे हम अपनी वज़अ[10] क्यों बदलें
सुबक-सर[11] बनके क्या पूछे कि हमसे सरगिरां[12] क्यों हो
किया ग़मख़्वार ने रुस्वा लगे आग इस मुहब्बत को
न लाए ताब जो ग़म की वो मेरा राज़दां[13] क्यों हो
वफ़ा कैसी? कहां का इश्क़? जब सर फोड़ना ठहरा
तो फिर ऐ संग-दिल! तेरा ही संगे-आस्तां[14] क्यों हो
क़फ़स में मुझसे रूदादे-चमन[15] कहते न डर हमदम
गिरी है जिस पे कल बिजली वो मेरा आशियां क्यों हो

1-दर्शनाभिलाषी आंख 2-पलक 3-चैन 4-कांटा 5-नाड़ी 6-शान्त 7-हुज़ूर (बादशाह ज़फ़र) के कथनानुसार 8-आर्तनाद करने वाला 9-आदत 10-रीति 11-हीन 12-नाराज़ 13-भेद जानने वाला मित्र 14-चौखट का पत्थर 15-चमन का हालचाल

ہمیں پھر ان سے امید، اور انھیں ہماری قدر
ہماری بات ہی پوچھیں نہ وہ، تو کیوں کر ہو!
غلط نہ تھا ہمیں خط پر گماں تسلی کا
نہ مانے دیدۂ دیدار جو، تو کیوں کر ہو!
بتاؤ، اس مژہ کو دیکھ کر ہو مجھ کو قرار
یہ نیش ہو رگِ جاں میں فرو، تو کیوں کر ہو!
مجھے جنوں نہیں، غالبؔ! ولے بقولِ حضور
''فراقِ یار میں تسکین ہو تو کیوں کر ہو!''

کسی کو دے کے دل، کوئی نواسنجِ فغاں کیوں ہو
نہ ہو جب دل ہی سینے میں، تو پھر منھ میں زباں کیوں ہو
وہ اپنی خو نہ چھوڑینگے، ہم اپنی وضع کیوں چھوڑیں
سبک سر بن کے کیا پوچھیں کہ ''ہم سے سرگراں کیوں ہو!''
کیا غمخوار نے رسوا، لگے آگ اس محبت کو
نہ لاوے تاب جو غم کی، وہ میرا رازداں کیوں ہو
وفا کیسی، کہاں کا عشق، جب سر پھوڑنا ٹھہرا
تو پھر اے سنگ دل، تیرا ہی سنگِ آستاں کیوں ہو
قفس میں مجھ سے رودادِ چمن کہتے نہ ڈر ہمدم!
گری ہے جس پہ کل بجلی، وہ میرا آشیاں کیوں ہو

ये कह सकते हो "हम दिल में नहीं हैं" पर ये बतलाओ
कि जब दिल में तुम्हीं-तुम हो तो आंखों से निहां[1] क्यों हो
ग़लत है जज़्बा-ए-दिल का शिकवा, देखो जुर्म किसका है
न खींचो गर तुम अपने को कशाकश दरमियां क्यों हो
ये फ़ित्ना आदमी की ख़ाना-वीरानी[2] को क्या कम है
हुए तुम दोस्त जिसके, दुश्मन उसका आसमां क्यों हो
यही है आज़माना तो सताना किसको कहते हैं
अ़दू[3] के हो लिए जब तुम तो मेरा इम्तिहां क्यों हो
कहा तुमने कि "क्यों हो ग़ैर के मिलने में रुस्वाई"[4]
बजा कहते हो, सच कहते हो, फिर कहियो कि "हां, क्यों हो?"
निकाला चाहता है काम क्या ताअ़नों से तू 'ग़ालिब'
तेरे बे-मेहर[5] कहने से वो तुझपर मेहरबां क्यों हो

रहिए अब ऐसी जगह चलकर जहां कोई न हो
हम-सुख़न कोई न हो और हम-ज़बां कोई न हो
बे-दरो-दीवार-सा इक घर बनाया चाहिये
कोई हमसाया न हो और पासवां कोई न हो
पड़िये गर बीमार तो कोई न हो तीमारदार
और अगर मर जाइये तो नौहा-ख़्वां[8] कोई न हो

1-छिपे हुए 2-घर की बरबादी 3-दुश्मन 4-बदनामी 5-निष्ठुर 6-साथ बोलने वाला 7-वही भाषा बोलने वाला 8-रोने वाला

یہ کہہ سکتے ہو، "ہم دل میں نہیں ہیں"، پر یہ بتلاؤ
کہ جب دل میں تمھیں تم ہو، تو آنکھوں سے نہاں کیوں ہو

غلط ہے جذبِ دل کا شکوہ، دیکھو جرم کس کا ہے
نہ کھینچو گر تم اپنے کو، کشاکش درمیاں کیوں ہو

یہ فتنہ آدمی کی خانہ ویرانی کو کیا کم ہے
ہوئے تم دوست جس کے، دشمن اس کا آسماں کیوں ہو

یہی ہے آزمانا، تو ستانا کس کو کہتے ہیں
عدو کے ہو لیئے جب تم، تو میرا امتحاں کیوں ہو

کہا تم نے کہ "کیوں ہو غیر کے ملنے میں رسوائی"
بجا کہتے ہو، سچ کہتے ہو، پھر کہیو، کہ ہاں، کیوں ہو

نکالا چاہتا ہے کام کیا طعنوں سے تو 'غالب'
ترے بے مہر کہنے سے، وہ تجھ پر مہرباں کیوں ہو"

رہیے اب ایسی جگہ چل کر، جہاں کوئی نہ ہو
ہم سخن کوئی نہ ہو اور ہم زباں کوئی نہ ہو

بے در و دیوار سا، اک گھر بنایا چاہیے
کوئی ہمسایہ نہ ہو، اور پاسباں کوئی نہ ہو

پڑیے گر بیمار، تو کوئی نہ ہو تیماردار
اور اگر مر جایئے تو نوحہ خواں کوئی نہ ہو

अज़-मेहर-ता-ब-ज़र्रा[1] दिलो-दिल है आईना
तूती को शश-जिहत[2] से मुक़ाबिल है आईना

हैं सब्ज़ा-ज़ार हर दरो-दीवारे-ग़म-कदा[3]
जिसकी बहार ये हो फिर उसकी ख़िज़ां न पूछ
नाचार बेकसी की भी हसरत उठाइये
दुश्वारी - ए - रहो[4] - सितमे - हमरहां[5] न पूछ

शबे-विसाल[6] में मूनिस[7] गया है बन तकिया
हुआ है मूजिबे-आरामे-जानो-तन[8] तकिया
ख़िराज बादशहे-चीं से क्यों न मांगूं आज
कि बन गया है ख़मे-जाद[9], पुरशिकन[10] तकिया
बना है तख़्ता-ए-गुलहाए-यास्मीं[11] बिस्तर
हुआ है दस्तए-नसरीनो-नस्तरन[12] तकिया
फ़ुरोगे-हुस्न से रौशन है ख़्वाबगाह तमाम
जो रफ़्ते-ख़्वाब है परवीन, तो परने तकिया
मज़ा मिले कहो क्या ख़ाक साथ सोने का
रखे जो बीच में यह शोख़े-सीमतन तकिया

1-सूर्य से लगाकर कण तक 2-छः दिशाएं 3-विषाद-गृह 4-मार्ग की कठिनाई 5-साथियों के अत्याचार 6-मिलन-रात्रि 7-साथी 8-जान और तन के लिए आराम का साधन 9-माथे की त्योरी 10-सलवटों वाला 11-यास्मीन के फूलों का तख़्ता 12-नसरीन और नस्तरन नाम के फूलों का गुलदस्ता

از مہر تا بہ ذرّہ دل و دل ہے آئینہ
طوطی کو شش جہت سے مقابل ہے آئینہ

ہے سبزہ زار ہر در و دیوارِ غمکدہ
جس کی بہار یہ ہو، پھر اُس کی خزاں نہ پوچھ
ناچار بیکسی کی بھی حسرت اُٹھایئے
دُشواریِ رہ و ستم ہمرہاں نہ پوچھ

شبِ وصال میں مونس گیا ہے بن تکیہ
ہوا ہے موجبِ آرامِ جان و تن تکیہ
خراج بادشہِ چیں سے کیوں نہ مانگوں آج
کہ بن گیا ہے خمِ جعد پُرشکن تکیہ
فروغِ حسن سے روشن ہے خوابگاہ تمام
جو رختِ خواب ہے پروین، تو پرن تکیہ
مزہ ملے کہو کیا خاک ساتھ سونے کا
رکھے جو بیچ میں وہ شوخِ سیمتن تکیہ

अगरचे था यह इरादा मगर ख़ुदा का शुक्र
उठा सका न नज़ाकत से गुलबदन तकिया
हुआ है काट के चादर को नागहां[1] ग़ायब
अगरचे ज़ानुए-नल[2] पर रखे दमन तकिया
व-ज-तेशा[3] वह इस वास्ते हलाक हुआ
कि ज़र्बे-तेशा पे रखता था कोहकन तकिया[4]
यह रात भर का हंगामा सुबह होने तक
रखो न शमअ़ पर ऐ अहले-अंजुमन तकिया
अगरचे फेंक दिया तुमने दूर से, लेकिन
उठाए क्योंकि यह रंजूरे-ख़स्ता-तन[5] तकिया
ग़श आ गया जो पस-अज़-क़त्ल[6] मेरे क़ातिल को
हुई फिर उसको मेरी नाशे-बे-कफ़न तकिया
शबे-फ़िराक़[7] में यह हाल है अज़ीयत[8] का
कि सांप फ़र्श है और सांप का है मन तकिया
रवा[9] रखो न रखो, था जो लफ़्ज़ तकिया-कलाम
अब उसको कहते हैं अहले-सुख़न तकिया
हम और तुम फ़लके-पीर[10] जिसको कहते हैं
फ़क़ीर 'ग़ालिब'-मस्कीं का है कुहन[11] तकिया

सद जल्वा[12] रू-ब-रू है जो मिज़गां उठाइये
ताक़त कहां कि दीद[13] का एहसां उठाइये

1-सहसा 2-नल की जांघ 3-तेशे की चोट से 4-भरोसा 5-दुर्बल शरीर, रोगी 6-क़त्ल के बाद 7-वियोग-रात्रि 8-पीड़ा 9-प्रचलित 10-बूढ़ा आस्मान 11-पुराना 12-सौ छवियां 13-दर्शन

اگرچہ تھا یہ ارادہ مگر خدا کا شکر
اٹھا سکا نہ نزاکت سے گلبدن تکیہ
ہوا ہے کاٹ کے چادر کو ناگہاں غائب
اگرچہ زانوے نل پر رکھے دمن تکیہ
بضربِ تیشہ وہ اس واسطے ہلاک ہوا
کہ ضربِ تیشہ پہ رکھتا تھا کوہکن تکیہ
یہ رات بھر کا ہے ہنگامہ صبح ہونے تک
رکھو نہ شمع پر اے اہلِ انجمن تکیہ
اگرچہ پھینک دیا تم نے دور سے لیکن
اٹھائے کیونکہ یہ رنجورِ خستہ تن تکیہ
غش آگیا جو پس از قتل میرے قاتل کو
ہوئی ہے اس کو مری نعشِ بے کفن تکیہ
شبِ فراق میں یہ حال ہے اذیت کا
کہ سانپ فرش ہے اور سانپ کا ہے من تکیہ
روا رکھو نہ رکھو، تھا جو لفظِ تکیہ کلام
اب اُس کو کہتے ہیں اہلِ سخن، سخن تکیہ
ہم اور تم فلکِ پیر جس کو کہتے ہیں
فقیرِ غالب مسکیں کا ہے کہن تکیہ

صد جلوہ رو بہ رو ہے،جو مژگاں اٹھائیے
طاقت کہاں کہ دید کا احساں اٹھائیے

है संग पर बराते-मआशे-जुनूने-इश्क़[1]
यानी हनोज़ मिन्नते-तिफ़्लां[2] उठाइये
दीवार बारे-मिन्नते-मज़दूर[3] से है ख़म
ऐ ख़ानुमां-ख़राब[4] न एहसां उठाइये
या मेरे ज़ख़्मे-रश्क को रुस्वा[5] न कीजिए
या परदा - ए - तबस्सुमे - पिन्हां[6] उठाइये

मैं हूं मुश्ताक़े-जफ़ा[7] मुझ पे जफ़ा और सही
तुम हो बेदाद[8] से ख़ुश इससे सिवा और सही
ग़ैर के मर्ग[9] का ग़म किसलिए ऐ ग़ैरते-माह[10]
हैं हवस-पेशा[11] बहुत वो न हुआ और सही
तुम हो बुत[12] फिर तुम्हें पिंदारे-ख़ुदाई[13] क्यों है
तुम ख़ुदावन्द ही कहलाओ ख़ुदा और सही
हुस्न में हूर से बढ़कर नहीं होने के कभी
आपका शेवए-अंदाज़ो-अदा और सही
तेरे कूचे का है मायल[14] दिले-मुज़्तर[15] मेरा
काबा इक और सही, क़िबला-नुमा और सही
कोई दुनिया में मगर बाग़ नहीं है वाइज़[16]
ख़ुल्द[17] भी बाग़ है ख़ैर आबो-हवा और सही

1-प्रेम के उन्माद रूपी गुज़ारे की हुण्डी 2-बच्चों का एहसान 3-मज़दूर के एहसान का बोझ 4-जिसका घर बर्बाद हो चुका हो 5-बदनाम 6-मन्द-मन्द मुस्कराहटों का पर्दा 7-अत्याचार का इच्छुक 8-अत्याचार 9-मृत्यु 10-जिसके सौंदर्य से चांद भी शर्माए 11-वासना के दास 12-मूर्ति 13-ख़ुदाई का घमण्ड 14-प्रवृत्त 15-विकल मन 16-उपदेशक 17-स्वर्ग

ہے سنگ پر براتِ معاشِ جنونِ عشق
یعنی ہنوز منتِ طفلاں اٹھائیے

دیوار، بارِ منتِ مزدور سے ہے خم
اے خانماں خراب! نہ احساں اٹھائیے

یا میرے زخمِ رشک کو رسوا نہ کیجیے
یا پردۂ تبسمِ پنہاں اٹھائیے

میں ہوں مشتاقِ جفا مجھ پہ جفا اور سہی
تم ہو بیداد سے خوش اس سے سوا اور سہی

غیر کے مرگ کا غم کس لئے اے غیرتِ ماہ
ہیں ہوس پیشہ بہت وہ نہ ہوا اور سہی

تم ہو بت پھر تمہیں پندارِ خدائی کیوں ہے
تم خداوند ہی کہلاؤ خدا اور سہی

حسن میں حور سے بڑھ کر نہیں ہونے کے کبھی
آپ کا شیوۂ انداز و ادا اور سہی

تیرے کوچے کا ہے مایل دلِ مضطر میرا
کعبہ اک اور سہی، قبلہ نما اور سہی

کوئی دنیا میں مگر باغ نہیں ہے واعظ
خلد بھی باغ ہے خیر آب و ہوا اور سہی

क्यों न फ़िर्दौस[1] में दोज़ख़[2] को मिला लें, या रब
सैर के वास्ते थोड़ी-सी फ़ज़ा और सही
मुझको वो दो कि जिसे ख़ाके न पानी मांगू
ज़हर कुछ और सही, आबे-बक़ा[3] और सही
मुझसे 'ग़ालिब' यह 'अलाई' ने ग़ज़ल लिखवाई
एक बेदाद-गरे रंज-फ़ज़ा[4] और सही

मस्जिद के ज़ेरे - साया ख़राबात चाहिये
भौं पास आंख क़िबला - ए - हाजात[5] चाहिये
आशिक़ हुए हैं आप भी इक और शख़्स पर
आख़िर सितम की कुछ तो मुकाफ़ात[6] चाहिए
दे दाद ऐ फ़लक! दिले - हसरत - परस्त की
हां कुछ - न - कुछ तलाफ़ी - ए - माफ़ात[7] चाहिए
सीखे हैं मह - रुख़ों[8] के लिए हम मुसव्विरी[9]
तकरीब[10] कुछ तो बहरे-मुलाक़ात चाहिए
मै से ग़रज़ निशात है किस रूसियाह[11] को
इक - गूना[12] बेख़ुदी मुझे दिन - रात चाहिए
है रंगे - लाला - ओ - गुलो - नसरीं जुदा - जुदा
हर रंग में बहार का इस्बात[13] चाहिए
सर पाए - ख़ुम[14] पे चाहिए हंगामे - बेख़ुदी[15]
रू[16] सूए - क़िब्ला वक़्ते - मुनाज़ात[17] चाहिये

1-स्वर्ग 2-नरक 3-अमृत 4-दुःख बढ़ाने वाला 5-शेख़ या वाइज़ 6-बदला 7-कमी की पूर्ति 8-चांद-सी सूरत वाले 9-चित्रकारी 10-बहाना 11-पापी 12-थोड़ी-सी 13-प्रमाण 14-शराब के मटके के पांव 15-आत्म विस्मृति के समय 16-मुंह 17-प्रार्थना के समय

کیوں نہ فردوس میں دوزخ کو ملا لیں یا رب
سیر کے واسطے تھوڑی سی فضا اور سہی

مجھ کو وہ دو کہ جسے کھا کے نہ پانی مانگوں
زہر کچھ اور سہی، آبِ بقا اور سہی

مجھ سے 'غالب' یہ 'علائی' نے غزل لکھوائی
ایک بیدادگرِ رنج و فضا اور سہی

مسجد کے زیرِ سایہ خرابات چاہیے
بھوں پاس آنکھ قبلۂ حاجات چاہیے

عاشق ہوئے ہیں آپ بھی ایک اور شخص پر
آخر ستم کی کچھ تو مکافات چاہیے

دے داد اے فلک! دلِ حسرت پرست کی
ہاں کچھ نہ کچھ تلافیِ مافات چاہیے

سیکھے ہیں مہ رخوں کے لیے ہم مصوری
تقریب کچھ تو بہرِ ملاقات چاہیے

مے سے غرض نشاط ہے کس روسیاہ کو
اک گونہ بیخودی مجھے دن رات چاہیے

ہے رنگ لالہ وگل ونسریں جدا جدا
ہر رنگ میں بہار کا اثبات چاہیے

سر پائے خم پہ چاہیے ہنگامِ بیخودی
رُو، سوئے قبلہ وقتِ مناجات چاہیے

नश्बो-नुमा है अस्ल से 'ग़ालिब' फ़रूअ[1] को
ख़ामोशी ही से निकले है जो बात चाहिए

बिसाते-इज्ज़ में था एक दिल यक क़तरा-ख़ूं वो भी
सो रहता है बअन्दाज़े-चकीदन[2] सर-नगूं वो भी
रहे उस शोख़ से आज़ुर्दा[3] हम चन्दे तकल्लुफ़ से
तकल्लुफ़ बरतरफ़, था एक अंदाज़े-जुनूं वो भी
ख़याले-मर्ग कब तस्कीं दिले-आज़ुर्दा को बख़्शे
मेरे दामे-तमन्ना में है इक सैदे-ज़ुबूं[4] वो भी
न करता काश नाला, मुझको क्या मालूम था हमदम
कि होगा बाइसे–अफ़ज़ाइशे-दर्दे दरूं[5] वो भी
न इतना बुर्रिशे-तेग़े-जफ़ा[6] पर नाज़ फ़रमाओ
मेरे दरिया-ए-बेताबी में इक मौजे-ख़ूं वो भी
मए-इशरत की ख़्वाहिश साक़ी-ए-गर्दूं[7] से क्या कीजे
लिए बैठा है इक दो-चार जामे-वाज़गूं[8] वो भी
मेरे दिल में है 'ग़ालिब' शौक़े-वस्लो-शिकवा-ए-हिजरां
ख़ुदा वो दिन करे जो उससे मैं ये भी कहूं वो भी

है बज़्मे-बुतां में सुख़न आज़ुर्दा[9] लबों से
तंग आये हैं हम ऐसे ख़ुशामद-तलबों से

1-टहनियों और पत्तों का विकास जड़ के कारण होता है 2-टपकने की स्थिति में 3-रूठे हुए 4-तुच्छ शिकार 5-भीतरी दर्द को बढ़ाने का कारण 6-अत्याचार-रूपी तलवार की धार 7-आसमान का साक़ी, ख़ुदा 8-औंधे प्याले (आकाश को औंधा प्याला कहते हैं और इस्लाम के अनुसार आकाश सात हैं) 9-रुष्ट

نشو و نما ہے اصل سے، غالبؔ! فروغ کو
خاموشی ہی سے نکلے ہے' جو بات چاہیے

بساطِ عجز میں تھا ایک دل' یک قطرہ خوں وہ بھی
سو رہتا ہے باندازِ چکیدن سرنگوں وہ بھی
رہے اس شوخ سے آزردہ ہم چندے' تکلف سے
تکلف بر طرف، تھا ایک اندازِ جنوں وہ بھی
خیالِ مرگ کب تسکیں دلِ آزردہ کو بخشے
مرے دامِ تمنا میں' ہے اک صیدِ زبوں وہ بھی
نہ کرتا کاش نالہ، مجھ کو کیا معلوم تھا ہمدم!
کہ ہوگا باعثِ افزایشِ دردِ دروں وہ بھی
نہ اتنا بُرّشِ تیغِ جفا پر ناز فرماؤ
مرے دریائے بیتابی میں ہے اک موجِ خوں وہ بھی
مئے عشرت کی خواہش ساقیِ گردوں سے کیا کیجیے
لیے بیٹھا ہے اک دو چار جامِ واژگوں وہ بھی
مرے دل میں ہے' غالبؔ! شوقِ وصل و شکوۂ ہجراں
خدا وہ دن کرے' جو اس سے میں یہ بھی کہوں، وہ بھی

ہے بزمِ بتاں میں سخن آزردہ لبوں سے
تنگ آئے ہیں ہم، ایسے خوشامد طلبوں سے

है दौरे - क़दह[1] वजह - ए - परीशानी - ए - सहबा[2]
यक बार लगा दो ख़ुमे-मय मेरे लबों से
रिन्दाने-दरे-मैकदा गुस्ताख़ हैं ज़ाहिद
ज़िन्हार न होना तरफ़ इन बेअदबों से
बेदादे-वफ़ा देख कि जाती रही आख़िर
हर-चन्द मेरी जान को था रब्त[3] लबों से

क़तआ

ता, हमको शिकायत की भी बाक़ी न रहे जा
सुन लेते हैं गो ज़िक्र हमारा नहीं करते
'ग़ालिब' तेरा अहवाल सुना देंगे हम उनको
वो सुन के बुला लें ये इजरा[4] नहीं करते

ग़मे-दुनिया से गर पाई भी फ़ुर्सत सर उठाने की
फ़लक को देखना, तक़रीब तेरे याद आने की
खुलेगा किस तरह मज़मू मेरे मकतूब[5] का या रब
क़सम खाई है उस काफ़िर ने काग़ज़ के जलाने की
लिपटना परनियां[6] में शोला-ए-आतश का आसां है
वले मुश्किल है हिकमत दिल में सोज़-ग़म छिपाने की
उन्हें मंज़ूर अपने ज़ख़्मियों को देख आना था
उठे थे सैरे-गुल को देखना शोख़ी बहाने की
हमारी सादगी थी इल्तफ़ाते-नाज़ पर मरना
तेरा आना न था ज़ालिम मगर तमहीद[8] जाने की

1-प्याले के दौर 2-शराब की परेशानी 3-लगाव 4-ठेका प्रतिज्ञा 5-पत्र
6-मख़मल 7-प्रेयसी की कृपा 8-प्रारम्भ

ہے دورِ قدح وجہ پریشانیِ صہبا
یک بار لگا دو خم مے میرے لبوں سے

رندانِ درِ میکدہ گستاخ ہیں، زاہد!
زنہار نہ ہونا طرف ان بے ادبوں سے

بیدادِ وفا دیکھ، کہ جاتی رہی آخر
ہر چند مری جان کو تھا ربط لبوں سے

قطعہ

تا، ہم کو شکایت کی بھی باقی نہ رہے جا
سن لیتے ہیں، گو ذِکر ہمارا نہیں کرتے

غالبؔ! ترا احوال سنا دینگے ہم ان کو
وہ سن کے بلالیں، یہ اجارا نہیں کرتے

غمِ دنیا سے گر پائی بھی فرصت سر اٹھانے کی
فلک کا دیکھنا، تقریب تیرے یاد آنے کی

کھلے گا کس طرح مضموں مرے مکتوب کا یارب!
قسم کھائی ہے اس کافر نے کاغذ کے جلانے کی

لپٹنا پرنیاں میں شعلۂ آتش کا آساں ہے
ولے مشکل ہے حکمت، دل میں سوزِ غم چھپانے کی

انھیں منظور اپنے زخمیوں کا دیکھ آنا تھا
اٹھے تھے سیرِ گل کو، دیکھنا شوخی بہانے کی

ہماری سادگی تھی، التفات ناز پر مرنا
ترا آنا، نہ تھا ظالم! مگر تمہید جانے کی

लकद कोबे-हवादिस[1] का तहम्मुल[2] कर नहीं सकती
मेरी ताक़त कि ज़ालिम थी बुतों के नाज़ उठाने की
कहूं क्या ख़ूबी-ए-औज़ाअए-इबनाए-ज़मां[3] 'ग़ालिब'
बदी की उसने, जिससे की थी हमने बारहा नेकी

हासिल से हाथ धो बैठे ऐ आरज़ू-ख़िरामी[4]
दिल जोशे-गिरिया में है डूबी हुई असमी
उस शमअ़ की तरह से जिसको कोई बुझा दे
मैं भी जले हुओं में हूं दाग़े-ना-तमामी

क्या तंग हम सितमज़दगां का जहान है
जिसमें कि एक बैज़ए-मोर[5] आसमान है
है कायनात को हरकत तेरे ज़ौक़ से
परतौ[6] से आफ़ताब के ज़र्रे में जान है
हालांकि है यह सेलिए-ख़ारा[7] से लाला रंग
ग़ाफ़िल को मेरे शीशे पे मै का गुमान है
की उसने गर्म सीना-ए-अहले-हवस में जा
आवे न क्यों पसन्द ग़ैर कि ठण्डा मकान है
क्या ख़ूब ! तुमने ग़ैर को बोसा नहीं दिया ?
बस, चुप रहो, हमारे भी मुंह में ज़बान है

1-मुसीबतों की ठोकरें 2-सहन 3-दुनिया वालों के स्वभाव की अच्छाई (व्यंग्य में)
4-कामना 5-चींटी का अण्डा 6-प्रतिबिम्ब 7-पत्थर की चोट

لکد کوبِ حوادث کا تحمل کر نہیں سکتی
مری طاقت کہ ضامن تھی بتوں کے ناز اٹھانے کی
کہوں کیا خوبیِ اوضاعِ ابنائے زماں غالب!
بدی کی اس نے، جس سے ہم نے کی تھی بارہا نیکی

حاصل سے ہاتھ دھو بیٹھ، اے آرزو خرامی!
دل جوشِ گریہ میں ہے ڈوبی ہوئی اسامی
اس شمع کی طرح سے، جس کو کوئی بجھا دے
میں بھی جلے ہوؤں، میں ہوں داغِ ناتمامی

کیا تنگ ہم ستم زدگاں کا جہان ہے
جس میں کہ ایک بیضۂ مُور آسمان ہے
ہے کائنات کو حرکت تیرے ذوق سے
پرتو سے آفتاب کے، ذرے میں جان ہے
حال آنکہ ہے یہ سیلیِ خارا سے لالہ رنگ
غافل کو میرے شیشے پہ مے کا گمان ہے
کی اس نے گرم سینۂ اہلِ ہوس میں جا
آوے نہ کیوں پسند کہ ٹھنڈا مکان ہے
کیا خوب! تم نے غیر کو بوسہ نہیں دیا؟
بس چپ رہو، ہمارے بھی منہ میں زبان ہے

बैठा है जो कि साया-ए-दीवारे-यार में
फ़रमां - रबाए - किश्वरे - हिंदोस्तान[1] है
हस्ती का एतबार भी ग़म ने मिटा दिया
किससे कहूं कि दाग़ जिगर का निशान है
है बारे एतमादे-वफ़ादारी इस क़दर
'ग़ालिब' हम इसमें ख़ुश हैं कि नामेहरबान है

दर्द से मेरे है तुझको बेक़रारी हाय हाय
क्या हुई ज़ालिम तेरी ग़फ़लत-शिआरी[2] हाय हाय
तेरे दिल में गर न था आशोबे-ग़म[3] का हौसला
तूने फिर क्यों की थी मेरी ग़मगुसारी हाय हाय
क्यों मेरी ग़मख़्वारगी का तुझको आया था ख़याल
दुश्मनी अपनी थी मेरी दोस्तदारी हाय हाय
उम्र भर का तूने पैमाना-ए-वफ़ा बांधा तो क्या
उम्र को भी तो नहीं है पायदारी[4] हाय हाय
ज़हर लगती है मुझे आबोहवा-ए-ज़िन्दगी
यानी तुझसे थी उसे नासाज़गारी हाय हाय
गुलफ़िशानी - हाए - नाज़े - जल्वा[5] को क्या हो गया
ख़ाक पर होती है तेरी लालाकारी[6] हाय हाय
शर्मे-रुसवाई से जा छुपना नक़ाबे-ख़ाक में
ख़त्म है उल्फ़त की तुझ पर पर्दादारी हाय हाय

1-हिन्दुस्तान की सल्तनत का शासक 2-उदासीनता का व्यवहार 3-ग़म सहना 4-स्थायित्व 5-गर्वित सौन्दर्य की अठखेलियों की पुष्प-वर्षा 6-फूल-पत्तियों का श्रृंगार

بیٹھا ہے جو کہ سایۂ دیوارِ یار میں
فرمانروائے کشورِ ہندوستان ہے
ہستی کا اعتبار بھی غم نے مٹا دیا
کس سے کہوں کہ داغ جگر کا نشان ہے
ہے بارے اعتمادِ وفاداری اس قدر
غالبؔ! ہم اس میں خوش ہیں کہ نامہربان ہے

درد سے میرے، ہے تجھ کو بیقراری، ہائے ہائے!
کیا ہوئی ظالم تری غفلت شعاری، ہائے ہائے!
تیرے دل میں گر نہ تھا آشوبِ غم کا حوصلہ
تو نے پھر کیوں کی تھی میری غمگساری، ہائے ہائے!
کیوں مری غمخوارگی کا تجھ کو آیا تھا خیال؟
دشمنی اپنی تھی، میری دوستداری، ہائے ہائے!
عمر بھر کا تو نے پیمانِ وفا باندھا تو کیا!
عمر کو بھی تو نہیں ہے پایداری، ہائے ہائے!
زہر لگتی ہے مجھے آب و ہوائے زندگی
یعنی تجھ سے تھی اِسے ناسازگاری، ہائے ہائے!
گل فشانی ہائے نازِ جلوہ کو کیا ہوگیا؟
خاک پر ہوتی ہے تیری لالہ کاری، ہائے ہائے!
شرمِ رسوائی سے، جا چھپنا نقابِ خاک میں
ختم ہے الفت کی تجھ پر پردہ داری، ہائے ہائے!

ख़ाक में नामूसे-पैमाने-मुहब्बत[1] मिल गई
उठ गई दुनिया से राहो-रस्मे-यारी हाय हाय
हाथ ही तेग़-आज़मा का काम से जाता रहा
दिल पे इक लगने न पाया ज़ख़्मे-करारी[2] हाय हाय
किस तरह काटे कोई शब-हाय-तारे-बर्शकाल[3]
है नज़र ख़ूं - कर्द - ए - अख़्तर - शुमारी[4] हाय हाय
गोश[5] महजूरे-पयामो[6] चश्म महरूमे-जमाल
एक दिल, तिस पर ये नाउम्मीदवारी हाय हाय
इश्क ने पकड़ा न था 'ग़ालिब' अभी वहशत का रंग
रह गया था दिल में जो कुछ ज़ौक़े-ख़्वारी हाय हाय

सरगश्तगी[7] में आलमे-हस्ती से यास है
तस्कीं को दे नवेद कि मरने की आस है
लेता नहीं मेरे दिले-आवारा की ख़बर
अब तक वो जानता है कि मेरे ही पास है
कीजे बयां सुरूरे-तपे-ग़म कहां तलक
हम मू[8] मेरे बदन पे ज़बाने-सिपास[9] है
है वो ग़ुरूरे-हुस्न से बेगाना-ए-वफ़ा
हरचन्द उसके पास दिले-हक़शनास है

1-प्रेम की प्रतिज्ञा की प्रतिष्ठा 2-गहरा घाव 3-बरसात की अंधेरी रातें 4-तारे गिनने की आदत 5-कान 6-संदेश सुनने से वंचित 7-उन्माद, सिर फिरना 8-बाल 9-प्रशंसा करने वाली जिह्वा

خاک میں ناموسِ پیمانِ محبت مل گئی
اٹھ گئی دنیا سے راہ ورسمِ یاری، ہائے ہائے!
ہاتھ ہی تیغ آزما کا کام سے جاتا رہا
دل پہ اِک لگنے نہ پایا زخمِ کاری، ہائے ہائے!
کس طرح کاٹے کوئی شب ہائے تارِ برشگال
ہے نظر خو کردۂ اختر شماری، ہائے ہائے!
گوش مہجورِ پیام و چشم محرومِ جمال
ایکدل، تس پر یہ نا امیدواری، ہائے ہائے!
عشق نے پکڑا نہ تھا، غالبؔ! ابھی وحشت کا رنگ
رہ گیا، تھا دل میں جو کچھ ذوقِ خواری، ہائے ہائے!

سر گشتگی میں، عالمِ ہستی سے یاس ہے
تسکیں کو دے نوید کہ مرنے کی آس ہے
لیتا نہیں مرے دلِ آوارہ کی خبر
اب تک، وہ جانتا ہے، کہ میرے ہی پاس ہے
کیجے بیاں سرورِ تپِ غم کہاں تلک
ہر مو مرے بدن پہ، زبانِ سپاس ہے
ہے وہ غرورِ حسن سے بیگانۂ وفا
ہر چند اس کے پاس دلِ حق شناس ہے

पी, जिस क़दर मिले, शबे-महताब में शराब
इस बलग़मी मिज़ाज को गर्मी ही रास है
हर-इक मकान को है मकीं से शरफ़, 'असद'
मजनूं जो मर गया है तो जंगल उदास है

गर ख़ामुशी से फ़ायदा इख़फ़ा-ए-हाल[1] है
ख़ुश हूं कि मेरी बात समझनी मुहाल है
किसको सुनाऊं हसरते-इज़हार का गिला
दिल फ़र्दे-जमअ-ओ-ख़र्च ज़बां-हाए-लाल है
किस पर्दे में है आईना परदाज़, ऐ ख़ुदा
रहमत, कि उज़्रख़्वाह लबे-बे-सवाल है
हय-हय ख़ुदानाख़्वास्ता वो और दुश्मनी
ऐ शौक़, मुन्फ़इल[2] ये तुझे क्या ख़याल है
वहशत पे मेरी अर्सा-ए-आफ़ाक़[3] तंग था
दरिया ज़मीन को अरक़े-अफ़आल[4] है
हस्ती के मत फ़रेब में आ जाइयो 'असद'
आलम तमाम हल्क़ा-ए-दामे-ख़याल[5] है

एक जा हर्फ़े-वफ़ा का लिक्खा था सो भी मिट गया
ज़ाहिरा काग़ज़ तेरे ख़त का ग़लत-बरदार[6] है

1-हाल का छिपना 2-लज्जित हो 3-दुनिया का विस्तार 4-पश्चात्ताप का पसीना 5-कल्पना का जाल, माया, छलना 6-ऐसा काग़ज़ जिस पर से अक्षर स्वयं मिट जाते हैं

پی، جس قدر ملے شبِ مہتاب میں شراب
اس بلغمی مزاج کو گرمی ہی راس ہے
ہر یک مکان کو ہے مکیں سے شرف اسدؔ!
مجنوں جو مر گیا ہے، تو جنگل اُداس ہے

گر خامشی سے فائدہ اِخفائے حال ہے
خوش ہوں کہ میری بات سمجھنی محال ہے
کس کو سناؤں حسرتِ اظہار کا گلہ
دل فردِ جمع و خرجِ زباں ہائے لال ہے
کس پردے میں ہے آینہ پرداز اے خدا!
رحمت، کہ عذر خواہِ لبِ بے سوال ہے
ہے ہے خدانخواستہ، وہ اور دشمنی!
اے شوقِ! منفعل یہ تجھے کیا خیال ہے
وحشت پہ میری عرصۂ آفاق تنگ تھا
دریا، زمین کو عرقِ انفعال ہے
ہستی کے مت فریب میں آجائیو، اسدؔ!
عالم تمام حلقۂ دامِ خیال ہے

ایک جا حرفِ وفا لکھا تھا، سو بھی مٹ گیا
ظاہرا کاغذ ترے خط کا غلط بردار ہے

जी जले ज़ौक़े-फ़ना की नातमामी पर न क्यों
हम नहीं जलते, नफ़स हरचन्द आतिशबार है
आग से पानी में बुझते वक़्त उठती है सदा
हर कोई दरमान्दगी[1] में नाले से नाचार है
है वही बदमस्ती-ए-हर-ज़र्रे[2] का ख़ुद उज़्रख़्वाह[3]
जिसके जलवे से ज़मीं ता आसमां सरशार है
मुझसे मत कह, "तू हमें कहता था अपनी ज़िन्दगी"
ज़िन्दगी से भी मेरा जी इन दिनों बेज़ार है
आंख की तस्वीर सरनामे[4] पे खेंची है, कि ता
तुझ पे खुल जावे कि इसको हसरते-दीदार है

पीनस में गुज़रते हैं जो कूचे से वो मेरे
कंधा भी कहारों को बदलने नहीं देते

मेरी हस्ती फ़ज़ा-ए-हैरत आबादे-तमन्ना है
जिसे कहते हैं नाला वो इसी आ़लम का अ़न्क़ा है
ख़िज़ां क्या, फ़स्ले-गुल कहते हैं किसको, कोई मौसम हो
वही हम हैं, क़फ़स है, और मातम बालो-पर का
है वफ़ाए-दिलबरां है इत्तफ़ाक़ी[5] वर्ना ऐ हमदम
असर फ़रियादे-दिल-हाए-हज़ी[6] का किसने देखा है

1-मुसीबत 2-प्रत्येक कण की मस्ती 3-क्षमा-याचक 4-लिफ़ाफ़ा 5-संयोग से 6-उदास दिल

جی جلے ذوقِ فنا کی ناتمامی پر، نہ کیوں!
ہم نہیں جلتے، نفس ہر چند آتش بار ہے
آگ سے، پانی میں بجھتے وقت اٹھتی ہے صدا
ہر کوئی درماندگی میں نالے سے ناچار ہے
ہے وہی بدمستیِ ہر ذرّہ کا خود عذر خواہ
جس کے جلوے سے زمین تا آسماں سرشار ہے
مجھ سے مت کہہ تو ہمیں کہتا تھا اپنی زندگی
زندگی سے بھی مرا جی ان دنوں بیزار ہے
آنکھ کی تصویر سر نامے پر کھینچی ہے، کہ تا
تجھ پہ کُھل جاوے کہ اس کو حسرتِ دیدار ہے

پینس میں گزرتے ہیں جو کوچے سے وہ میرے
کندھا بھی کہاروں کو بدلنے نہیں دیتے

مری ہستی، فضائے حیرت آبادِ تمنا ہے
جسے کہتے ہیں نالہ، وہ اسی عالم کا عنقا ہے
خزاں کیا، فصلِ گل کہتے ہیں کس کو، کوئی موسم ہو
وہی ہم ہیں، قفس ہے اور ماتم بال و پر کا ہے
وفائے دلبراں ہے اتفاقی، ورنہ اے ہمدم!
اثر فریادِ دل ہائے حزیں کا کس نے دیکھا ہے!

न लाई शोख़ी-ए-अन्देशा ताबे-रंजे-नौमीदी[1]
कफ़े-अफ़सोस मलना अ़हदे-तजदीदे-तमन्ना[2] है

रहम कर ज़ालिम, कि क्या बूदे-चिराग़े-कुश्ता[3] है
नब्ज़े - बीमारे - वफ़ा, दूदे - चिराग़े - कुश्ता[4] है
दिल - लगी की आरज़ू बेचैन रखती है हमें
वर्ना यां बेरौनक़ी सूदे - चिराग़े - कुश्ता[5] है

इश्क़ मुझको नहीं, वहशत ही सही
मेरी वहशत, तेरी शोहरत ही सही
क़तअ़ कीजे न तअ़ल्लुक़ हमसे
कुछ नहीं है, तो अ़दावत ही सही
मेरे होने में है क्या रुस्वाई?
ऐ, वो मजलिस नहीं ख़िल्वत ही सही
हम भी दुश्मन तो नहीं हैं अपने
ग़ैर को तुझसे मुहब्बत ही सही
अपनी हस्ती ही से हो, जो कुछ हो
आगही[6] गर नहीं ग़फ़लत ही सही
उम्र हर चन्द कि है बर्क़-ख़राम[7]
दिल के ख़ूं करने की फ़ुरसत ही सही
हम कोई तर्के-वफ़ा करते हैं ?
न सही इश्क़-मुसीबत ही सही

1-निराशा का रंज सहना 2-फिर तमन्ना करने की प्रतिज्ञा 3-बुझे हुए चिराग़ की योग्यता 4-बुझे हुए दीपक का धुआं 5-बुझे हुए दीपक की बाती 6-चेतना 7-बिजली की तरह तेज चलने वाली

نہ لائی شوخیِ اندیشہ تابِ رنجِ نومیدی
کفِ افسوس ملنا، عہدِ تجدیدِ تمنا ہے

رحم کر، ظالم! کہ کیا بودِ چراغِ کشتہ ہے
نبضِ بیمارِ وفا دودِ چراغِ کشتہ ہے
دل لگی کی آرزو بے چین رکھتی ہے ہمیں
ورنہ یاں بے رونقی، سودِ چراغِ کشتہ ہے

عشق مجھ کو نہیں، وحشت ہی سہی
میری وحشت، تری شہرت ہی سہی
قطع کیجے نہ، تعلق ہم سے
کچھ نہیں ہے، تو عداوت ہی سہی
میرے ہونے میں، ہے کیا رسوائی؟
اے، وہ مجلس نہیں، خلوت ہی سہی
ہم بھی دشمن تو نہیں ہیں اپنے!
غیر کو تجھ سے محبت ہی سہی
اپنی ہستی ہی سے ہو، جو کچھ ہو
آگہی گر نہیں، غفلت ہی سہی
عمر ہر چند کہ ہے برق خرام
دل کے خوں کرنے کی فرصت ہی سہی
ہم کوئی ترکِ وفا کرتے ہیں!
نہ سہی عشق، مصیبت ہی سہی

कुछ तो दे, ऐ फ़लके-ना इन्साफ़
आहो-फ़रियाद की रुख़सत ही सही
हम भी तस्लीम की ख़ू डालेंगे
बेनियाज़ी तेरी आदत ही सही
यार से छेड़ चली जाए, 'असद
गर नहीं वस्ल तो हसरत ही सही

है आरमीदगी[1] में निकोहिश[2] बजा मुझे
सुब्हे-वतन है ख़न्दा-ए-दन्दां-नुमा मुझे
ढूंढे है उस मुग़न्नी-ए-आतिश-नफ़ना[3] को जी
जिसकी सदा[4] हो जल्वा-ए-बर्क़े-फ़ना[5] मुझे
मस्ताना तै करूं हूं रहे-वादी-ए-ख़याल
ता बाज़गश्त[6] से न रहे मुद्दआ मुझे
करता है बस कि बाग़ में तू बेहिजाबियां
आने लगी है नकहते-गुल से हया मुझे
खुलता किसी पे क्यों मेरे दिल का मुआमला
शे'रों के इन्तख़ाब[7] ने रुस्वा[8] किया मुझे

जिन्दगी अपनी जब इस शक्ल से गुज़री 'ग़ालिब'
हम भी क्या याद करेंगे कि ख़ुदा रखते थे

1-आरामतलबी 2-उपालम्भ, निंदा 3-आग बरसाने वाला गायक 4-आवाज़ 5-मृत्यु लाने वाली बिजली की चमक 6-पलट आना, वापसी 7-चयन, संकलन 8-बदनाम

کچھ تو دے، اے فلکِ ناانصاف!
آہ و فریاد کی رخصت ہی سہی
ہم بھی تسلیم کی خو ڈالینگے
بے نیازی تری عادت ہی سہی
یار سے چھیڑ چلی جائے، اسدؔ!
گر نہیں وصل، تو حسرت ہی سہی

ہے آرمیدگی میں نکوہش بجا مجھے
صبحِ وطن ہے خندۂ دنداں نما مجھے
ڈھونڈے ہے اس مغنّیِ آتش نفس کو جی
جس کی صدا ہو جلوۂ برقِ فنا مجھے
مستانہ طے کروں ہوں رہِ وادیِ خیال
تا بازگشت سے نہ رہے مدعا مجھے
کرتا ہے بسکہ باغ میں تُو بے حجابیاں
آنے لگی ہے نکہتِ گل سے حیا مجھے
کھلتا کسی پہ کیوں مرے دل کا معاملہ!
شعروں کے انتخاب نے رسوا کیا مجھے

زندگی اپنی جب اس شکل سے گزری غالبؔ!
ہم بھی کیا یاد کرینگے کہ خدا رکھتے تھے

उस बज़्म में मुझे नहीं बनती हया किये[1]
बैठा रहा अगर्चे इशारे हुआ किये
दिल ही तो है, सियासते-दरबां[2] से डर गया
मैं, और जाऊं दर से तेरे बिन सदा किये
रखता फिरूं हूं ख़िरक़ा-ओ-सज्जादा[3] रहन मै
मुद्दत हुई है दावते-आबो-हवा किये
बेसर्फ़ा[4] ही गुज़रती है, हो गर्चे उम्र-ख़िज्र
हज़रत भी कल कहेंगे कि हम क्या किया किये
मक़दूर[5] हो तो ख़ाक से पूछूं कि ए लईम[6]
तूने वो गंज-हाए-गिरांमाया[7] क्या किये
किस रोज़ तोहमतें[8] न तराशा किये अ़दू
किस दिन हमारे सर पे न आरे चला किये
सोहबत में ग़ैर की न पड़ी हो कहीं ये ख़ू
देने लगा है बोसे बग़ैर इल्तिजा किये
ज़िद की है और बात मगर ख़ू[9] बुरी नहीं
भूले से उसने सैकड़ों वादे वफ़ा किये
'ग़ालिब' तुम्हीं कहो कि मिलेगा जवाब क्या
माना कि तुम कहा किये और वो सुना किये

देखना क़िस्मत कि आप अपने पे रश्क आ जाए है
मैं उसे देखूं, भला कब मुझसे देखा जाए है

1-मैं लज्जा नहीं करता 2-दरबान की धमकी 3-नमाज़ पढ़ने की चटाई और फ़क़ीर का चोला 4-व्यर्थ 5-सामर्थ्य 6-कंजूस 7-बड़े-बड़े ख़ज़ाने अर्थात् महान् व्यक्ति 8-दोषारोपण 9-आदत

اُس بزم میں مجھے نہیں بنتی حیا کیے
بیٹھا رہا، اگرچہ اشارے ہوا کیے

دل ہی تو ہے، سیاستِ درباں سے ڈر گیا
میں، اور جاؤں در سے ترے بن صدا کیے!

رکھتا پھروں ہوں خرقہ و سجادہ رہنِ مے
مدت ہوئی ہے، دعوتِ آب و ہوا کیے

بے صرفہ ہی گزرتی ہے، ہو گرچہ عمرِ خضر
حضرت بھی کل کہینگے کہ ہم کیا کیا کیے!

مقدور ہو، تو خاک سے پوچھوں کہ اے لئیم!
تو نے وہ گنج ہائے گرانمایہ کیا کیے؟

کس روز تہمتیں نہ تراشا کیے عدد
کس دن ہمارے سر پہ نہ آرے چلا کیے

صحبت میں غیر کی نہ پڑی ہو کہیں، یہ خو
دینے لگا ہے بوسہ بغیر التجا کیے

ضد کی ہے اور بات، مگر خو بُری نہیں
بھولے سے اس نے سینکڑوں وعدے وفا کیے

غالبؔ! تمہیں کہو کہ ملیگا جواب کیا
مانا کہ تم کہا کیے، اور وہ سنا کیے

دیکھنا قسمت کہ آپ اپنے پہ رشک آجائے ہے
میں اسے دیکھوں بھلا کب مجھ سے دیکھا جائے ہے

हाथ धो[1] दिल से यही गर्मी गर अन्देशे[2] में है
आबगीना[3] तुन्दी-ए-सहबा[4] से पिघला जाए है
ग़ैर को या रब! वो क्योंकर, मनअ़-ए-गुस्ताख़ी करे
गर हया भी उसको आती है तो शर्मा जाए है
शौक़ को ये लत कि हरदम नाला खींचे जाइए[5]
दिल की वो हालत कि दम लेने से घबरा जाए है
दूर चश्मे-बद! तेरी बज़्मे-तरब[6] से वाह, वाह
नग़मा हो जाता है वां गर नाला मेरा जाए है
गर्चे है तर्ज़े-तग़ाफ़ुल, पर्दादारे-राज़े-इश्क़
पर हम ऐसे खोए जाते हैं, कि वो पा जाए है
उसकी बज़्म-आराइयां सुनकर दिले-रंजूर यां
मिस्ले-नक़्शे-मुछआए-ग़ैर[7] बैठा जाए है
होके आशिक़, वो परी-रुख़ और नाज़ुक बन गया
रंग खुलता जाए है, जितना कि उड़ता जाए है
नक़्श[8] को उसके मुसव्विर[9] पर भी क्या-क्या नाज़ है
खींचता है जिस क़दर, उतना ही खिंचता जाए है
साया मेरा मुझसे मिस्ले-दूद[10] भागे है 'असद'
पास मुझ आतिश-बज़ां[11] के किससे ठहरा जाए है

कसरत - आराई - ए - वहदत[12] है परस्तारी - ए - वहम[13]
कर दिया काफ़िर इन असनामे-ख़याली[14] ने मुझे

1-खा बैठना 2-चिन्तन 3-शीशे का पात्र (दिल) 4-शराब की गर्मी 5-आर्तनाद करते रहिए 6-आनन्द की महफ़िल 7-प्रतिद्वन्द्वी के प्रेम की छाप के समान 8-चित्र 9-चित्रकार 10-धुएं के समान 11-जिसके दिल में आग लगी हो 12-एकत्व की अनेक रूपता 13-भ्रम की पूजा 14-काल्पनिक प्रतिमाएं

ہاتھ دھو دل سے، یہی گرمی گر اندیشے میں ہے
آبگینہ تندیِ صہبا سے پگھلا جائے ہے

غیر کو یارب، وہ کیونکر منعِ گستاخی کرے
گر حیا بھی اس کو آتی ہے، تو شرما جائے ہے

شوق کو یہ لت کہ ہر دم نالہ کھینچے جایئے
دل کی وہ حالت کہ دم لینے سے گھبرا جائے ہے

دور چشمِ بد، تری بزمِ طرب سے، واہ واہ!
نغمہ ہو جاتا ہے، واں گر نالہ میرا جائے ہے

گرچہ ہے طرزِ تغافل، پردہ دارِ رازِ عشق
پر ہم ایسے کھوئے جاتے ہیں کہ وہ پا جائے ہے

اس کی بزم آرائیاں سن کر دلِ رنجور، یاں
مثلِ نقشِ مدعائے غیر بیٹھا جائے ہے

ہو کے عاشق وہ پری رخ اور نازک بن گیا
رنگ کھلتا جائے ہے، جتنا کہ اڑتا جائے ہے

نقش کو اس کے مصور پر بھی کیا کیا ناز ہیں!
کھینچتا ہے جس قدر، اتنا ہی کھنچتا جائے ہے

سایہ میرا، مجھ سے مثلِ دود بھاگے ہے اسد!
پاس مجھ آتش بجاں کے کس سے ٹھہرا جائے ہے!

کثرت آرائیِ وحدت، ہے پرستاریِ وہم
کردیا کافر ان اصنامِ خیالی نے مجھے

हवसे-गुल का तसव्वुर[1] में भी खटका न रहा
अजब आराम दिया बे-परो-बाली[2] ने मुझे

उग रहा है दरो-दीवार पे सब्ज़ा, 'ग़ालिब'
हम बयाबां में हैं और घर में बहार आई है

सादगी पर उसकी मर जाने की हसरत दिल में है
बस नहीं चलता कि फिर ख़ंजर कफ़े-क़ातिल[3] में है
देखना तक़रीर की लज़्ज़त कि जो उसने कहा
मैंने यह जाना कि गोया ये भी मेरे दिल में है
गर्चे है किस-किस बुराई से, वले बा-ईं-हमा[4]
ज़िक्र मेरा मुझसे बेहतर है कि उस महफ़िल में है
बस, हुजूम-नाउमीदी, ख़ाक में मिल जायेगी
ये जो इक लज़्ज़त हमारी सइए-बे-हासिल[5] में है
रंजे-रह क्यों खींचिए[6] वामान्दगी से इश्क़ है
उठ नहीं सकता हमारा जो क़दम मंजिल में है
जल्वा-ज़ारे-आतिशे-दोज़ख़[7] हमारा दिल सही
फ़िल्ना-ए-शोरे-क़यामत[8] किसके आबो-गिल[9] में है
है दिले-शोरीदा-ए-ग़ालिब[10] तिलिस्मे-पेचो-ताब[11]
रहम कर अपनी तमन्ना पर कि किस मुश्किल में है

1-कल्पना, विचार 2-पंखों के न होने 3-क़ातिल की आस्तीन में 4-इस सब के बावजूद 5-व्यर्थ प्रयास 6-पथ के दुःख क्यों उठाएं 7-नरक की आग से भरा हुआ 8-प्रलय के शोर का फ़ितना 9-पानी और मिट्टी 10-'ग़ालिब' का व्याकुल दिल 11-व्याकुलता का जादू-घर

ہوسِ گل کا تصور میں بھی کھٹکا نہ رہا
عجب آرام دیا بے پروبالی نے مجھے

اُگ رہا ہے درو دیوار سے سبزہ غالبؔ!
ہم بیاباں میں ہیں، اور گھر میں بہار آئی ہے

سادگی پر اس کی، مرجانے کی حسرت دل میں ہے
بس نہیں چلتا کہ پھر خنجر کفِ قاتل میں ہے
دیکھنا تقریر کی لذت کہ جو اس نے کہا
میں نے یہ جانا کہ، گویا یہ بھی میرے دل میں ہے
گرچہ ہے کس کس برائی سے، ولے باایں ہمہ
ذکر میرا، مجھ سے بہتر ہے کہ اس محفل میں ہے
بس ہجومِ ناامیدی! خاک میں مل جائیگی
یہ جو اک لذت ہماری سعیِ بے حاصل میں ہے
رنجِ رہ کیوں کھینچیے، واماندگی کو عشق ہے
اٹھ نہیں سکتا، ہمارا جو قدم منزل میں ہے
جلوہ زارِ آتشِ دوزخ، ہمارا دل سہی
فتنۂ شورِ قیامت، کس کی آب وگِل میں ہے؟
ہے دلِ شوریدۂ غالبؔ طلسمِ پیچ و تاب
رحم کر اپنی تمنا پر کہ کس مشکل میں ہے

दिल से तेरी निगाह जिगर तक उतर गई
दोनों को इक अदा में रज़ामन्द कर गई
शक़[1] हो गया है सीना, ख़ुशी लज़्ज़ते-फ़िराक़[2]
तकलीफ़े - पर्दादारी - ए - ज़ख़्मे - जिगर गई
वो बादा-ए-शबाना[3] की सर-मस्तियां कहां
उठिए बस अब कि लज़्ज़ते-ख़्वाबे-सहर गई
उड़ती फिरे है ख़ाक मेरी कूए-यार में
बारे अब ऐ हवा, हवसे-बालो पर गई
देखो तो दिल-फ़रेबी-ए-अन्दाज़े-नक़्शे-पा
मौजे-ख़िरामे-यार भी क्या गुल कतर गई
हर बुल्हवस[4] ने हुस्नपरस्ती शिआर[5] की
अब आबरू-ए-शेवा-ए-अहले नज़र[6] गई
लज़्ज़ारे ने भी काम किया वां नक़ाब का
मस्ती से हर निगह तेरे रुख़ पर बिखर गई
फ़र्दा-ओ-दी[7] का तफ़र्क़ा[8] यक बार मिट गया
कल तुम गए कि हम पे क़यामत गुज़र गई
मारा ज़माने ने, 'असदउल्लाह ख़ां' तुम्हें
वो वलवले कहां, वो जवानी किधर गई

तस्की[9] को हम न रोएं, जो ज़ौक़े-नज़र[10] मिले
हूराने-ख़ुल्द[11] में तेरी सूरत मगर मिले

1-फट गया 2-वियोग का आनन्द 3-रात की शराब 4-व्यसनी 5-सौन्दर्य की पूजा को आदत बना लिया 6-हुस्न की परख करने वालों की इज़्ज़त 7-बीता हुआ कल और आने वाला कल 8-अन्तर 9-सन्तोष 10-देखने की अभिरुचि 11-स्वर्ग की अप्सराएं

دل سے تری نگاہ، جگر تک اتر گئی
دونوں کو اک ادا میں رضا مند کرگئی

شق ہوگیا ہے سینہ، خوشا لذتِ فراغ!
تکلیفِ پردہ داریِ زخمِ جگر گئی

وہ بادۂ شبانہ کی سرمستیاں کہاں!
اُٹھیے بس اب کہ لذّتِ خوابِ سحر گئی

اڑتی پھرے ہے خاک مری کوئے یار میں
بارے اب اے ہوا! ہوسِ بال وپر گئی

دیکھو تو دلفریبیِ اندازِ نقشِ پا
موجِ خرامِ یار بھی، کیا گل کتر گئی

ہر بوالہوس نے حسن پرستی شعار کی
اب آبروئے شیوۂ اہلِ نظر گئی

نظارہ نے بھی کام کیا واں نقاب کا
مستی سے ہر نگہ ترے رخ پر بکھر گئی

فردا ودی کا تفرقہ یک بار مٹ گیا
کل تم گئے کہ ہم پہ قیامت گزر گئی

مارا زمانے نے، اسد اللہ خاں! تمہیں
وہ ولولے کہاں، وہ جوانی کدھر گئی؟

تسکیں کو ہم نہ روئیں جو ذوقِ نظر ملے
حورانِ خلد میں تری صورت مگر ملے

अपनी गली में मुझको न कर दफ़्न बादे-क़त्ल
मेरे पते से ख़ल्क़ को क्यों तेरा घर मिले
साक़ीगरी की शर्म करो आज, वर्ना हम
हर शब पिया ही करते हैं मय जिस क़दर मिले
तुमसे तो कुछ कलाम नहीं, लेकिन ऐ नदीम
मेरा सलाम कहियो, अगर नामाबर मिले
तुमको भी हम दिखाएं कि मजनूं ने क्या किया
फ़ुर्सत कशाकशे-ग़मे-पिनहां[1] से गर मिले
लाज़िम नहीं कि ख़िज़्र की हम पैरवी करें
माना कि इक बुज़ुर्ग हमें हम-सफ़र मिले
ऐ साकिनाने-कूचा-ए-दिलदार देखना तुमको
कहीं जो 'ग़ालिबे'-आशुफ़्ता-सर मिले

कोई दिन गर ज़िन्दगानी और है
अपने जी में हमने ठानी और है
आतिशे-दोज़ख़[2] में ये गर्मी कहां
सोज़े-ग़म-हाए-निहानी[3] और है
बारहा देखी हैं उनकी रंजिशें
पर कुछ अब के सर-गिरानी[4] और है
देके ख़त मुंह देखता है नामाबर
कुछ तो पैग़ामे -ज़बानी और है

1-आंतरिक पीड़ा की व्याकुलता 2-नरक की आग 3-आंतरिक संताप की जलन 4-रोष

اپنی گلی میں مجھ کو نہ کر دفن بعدِ قتل
میرے پتے سے خلق کو کیوں تیرا گھر ملے
ساقی گری کی شرم کرو آج، ورنہ ہم
ہر شب پیا ہی کرتے ہیں مے جس قدر ملے
تجھ سے تو کچھ کلام نہیں، لیکن، اے ندیم!
میرا سلام کہیو، اگر نامہ بر ملے
تم کو بھی ہم دکھائیں کہ مجنوں نے کیا کیا
فرصت کشاکشِ غمِ پنہاں سے گر ملے
لازم نہیں کہ خضر کی ہم پیروی کریں
مانا کہ اک بزرگ ہمیں ہم سفر ملے
اے ساکنانِ کوچۂ دلدار! دیکھنا
تم کو کہیں جو غالبؔ آشفتہ سر ملے

کوئی دن، گر زندگانی اور ہے
اپنے جی میں ہم نے ٹھانی اور ہے
آتشِ دوزخ میں یہ گرمی، کہاں
سوزِ غمہائے نہانی اور ہے
بارہا دیکھی ہیں، ان کی رنجشیں
پر کچھ اب کے سرگرانی اور ہے
دے کے خط، منہ دیکھتا ہے نامہ بر
کچھ تو پیغامِ زبانی اور ہے

क़ातर-अ़अमार[1] हैं अक्सर नुजूम[2]
वो बलाए-आसमानी और है
हो चुकीं 'ग़ालिब' बलाएं सब तमाम
एक मर्गे-नागहानी और है

कोई उम्मीद बर नहीं आती
कोई सूरत नज़र नहीं आती
मौत का एक दिन मुअ़य्यन[3] है
नींद क्यों रात भर नहीं आती
आगे आती थी हाले-दिल पे हंसी
अब किसी बात पर नहीं आती
जानता हूं सवाबे-ताअ़तो-ज़हद[4]
पर तबीअत इधर नहीं आती
है कुछ ऐसी ही बात, जो चुप हूं
वर्ना क्या बात कर नहीं आती
क्यों न चीख़ूं कि याद करते हैं
मेरी आवाज़ गर नहीं आती
दाग़े -दिल गर नज़र नहीं आता
बू भी ऐ चारागर! नहीं आती
हम वहां हैं जहां से हमको भी
कुछ हमारी ख़बर नहीं आती
मरते हैं आरज़ू में मरने की
मौत आती है पर नहीं आती

1- जान लेने वाले 2-सितारे 3-निश्चित 4-ईश्वर पूजा और धार्मिक कर्म-कांड का पुण्य

قاطعِ اعمار ہیں اکثر نجوم
وہ بلائے آسمانی اور ہے
ہو چکیں، غالبؔ! بلائیں سب تمام
ایک مرگِ ناگہانی اور ہے

کوئی امید بر نہیں آتی
کوئی صورت نظر نہیں آتی
موت کا ایک دن معین ہے
نیند کیوں رات بھر نہیں آتی؟
آگے آتی تھی حالِ دل پہ ہنسی
اب کسی بات پر نہیں آتی
جانتا ہوں ثوابِ طاعت وزہد
پر طبیعت ادھر نہیں آتی
ہے کچھ ایسی ہی بات جو چپ ہوں
ورنہ کیا بات کر نہیں آتی
کیوں نہ چیخوں کہ یاد کرتے ہیں
میری آواز گر نہیں آتی
داغِ دل گر نظر نہیں آتا
بو بھی اے چارہ گر نہیں آتی؟
ہم وہاں ہیں، جہاں سے ہم کو بھی
کچھ ہماری خبر نہیں آتی
مرتے ہیں آرزو میں مرنے کی
موت آتی ہے پر نہیں آتی

का'बा किस मुंह से जाओगे 'ग़ालिब'
शर्म तुमको मगर[1] नहीं आती

दिले-नादां! तुझे हुआ क्या है
आख़िर इस दर्द की दवा क्या है
हम हैं मुश्ताक़[2] और वो बेज़ार[3]
या इलाही! ये माजरा क्या है
मैं भी मुंह में ज़बान रखता हूं
काश! पूछो कि "मुद्दआ क्या है?"

क़तआ

जबकि तुझ बिन नहीं कोई मौजूद
फिर ये हंगामा[4] ऐ ख़ुदा! क्या है
ये परी-चेहरा लोग कैसे हैं
ग़म्ज़ा-ओ-इश्वा-ओ-अदा[5] क्या है
शिकने-ज़ुल्फ़े-अम्बरी[6] क्यों है
निगहे-चश्मे-सुर्मा-सा क्या है
सब्ज़ा-ओ-गुल कहां से आये हैं
अब्र क्या चीज़ है हवा क्या है
हमको उनसे वफ़ा की है उम्मीद
जो नहीं जानते वफ़ा क्या है
'हां, भला कर तेरा भला होगा'
और दरवेश की सदा क्या है

1-शायद 2-उत्सुक 3-रुष्ट 4-संसार की चहल-पहल 5-सैन और हाव-भाव 6-सुगन्ध बिखेरती हुई ज़ुल्फ़ों के घूंघर

کعبے کس منہ سے جاؤ گے غالبؔ!
شرم تم کو مگر نہیں آتی!

دلِ ناداں! تجھے ہوا کیا ہے؟
آخر اس درد کی دوا کیا ہے؟
ہم ہیں مشتاق، اور وہ بیزار
یا الٰہی! یہ ماجرا کیا ہے؟
میں بھی منہ میں زبان رکھتا ہوں
کاش پوچھو کہ مدعا کیا ہے؟

قطعہ

جب کہ تجھ بن نہیں کوئی موجود
پھر یہ ہنگامہ اے خدا کیا ہے
یہ پری چہرہ لوگ کیسے ہیں؟
غمزہ و عشوہ و ادا کیا ہے؟
شکنِ زلفِ عنبریں کیوں ہے؟
نگہِ چشمِ سرمہ سا کیا ہے؟
سبزہ و گل کہاں سے آئے ہیں؟
ابر کیا چیز ہے ہوا کیا ہے؟
ہم کو ان سے وفا کی ہے امید
جو نہیں جانتے وفا کیا ہے
ہاں بھلا کر، ترا بھلا ہوگا
اور درویش کی صدا کیا ہے

जान तुम पर निसार करता हूं
मैं नहीं जानता दुआ क्या है
मैंने माना कि कुछ नहीं 'ग़ालिब'
मुफ़्त हाथ आए तो बुरा क्या है

फिर कुछ इक दिल को बेक़रारी है
सीना जो या-ए-ज़ख़्मे-कारी[1] है
फिर जिगर खोदने लगा नाख़ुन
आमदे - फ़स्ले - लालाकारी है
क़िब्ला - ए - मक़सदे - निगाहे - नियाज़[2]
फिर वही परदा - ए - अ़मारी[3] है
चश्मे - दल्लाले - जिन्से - रुस्वाई[4]
दिल ख़रीदारे - ज़ौक़े - ख्वारी[5] है
वही सदरंग नाला-फ़रसाई[6]
वही सद-गुना[7] अश्कबारी[8] है
दिल हवाए-ख़िरामे-नाज़ से फिर
महशरिस्ताने - बेक़रारी है
जल्वा फिर अ़र्जे-नाज़ करता है
रोज़े - बाज़ारे - जां - सिपारी[9] है
फिर उसी बेवफ़ा पे मरते हैं
फिर वही ज़िन्दगी हमारी है
फिर खुला है दरे-अ़दालते-नाज़
गर्म बाज़ारे-फ़ौजदारी है

1-गहरे घाव को ढूढ़ने वाला 2-प्यार-भरी आंख का परम लक्ष्य 3-हौदे का पर्दा 4-बदनामी की सामग्री 5-अपमान के उन्माद का ख़रीदार 6-रुदन करना 7-सौ तरह 8-आंसू बहाना 9-जान न्यौछावर करना

جان تم پر نثار کرتا ہوں
میں نہیں جانتا دعا کیا ہے
میں نے مانا کہ کچھ نہیں غالب!
مفت ہاتھ آئے تو برا کیا ہے

پھر کچھ اک دل کو بیقراری ہے
سینہ جویائے زخمِ کاری ہے
پھر جگر کھودنے لگا ناخن
آمدِ فصلِ لالہ کاری ہے
قبلۂ مقصدِ نگاہِ نیاز
پھر وہی پردۂ عماری ہے
چشم، دلاّلِ جنسِ رسوائی
دل، خریدارِ ذوقِ خواری ہے
وہی، صد رنگ نالہ فرسائی
وہی صد گونہ اشکباری ہے
دل ہوائے خرامِ ناز سے پھر
محشرستانِ بیقراری ہے
جلوہ پھر عرضِ ناز کرتا ہے
روز بازارِ جاں سپاری ہے
پھر اسی بیوفا پہ مرتے ہیں
پھر وہی زندگی ہماری ہے
پھر کھلا ہے درِ عدالتِ ناز
گرم بازارِ فوجداری ہے

हो रहा है जहान में अंधेर
ज़ुल्फ़ की फिर सरिश्ता-दारी है
फिर दिया पारा-ए-जिगर ने सवाल
एक फ़रियादो-आहो-ज़ारी है
फिर हुए हैं गवाहे-इश्क़ तलब
अश्क-बारी का हुक्म जारी है
दिलो-मिज़गां का जो मुक़दमा था
आज फिर उसकी रूबकारी है
बेख़ुदी बेसबब नहीं 'ग़ालिब'
कुछ तो है जिसकी पर्दादारी है

जुनूं तोहमत-कशे-तस्कीं[1] न हो गर शादमानी की
नमक-पाशे-ख़राशे-दिल[2] है लज़्ज़त ज़िन्दगानी की
कशाकश हाए-हस्ती से करे क्या सईए-आज़ादी[3]
हुई ज़ंजार, मौजे-आब को फुर्सत रवानी की
पस-अज़-मुर्दन[4] भी दीवानी ज़ियारत-गाहे-तिफ़्लां है
शरारे-संग[5] ने तुरबत[6] पे मेरी गुलफ़िशानी की

निकोहिश[7] है सज़ा, फ़रियादी-ए-बेदादे-दिलबर[8] की
मुबादा[9] ख़न्दा-ए-दन्दां-नुमां[10] हो सुबह महशर[11] की

1-जिस पर सन्तोष का आरोप लगाया जाए 2-दिल के घाव पर नमक छिड़कने वाला 3-स्वतन्त्रता का प्रयास 4-मरने के पश्चात् 5-पत्थर की चिंगारियां 6-क़ब्र 7-निन्दा 8-प्रिय को निष्ठुरता की शिकायत करने वाला 9-ऐसा न हो 10-व्यंग्य की हंसी 11-क़यामत की सुबह

ہو رہا ہے جہان میں اندھیر
زلف کی پھر سرشتہ داری ہے

پھر دیا پارۂ جگر نے سوال
ایک فریاد و آہ و زاری ہے

پھر ہوئے ہیں گواہِ عشق طلب
اشکباری کا حکم جاری ہے

دل و مژگاں کا جو مقدمہ تھا
آج پھر اس کی روبکاری ہے

بیخودی، بے سبب نہیں، غالبؔ!
کچھ تو ہے، جس کی پردہ داری ہے

جنوں تہمت کشِ تسکیں نہ ہو، گر شادمانی کی
نمک پاشِ خراشِ دل ہے لذّت زندگانی کی

کشاکش ہائے ہستی سے کرے کیا سعیِ آزادی
ہوئی زنجیر، موجِ آب کو، فرصت روانی کی

پس از مردن بھی دیوانہ زیارت گاہِ طفلاں ہے
شرارِ سنگ نے تربت پہ میری گل فشانی کی

نکوہش ہے سزا، فریادیِ بیدادِ دلبر کی
مبادا خندۂ دنداں نما ہو صبحِ محشر کی!

रगे-लैला को ख़ाके-दश्ते-मजनूं रेशगी बख़्शे
अगर बो दे बजाये दाना दहकां[1] नोक नश्तर की
परे-परवाना शायद बादबाने-कश्ती-ए-मै था
हुई मजलिस की गर्मी से रवानी दौरे-साग़र की
करूं बेदादे-ज़ौक़े-परफ़िशानी अर्ज़, क्या क़ुदरत
कि ताक़त उड़ गई, उड़ने से पहले, मेरे शहपर[2] की
कहां तक रोऊं, उसके ख़ेमे के पीछे क़यामत है
मेरी किस्मत में या रब, क्या न थी दीवार पत्थर की

बे-एतदालियों से, सुबुक[3] सब में हम हुए
जितने ज़ियादा हो गए उतने ही कम हुए
पिनहां था दामे-सख़्त क़रीब आशियाने के
उड़ने न पाये थे कि गिरफ़्तार हम हुए
हस्ती हमारी अपनी फ़ना पर दलील है
यां तक मिटे कि आप हम अपनी क़सम हुए
सख़्ती-कशाने-इश्क़[4] की पूछे है क्या ख़बर
वो लगा रफ़्ता-रफ़्ता सरापा अलम[5] हुए
तेरी वफ़ा से क्या हो तलाफ़ी, कि दहर में
तेरे सिवा भी हम पे बहुत-से सितम हुए
लिखते रहे जुनूं की हिकायातें - ख़ूंचकां[6]
हरचन्द उसमें हाथ हमारे क़लम हुए[7]

1-किसान 2-पंक 3-लज्जित 4-प्रेम का दुःख सहने वाले 5-सिर से पांव तक दुःख की मूर्ति 6-रक्त-रंजित कहानी 7-काटे गए

رگِ لیلیٰ کو خاکِ دشتِ مجنوں ریشگی بخشے
اگر بووے بجائے دانہ، دہقاں نوک نشتر کی

پرِ پروانہ شاید بادبانِ کشتیِ مے تھا
ہوئی مجلس کی گرمی سے روانی دورِ ساغر کی

کروں بیدادِ ذوقِ پرفشانی عرض، کیا قدرت!
کہ طاقت اڑگئی، اڑنے سے پہلے میرے شہپر کی

کہاں تک رُوؤں اس کے خیمے کے پیچھے قیامت ہے
مری قسمت میں یارب! کیا نہ تھی دیوار پتھر کی؟

بے اعتدالیوں سے سبک سب میں ہم ہوئے
جتنے زیادہ ہوگئے، اتنے ہی کم ہوئے

پنہاں تھا دامِ سخت، قریب آشیان کے
اڑنے نہ پائے تھے کہ گرفتار ہم ہوئے

ہستی ہماری، اپنی فنا پر دلیل ہے
یاں تک مٹے کہ آپ ہم اپنی قسم ہوئے

سختی کشانِ عشق کی پوچھے ہے کیا خبر!
وہ لوگ رفتہ رفتہ سراپا الم ہوئے

تیری وفا سے کیا ہو تلافی، کہ دہر میں
تیرے سوا بھی، ہم پہ بہت سے ستم ہوئے

لکھتے رہے، جنوں کی حکایاتِ خوں چکاں
ہر چند اس میں ہاتھ ہمارے قلم ہوئے

अल्ला-रे तेरी तुन्दी-ए-ख़ूं, जिसके बीम[1] से
अज़्ज़ाए-नाला[2] दिल में मेरे रिज़्के-हम हुए
अहले हवस की फ़तह है, तर्के-नवर्दे-इश्क़[3]
जो पांव उठ गए वही उनके अ़लम[4] हुए
नाले अदम में चन्द हमारे सुपुर्द थे
जो वां न खिंच सके सो वो यां आके दम[5] हुए
छोड़ी 'असद' न हमने गदाई में दिल-लगी
साइल[6] हुए तो आ़शिक़े-अहले-करम हुए

जो न नक़्दे-दाग़े दिल की करे शोला पासबानी
तो फ़सुर्दगी निहां है, ब-कमीने-बेज़बानी[7]
मुझे उससे क्या तवक़्क़ो बज़मानए-जवानी
कभी कोदगी[8] में जिसने, न सुनी मेरी कहानी
यूं ही दुख किसी को देना नहीं ख़ूब, वर्ना कहता
कि मेरे अ़दू को या रब! मिले मेरी ज़िन्दगानी

ज़ुल्मतकदे[9] में मेरे शबे-ग़म का जोश है
एक शमअ़ है दलीले-सहर, सो ख़मोश है
नै मुज़्दा - ए - विसाल[10] न नज़्ज़ारा - ए - ज़माल
मुद्दत हुई कि आश्ती-ए-चश्मो-गोश[11] है
मय ने किया है, हुस्ने-ख़ुद-आरा को बेहिजाब
ए शौक़, यां इजाज़ते-तसलीमे-होश है

1-भय 2-रुदन के टुकड़े 3-प्रेमोन्माद के संघर्ष को त्याग देना 4-पताका 5-सांस 6-भिखारी 7-मूकता की ओट में 8-बचपन 9-अंधेरा घर 10-मिलन की शुभ सूचना 11-कानों और आंखों में मिलता

اللہ ری تیری تندیِ خو! جس کے بیم سے
اجزائے نالہ دل میں مرے رزقِ ہم ہوئے
اہلِ ہوس کی فتح ہے، ترکِ نبردِ عشق
جو پانو اٹھ گئے، وہی ان کے علم ہوئے
نالے عدم میں چند ہمارے سپرد تھے
جو واں نہ کھنچ سکے، سو وہ یاں آکے دم ہوئے
چھوڑی اسدؔ! نہ ہم نے گدائی میں دل لگی
سائل ہوئے، تو عاشقِ اہلِ کرم ہوئے

جو نہ نقدِ داغِ دل کی کرے شعلہ پاسبانی
تو فسردگی نہاں ہے بہ کمینِ بے زبانی
مجھے اُس سے کیا توقع بہ زمانۂ جوانی
کبھی کودکی میں جس نے نہ سنی مری کہانی
یوں ہی دکھ کسی کو دینا نہیں خوب، ورنہ کہتا
کہ "مرے عدو کو، یارب! ملے میری زندگانی"

ظلمت کدے میں میرے شبِ غم کا جوش ہے
اک شمع ہے دلیلِ سحر، سو خموش ہے
نے مژدۂ وصال، نہ نظارۂ جمال
مدّت ہوئی کہ آشتیِ چشم و گوش ہے
مے نے کیا ہے حسن خود آرا کو بے حجاب
اے شوق! ہاں اجازتِ تسلیمِ ہوش ہے

गौहर को इक्दे-गर्दने-ख़ूबां[1] में देखना
क्या औज[2] पर सितारा-ए-गौहर-फ़रोश है
दीदार, वादा, हौसला साक़ी, निगाह मस्त
बज़्मे - ख़्याल मयकदा - ए - बे - ख़रोश[3] है

क़तआ

ऐ ताज़ा वारिदाने-बिसाते-हवाए-दिल
ज़िन्हार[4] गर तुम्हें हवसे-ना-ओ-नोश[5] है
देखो मुझे जो दीदा-ए-इबरत-निगाह हो
मेरी सुनो जा गोशे-नसीहत नियोश[6] है
साक़ी, बजुल्वा दुश्मने-ईमानी-आगही
मुतरिब[7] बनग़मा रहज़ने तमकीना-होश है
या शब को देखते थे कि हर गोशा-ए-बिसात
दामाने - बाग़बानो - क़फ़ - गुलफ़रोश है
लुत्फ़-ख़िरामे-साक़ी-ओ-ज़ौक़-सूदाए-चंग[8]
ये जन्नते-निगाह, वो फ़िर्दौसे-गोश है
या सुब्ह-दम जो देखिए आकर, तो बज़्म में
नै वो सुरूरो-सोज़ न जोशो-ख़रोश है
दाग़े फ़िराक़े-सोहबते-शब की जली हुई
इक शमअ़ रह गई है, सो वो भी ख़मोश है

1-सुन्दरियों के गले का हार 2-बुलंदी 3-नीरव मधुशाला 4-सावधान ! 5-पीने की लिप्सा 6-सदुपदेश सुनने वाला कान 8-गायक 8-बाजे की आवाज़ का आनन्द

گوہر کو عقدِ گردنِ خوباں میں دیکھنا!
کیا اوج پر ستارۂ گوہر فروش ہے

دیدار بادہ، حوصلہ ساقی، نگاہِ مست
بزمِ خیال میکدۂ بے خروش ہے

قطعہ

اے تازہ واردانِ بساطِ ہوائے دل!
زنہار! اگر تمہیں ہوسِ نائے و نوش ہے

دیکھو مجھے جو دیدۂ عبرت نگاہ ہو
میری سنو، جو گوشِ نصیحت نیوش ہے

ساقی، بہ جلوہ، دشمنِ ایمان و آگہی
مطرب، بہ نغمہ، رہزنِ تمکین و ہوش ہے

یا شب کو دیکھتے تھے کہ ہر گوشۂ بساط
دامانِ باغبان و کفِ گل فروش ہے

لطفِ خرامِ ساقی وذوقِ صدائے چنگ
یہ جنتِ نگاہ، وہ فردوسِ گوش ہے

یا صبح دم جو دیکھیے آکر، تو بزم میں
نے وہ سرور و سُور، نہ جوش و خروش ہے

داغِ فراقِ صحبتِ شب کی جلی ہوئی
اک شمع رہ گئی ہے سو وہ بھی خموش ہے

आते हैं ग़ैब से ये मज़ामीं ख़याल में
'ग़ालिब', सरीरे ख़ामा[1] नवाए-सरोश[2] है

आ, कि मेरी जान को क़रार नहीं है
ताक़ते-बेदादे-इन्तजार नहीं है
देते हैं जन्नत हयाते-दहर के बदले
नशा बअन्दाजा-ए-ख़ुमार नहीं है
गिरियां निकाले है तेरी बज़्म से मुझको
हाय कि रोने पे इख़्तियार नहीं है
हमसे अ़बस है गुमाने-रंजिशे-ख़ातिर
ख़ाक में उश्शाक़[3] की ग़ुबार नहीं है
दिल से उठा लुत्फ़े-जल्वा हाए-मआ़नी
ग़ैरे-गुल आईना-ए-बहार नहीं है
क़त्ल का मेरे किया है अ़हद तो बारे
वाये! अखर अ़हद उस्तवार[4] नहीं है
तूने क़सम मैकशी की खाई है 'ग़ालिब'
तेरी क़सम का कुछ एतबार नहीं है

हुजूमे-ग़म से यां तक सर-निमूनी मुझको हासिल है।
कि तारे-दामनो-तारे-नज़र में फ़र्क़ मुश्किल है

1-क़लम की आवाज 2-जिब्रील फ़रिश्ते की आवाज 2-आशिक़ का बहुवचन (प्रेमी) 4-दृढ़ 5-सिर झुकाना

آتے ہیں غیب سے یہ مضامیں خیال میں
غالؔب! صریرِ خامہ، نوائے سروش ہے

آ کہ مری جان کو قرار نہیں ہے
طاقتِ بیدادِ انتظار نہیں ہے
دیتے ہیں جنت حیاتِ دہر کے بدلے
نشہ بہ اندازۂ خمار نہیں ہے
گریہ نکالے ہے تری بزم سے مجھ کو
ہائے! کہ رونے پہ اختیار نہیں ہے
ہم سے عبث ہے گمانِ رنجشِ خاطر
خاک میں عشاق کی غبار نہیں ہے
دل سے اٹھا لطفِ جلوہ ہائے معانی
غیرِ گل آیینۂ بہار نہیں ہے
قتل کا میرے کیا ہے عہد تو بارے
وائے، اگر عہد استوار نہیں ہے
تو نے قسم مے کشی کی کھائی ہے غالؔب!
تیری قسم کا کچھ اعتبار نہیں ہے

ہجومِ غم سے یاں تک سرنگونی مجھ کو حاصل ہے
کہ تارِ دامن و تارِ نظر میں فرق مشکل ہے

रफ़ूए-ज़ख़्म से मतलब है लज़्ज़त ज़ख्म को
समझियो मत कि पासे-दर्द से दीवाना ग़ाफ़िल है
वो गुल जिस गुलसितां में जल्वा-फ़र्माई करे 'ग़ालिब'
चटकना गुंचा-ए-दिल का सदाए-ख़न्दा-ए-दिल है।

पा-ब दामन हो रहा हूं, बस कि मैं सहरा-नवद
ख़ारे-पा[1] हैं जौहरे-आईना-ए-ज़ानू मुझे
देखना हालत मेरे दिल की हम-आग़ोशी के वक़्त
है निगाहे-आशना तेरा सरे-हर मू-मुझे
हूं सरापा-नाज़ आहंगे-शिकायत कुछ न पूछ
है यही बेहतर कि लोगों में न छेड़े तू मुझे

जिस बज़्म में तू नाज़ से गुफ़्तार में आवे
जां कालबुदे[2]-सूरते-दीवार में आवे
साये की तरह साथ फिरें सर्वो-सनोबर
तू इस क़दे-दिलकश से जो गुलज़ार में आवे
तय नाज़े-गिरां-मायगिए-अश्क[3] बजा है
जब लख़्ते-जिगर दीदा-ए-ख़ूंबार में आवे
दे मुझको शिकायत की इजाज़त कि सितमगर
कुछ तुझको मज़ा भी मेरे आज़ार में आवे
उस चश्मे-फ़सूंगर[4] का अगर पाये इशारा
तूती की तरह आईना गुफ़्तार में आवे

1-पांव का काटा 2-शरीर 3-आसूं की बहूमूल्यता 4-जादू करने वाली आंख

رفوئے زخم سے مطلب ہے لذت زخمِ سوزن کی
سمجھیو مت کہ پاسِ درد سے دیوانہ غافل ہے
وہ گل جس گلستاں میں جلوہ فرمائی کرے غالب
چٹکنا غنچۂ گل کا، صدائے خندۂ دل ہے

پا بہ دامن ہو رہا ہوں بس کہ میں صحرا نورد
خارِ پا ہیں جوہرِ آئینۂ زانو مجھے
دیکھنا حالت مرے دل کی ہم آغوشی کے وقت
ہے نگاہِ آشنا، تیرا سرِ ہر مو مجھے
ہوں سراپا سازِ آہنگِ شکایت، کچھ نہ پوچھ
ہے یہی بہتر کہ، لوگوں میں نہ چھیڑے تُو مجھے

جس بزم تو ناز سے گفتار میں آوے
جاں، کالبدِ صورتِ دیوار میں آوے
سائے کی طرح ساتھ پھریں سرو و صنوبر
تو اس قدِ دلکش سے جو گلزار میں آوے
تب ناز گراں مائیگیِ اشک بجا ہے
جب لختِ جگر دیدۂ خُونبار میں آوے
دے مجھ کو شکایت کی اجازت کہ ستمگر!
کچھ تجھ کو مزا بھی مرے آزار میں آوے
اس چشمِ فسوں گر کا اگر پائے اشارہ
طوطی کی طرح آینہ گفتار میں آوے

कांटों की ज़बां सूख गई प्यास से, या रब
इक आबला-पा वादी-ए-पुरख़ार में आवे
मर जाऊं ने क्यों रश्क से जब वो तने-नाज़ुक
आग़ोशे-ख़ामे हल्क़ा-ए-जुन्नार में आवे
ग़ारतगरे-नामूस[1] न हो गर हवसे-ज़र[2]
क्यों शाहिदे-गुल[3] बाग़ से बाजार में आवे
तक चाके-गिरेबां का मज़ा है, दिले-नांदां
जफ इक नफ़स उलझा हुआ हर तार में आवे
आतिश-कदा है सीना मेरा राज़े-निहां से
दे वाये, अगर माअ़रिजे-इज़्हार[4] में आवे
गंजीनए-माअ़नी[5] का तलिस्म उसको समझिये
जो लफ़्ज कि 'ग़ालिब' मेरे अशआ़र में आवे

हुस्ते-मह[6] गर्चे बहंगामे-कमाल[7] अच्छा है
उससे मेरा महे-ख़ुर्शीदे-जमाल अच्छा है
बोसा देते नहीं और दिल पे है हर लहज़ा निगाह
जी मे कहते है मुफ़्त आये तो माल अच्छा है
और बाज़ार से ले आये अगर टूट गया
साग़रे-जम[8] से मेरा जामे-सिफ़ाल[9] अच्छा है
बेतलब दें तो मज़ा उसमें सिवा मिलता है
वो गदा जिसको न हो ख़ूए-सवाल अच्छा है

1-इज़्ज़त को मिटाने वाली 2-रुपये-पैसे का लालच 3-प्रेयसी की तरह सुन्दर फूल 4-अभिव्यक्ति की परिधि 5-अर्थों का ख़जाना 6-चांद का सौंदर्य 7-चौदहवीं की रात को 8-जमशेद बादशाह का प्याला 9-मिट्टी का प्याला

کانٹوں کی زباں سوکھ گئی پیاس سے یارب!
اک آبلہ پا وادیِ پُرخار میں آوے

مرجاؤں نہ کیوں رشک سے جب وہ تنِ نازک
آغوشِ خمِ حلقۂ زنّار میں آوے

غارتگرِ ناموس نہ ہوگرہوسِ زر
کیوں شاہدِ گُل باغ سے بازار میں آوے

تب چاک گریباں کا مزا ہے دلِ ناداں!
جب اک نفس الجھا ہوا ہرتار میں آوے

آتشکدہ ہے سینہ مرا رازِ نہاں سے
اے وائے! اگر معرضِ اظہار میں آوے

گنجینۂ معنی کا طلسم اس کو سمجھیے
جو لفظ کہ، غالبؔ! مرے اشعار میں آوے

حسن مہ، گرچہ بہ ہنگامِ کمال اچھا ہے
اس سے میرا مہِ خرشید جمال اچھا ہے

بوسہ دیتے نہیں، اور دل پہ ہے ہر لحظہ نگاہ
جی میں کہتے ہیں کہ مفت آئے تو مال اچھا ہے

اور بازار سے لے آئے اگر ٹوٹ گیا
ساغرِ جم سے مرا جامِ سِفال اچھا ہے

بے طلب دیں، تو مزا اس میں سوا ملتا ہے
وہ گدا، جس کو نہ ہو خوے سوال، اچھا ہے

उनके देखे से जो आ जाती है मुंह पर रौनक
वो समझते हैं कि बीमार का हाल अच्छा है
देखिये पाते हैं उश्शाक़ बुतों से क्या फ़ैज़[1]
इक बिरहमन ने कहा है कि यह साल अच्छा है
हम-सुख़न तेशे ने फ़रहाद को शीरीं से किया
जिस तरह का भी किसी में हो कमाल, अच्छा है
क़तरा दरिया में जो मिल जाय तो दरिया हो जाय
काम अच्छा है वो जिसका मआल अच्छा है
ख़िज़्र सुल्तां[3] को रखे ख़ालिक़े-अकबर[4] सरसब्ज़
शाह के बाग़ में यह ताज़ा निहाल[5] अच्छा है
हमको मालूम है जन्नत की हक़ीक़त लेकिन
दिल के खुश करने को 'ग़ालिब' ये ख़याल अच्छा है

न हुई गर मेरे मरने से तसल्ली न सही
इम्तहां और भी बाक़ी हो तो ये भी न सही
ख़ार ख़ारे-अलमे-हसरते-दीदार तो है
शौक़ गुलचीने-गुलिस्ताने-तसल्ली न सही
मय-परस्तां ख़ुमे-म मुंह से लगाए ही बनी
एक दिन गर न हुआ बज़्म में साक़ी न सही
नफ़से-क़ैस कि है चश्मो-चिरागे-सहरा
गर नहीं शम्मा-ए-सियहख़ाना-ए-लैली, न सही

1-लाभ 2-परिणाम 3-बहादुरशाह बादशाह के पुत्र का नाम 4-परमात्मा 5-पेड़

ان کے دیکھے سے جو آ جاتی ہے منہ پر رونق
وہ سمجھتے ہیں کہ، بیمار کا حال اچھا ہے

دیکھیے، پاتے ہیں عشاق بتوں سے کیا فیض!
اک برہمن نے کہا ہے کہ یہ سال اچھا ہے

ہم سخن تیشے نے فرہاد کو شیریں سے کیا
جس طرح کا کہ کسی میں ہو کمال، اچھا ہے

قطرہ دریا میں جو مل جائے، تو دریا ہو جائے
کام اچھا ہے وہ، جس کا کہ مآل اچھا ہے

خضر سلطاں کو رکھے خالقِ اکبر سرسبز
شاہ کے باغ میں یہ تازہ نہال اچھا ہے

ہم کو معلوم ہے، جنت کی حقیقت، لیکن
دل کے خوش رکھنے کو، غالبؔ! یہ خیال اچھا ہے

نہ ہوئی گر مرے مرنے سے تسلی نہ سہی
امتحاں اور بھی باقی ہو، تو یہ بھی نہ سہی

خار خارِ المِ حسرتِ دیدار تو ہے
شوق گلچینِ گلستانِ تسلی نہ سہی

مے پرستاں! خمِ مے منہ سے لگائے ہی بنے
ایک دن گر نہ ہوا بزم میں ساقی نہ سہی

نفسِ قیس کہ ہے چشم و چراغِ صحرا
گر نہیں شمعِ سیہ خانۂ لیلیٰ، نہ سہی

एक हंगामे पे मौक़ूफ़ है घर की रौनक़
नौहा-ए-ग़म[1] ही सही नग़्मा-ए-शादी[2] न सही
न सताइश[3] की तमन्ना न सिले की परवा
गर नहीं हैं मेरे अशआर में माअनी न सही
इशरते-सोहबते-ख़ूबा[4] ही ग़नीमत समझो
न हुई, 'ग़ालिब' अगर उर्मे-तबोई[5] न सही

अजब निशात से, जल्लाद के, चले हैं हम आगे
कि अपने साये से सर पांव से है दो क़दम आगे
क़ज़ा ने था मुझे चाहा 'ख़राबे-वादा-ए-उल्फ़त'
फ़क़त 'ख़राब' लिखा बस न चल सका क़लम आगे
ग़मे-ज़माना ने झाड़ी, निशाते-इश्क़[6] की मस्ती
वगर्ना हम भी उठाते थे लज़्ज़ते-अलम आगे
ख़ुदा के वास्ते, दाद इस जुनूने-शौक़ की देना
कि उसके दर ये पहुंचते हैं नामाबर से हम
आगे ये उम्र भर जो परीशानियां उठाई हैं हमने
तुम्हारे आइयो, ऐ तुर्रा हाए-ख़म-ब-ख़म आगे
दिलो-जिगर में पर-अफ़शां जो एक मोज-ए-ख़ूं है
हम अपने ज़ोअम[7] में समझे हुए थे उसको दम आगे

1-दु:खों का विलाप 2-खुशी का संगीत 3-प्रशंसा 4-सुन्दर प्रेयसियों की संगति का आनन्द 5-नैसर्गिक आयु 6-प्रेम-उल्लास 7.घमण्ड

ایک ہنگامے پہ موقوف ہے گھر کی رونق
نوحۂ غم ہی سہی، نغمۂ شادی نہ سہی

نہ ستائش کی تمنا، نہ صلے کی پرواہ
گر نہیں ہیں مرے اشعار میں معنی، نہ سہی

عشرتِ صحبتِ خوباں ہی غنیمت سمجھو
نہ ہوئی، غالبؔ! اگر عمرِ طبیعی، نہ سہی

عجب نشاط سے جلّاد کے چلے ہیں ہم آگے
کہ اپنے سایے سے سر، پانو سے ہے دو قدم آگے

قضا نے تھا مجھے چاہا، خرابِ بادۂ الفت
فقط "خراب" لکھا، بس نہ چل سکا قلم آگے

غمِ زمانہ نے جھاڑی نشاطِ عشق کی مستی
وگرنہ ہم بھی اٹھاتے تھے لذتِ الم آگے

خدا کے واسطے، داد اس جنونِ شوق کی دینا
کہ اس کے در پہ پہنچتے ہیں نامہ بر سے ہم آگے

یہ عمر بھر جو پریشانیاں اٹھائی ہیں ہم نے
تمھارے آئیو! اے طرّہ ہائے خم بہ خم! آگے

دل و جگر میں پر افشاں جو ایک موجۂ خوں ہے
ہم اپنے زعم میں سمجھے ہوئے تھے اس کو دم آگے

क़सम जनाज़े पे आने की खाते हैं 'ग़ालिब'
हमेशा खाते थे जो मेरी जान की क़सम आगे

शिकवे के नाम से बेमेहर ख़फा होता है
ये भी मत कह, कि जो कहिये तो गिला होता है
पुर हूं मैं शिकवा से यूं, राग से जैसे बाजा
इक ज़रा छेड़िए फिर देखिए क्या होता है
गो समझता नहीं पर हुस्ने-तलाफ़ी[1] देखो !
शिकवा-ए-ज़ौर[2] से सरगर्मे-जफ़ा होता है
इश्क की राह में है, चर्ख़े-मकौकब[3] की वो चाल
सुस्त-रौ जैसे कोई आबला-पा होता है
क्यों न ठहरें हदफ़े-नावके-बेदाद[4] कि हम
आप उठा लाते हैं गर तीर ख़ता होता है
ख़ूद था, पहले से होते जो हम अपने
बदख़्वाह कि भला चाहते हैं और बुरा होता है
नाला जाता था, परे अ़र्श से मेरा, और अब
लब तक आता है जो ऐसा ही रसा होता है

क़तआ

ख़ामा[5] मेरा, कि वो है बारबुदे-बज़्मे-सुख़न[6]
शाह की मदह[7] में यूं नग़मा-सरा होता है

1-क्षतिपूर्ति का सुन्दर ढंग 2-अत्याचार की शिकायत 3-तारों भरा आसमान 4-ज़ुल्म के तीर के निशाने के लिए अर्पित 5-क़लम 5-काव्य के दरबार का बारबद एक प्राचीन महान् ईरानी संगीतकार 7-प्रशंसा

قسم جنازے پہ آنے کی میرے کھاتے ہیں، غالبؔ!
ہمیشہ کھاتے تھے جو میری جان کی قسم آگے

شکوے کے نام سے بے مہر خفا ہوتا ہے
یہ بھی مت کہہ، کہ جو کہیے، تو گلا ہوتا ہے
پُر ہوں میں شکوے سے یوں راگ سے جیسے باجا
اک ذرا چھیڑیئے، پھر دیکھیے، کیا ہوتا ہے
گو سمجھتا نہیں، پر حسنِ تلافی دیکھو
شکوۂ جور سے، سرگرمِ جفا ہوتا ہے
عشق کی راہ میں ہے چرخِ مکوکب کی وہ چال
سُست رَو جیسے کوئی آبلہ پا ہوتا ہے
کیوں نہ ٹھہریں ہدفِ ناوکِ بیداد کہ ہم
آپ اٹھا لاتے ہیں، گر تیر خطا ہوتا ہے
خوب تھا، پہلے سے ہوتے جو ہم اپنے بدخواہ
کہ بھلا چاہتے ہیں اور بُرا ہوتا ہے
نالہ جاتا تھا، پرے عرش سے میرا اوراب
لب تک آتا ہے جو ایسا ہی رسا ہوتا ہے

قطعہ

خامہ میرا، کہ وہ ہے باربدِ بزمِ سخن
شاہ کی مدح میں یوں نغمہ سرا ہوتا ہے!

ऐ शहनशाहे-कवाकिब[1] सिपहो-मेहर-अलम
तेरे इकराम[2] का हक़ किससे अदा होता है
सात इक़्लीम[3] का हासिल जो फ़राहम कीजे
तो वो लश्कर का तेरे नाल-बहा[4] होता है
हर महीने में जो ये बद्र[5] से होता है हिलाल[6]
आस्तां पर तेरे यह नासिया-सा[7] होता है
मैं जो गुस्ताख़ हूं आईना - ए - ग़ज़ल - ख़्वानी में
यह भी तेरा ही करम ज़ौक़े - फ़िज़ा होता है
रखियो 'ग़ालिब' मुझे इस तल्ख़-नवाई[8] से मुआफ़
आज कुछ दर्द मेरे दिल में सिवा होता है

हर एक बात पे कहते हो तुम कि 'तू क्या है'
तुम्हीं कहो कि ये अन्दाज़े-गुफ़्तगू क्या है
न शो'ले में ये करिश्मा न बर्क़ में ये अदा
कोई बताओ कि वो शोखे-तुन्द-ख़ू क्या है
ये रश्क है कि वो होता है हमसुख़न तुमसे
'वगर्ना ख़ौफ़े-बद-आमोज़िए-अदू[9] क्या है
चिपक रहा है बदन पर लहू से पैराहन
हमारी जैब को अब हाजते-रफ़ू क्या है
जला है जिस्म जहां दिल भी जल गया होगा
कुरेदते हो जो अब राख, जुस्तजू क्या है

1-सितारे 2-कृपाएं 3-सात लोक 4-घोड़ों के सुमों में लगने वाले नाल का ख़र्च 5-पूरा चांद 6-दूज का चांद 7-माथा घिसने वाला 8-कड़वा बोल 9-दुश्मन के सिखाने-पढ़ाने का भय

اے شہنشاہِ کواکب سپہ مہرِ علم!
تیرے اکرام کا حق کس سے ادا ہوتا ہے
سات اقلیم کا حاصل جوفراہم کیجے
تو وہ لشکر کا ترے نعل بہا ہوتا ہے
ہر مہینے میں جو یہ بدر سے ہوتا ہے ہلال
آستاں پر ترے مہ ناصیہ سا ہوتا ہے
میں جو گستاخ ہوں آئینِ غزل خوانی میں
یہ بھی تیرا ہی کرم ذوق فزا ہوتا ہے
رکھیو، غالبؔ! مجھے اس تلخ نوائی میں معاف
آج کچھ درد میرے دل میں سوا ہوتا ہے

ہر ایک بات پہ کہتے ہو تم کہ ''تو کیا ہے''؟
تمھیں کہو کہ '' یہ اندازِ گفتگو کیا ہے''؟
نہ شعلے میں یہ کرشمہ، نہ برق میں یہ ادا
کوئی بتاؤ کہ وہ شوخِ تند خو کیا ہے
یہ رشک ہے کہ وہ ہوتا ہے ہم سخن تم سے
وگرنہ خوفِ بد آموزیِ عدو کیا ہے
چپک رہا ہے بدن پر لہو سے پیراہن
ہمارے جیب کو اب حاجتِ رفو کیا ہے
جلا ہے جسم جہاں، دل بھی جل گیا ہوگا
کریدتے ہو جو اب راکھ، جستجو کیا ہے؟

रगों में दौड़ने-फिरने के हम नहीं क़ायल
जब आंख ही से न टपका, तो फिर लहू क्या है
वो चीज़ जिसके लिए हमको हो बहिश्त अज़ीज़
सिवाए वादा-ए-गुलफ़ामे-मुश्कबू[1] क्या है
पियूं शराब अगर ख़ुम भी देख लूं दो-चार
ये शीशा - ओ - क़दहो - कूज़ा - ओ - सुबू[2] क्या है
रही न ताक़ते-गुफ़्तार और अगर हो भी
तो किस उमीद पे कहिए कि आरज़ू क्या है
हुआ है शह का मुसाहिब, फिरे है इतराता
वगर्ना शहर में 'ग़ालिब' की आबरू क्या है

मैं उन्हें छेड़ूं, और कुछ न कहें
चल निकलते जो मै पिए होते
क़हर हो या बला हो जो कुछ हो
काश! कि तम मेरे लिए होते
मेरी क़िस्मत में ग़म गर इतना था
दिल भी या रब कई दिए होते
आ ही जाता वो राह पर 'ग़ालिब'
कोई दिन और भी जिए होते

ग़ैर लें महफ़िल में, बोसे जाम के
हम रहें यूं तिश्ना--लब पैग़ाम के

1-कस्तूरी की सुगन्ध वाली और फूलों के रंग वाली शराब 2-बोतल, प्याला, मधु-पात्र और मधु-कलश

رگوں میں دوڑتے پھرنے کے، ہم نہیں قائل
جب آنکھ ہی سے نہ ٹپکا، تو پھر لہو کیا ہے
وہ چیز، جس کے لیے ہم کو ہو، بہشت عزیز
سوائے بادۂ گلفامِ مشکبو کیا ہے!
پیوں شراب، اگر خُم بھی دیکھ لوں دو چار
یہ شیشہ وقدح و کوزہ و سبو کیا ہے!
رہی نہ طاقتِ گفتار، اور اگر ہو بھی
تو کس امید پہ کہیے کہ، آرزو کیا ہے!
ہوا ہے شہ کا مصاحب، پھرے ہے اتراتا
وگرنہ شہر میں غالبؔ کی آبرو کیا ہے

میں انھیں چھیڑوں، اور کچھ نہ کہیں
چل نکلتے، جو مے پیے ہوتے
قہر ہو، یا بلا ہو، جو کچھ ہو
کاش کے، تم مرے لیے ہوتے!
میری قسمت میں غم گر اتنا تھا
دل بھی یارب! کئی دیے ہوتے
آہی جاتا وہ راہ پر، غالبؔ!
کوئی دن اور بھی جیے ہوتے

غیر لیں محفل میں، بوسے جام کے
ہم رہیں یوں تشنہ لب پیغام کے

ख़स्तगी का तुमसे क्या शिकवा, कि ये
हथकण्डे हैं चर्ख़े-नीली-फाम के[1]
ख़त लिखेंगे, गर्चे मतलब कुछ न हो
हम तो आशिक़ हैं तुम्हारे नाम के
रात पी ज़मज़म पे मै और सुबह दम[2]
धोये धब्बे जाम-ए-अहराम[3] के
दिल को आंखों ने फंसाया क्या मगर
ये भी हल्क़े हैं तुम्हारे दाम के
शाह के है ग़ुस्ले-सेहत[4] को ख़बर
देखिये, कब दिन फिरें हम्माम के
इश्क ने 'ग़ालिब' निकम्मा कर दिया
वर्ना हम भी आदमी थे काम के

फिर इस अन्दाज़ से बहार आई
कि हुए मेहरो-मह[5] तमाशाई
देखो, ऐ साकिनाने-ख़ित्तए-ख़ाक[6]
इसको कहते हैं आलम-आराई[7]
कि ज़मीं हो गई है सर-ता-सर[8]
रूक शे - सतहे -चर्चे - मीनाई[9]
सब्ज़ा को जब कहीं जगह न मिली
बन गया रूए-आब[10] पर कोई

1-नीले रंग वाले आसमान के 2-सुबह के वक़्त 3-हज की पोशाक 4-आरोग्य-स्नान 5-चांद-सूरज 6.धरती के वासियो 7-दुनिया को सजाना 8-सर्वथा 9-आसमान के समान जो तारे रूपी फूलों से भरा हुआ है 10.पानी की सतह

خستگی کا تم سے کیا شکوہ، کہ یہ
ہتکھنڈے ہیں چرخِ نیلی فام کے

خط لکھینگے، گرچہ مطلب کچھ نہ ہو
ہم تو عاشق ہیں تمھارے نام کے

رات پی زمزم پہ مے، اور صبح دم
دھوئے دھبے جامۂ اِحرام کے

دل کی آنکھوں نے پھنسایا، کیا مگر
یہ بھی حلقے ہیں تمھارے دام کے؟

شاہ کے ہے غسلِ صحت کی خبر
دیکھیے، کب دن پھریں حمام کے!

عشق نے غالبؔ! نکما کردیا
ورنہ ہم بھی آدمی تھے کام کے

پھر اس انداز سے بہار آئی
کہ ہوے مہر و مہ تماشائی

دیکھو اے ساکنانِ خطہ خاک!
اس کو کہتے ہیں عالم آرائی

کہ زمیں ہوگئی ہے سرتا سر
رو کشِ سطح چرخِ مینائی

سبزے کو جب کہیں جگہ نہ ملی
بن گیا روئے آب پر کائی

सब्ज़ा-ओ-गुल के देखने के लिए
चश्मे-नरगिस को दी है बीनाई
है हवा में शराब की तासीर
बादा - नोशी है बाद - पैमाई[1]
क्यों न दुनिया को हो खुशी 'ग़ालिब'
शाहे - दीदार[2] ने शिफ़ा[3] पाई

तग़ाफ़ु ल-दोस्त हूं मेरा दिमाग़-इज्ज़ आली है
अगर पहलू-तही कीजे, तो जा मेरी भी ख़ाली है
रहा आबाद आलम, अहले-हिम्मत के न होने से
भरे हैं जिस क़दर जामो-सुबू मैख़ाना ख़ाली है

कब वो सुनता है कहानी मेरी
और फिर वो भी ज़बानी मेरी
ख़लिशे - ग़मज़ए - ख़ूरेज़ न पूछ
देख खूंनाबा - फ़िशानी[4] मेरी
क्या बयां करके मेरा रोएंगे यार
मगर आशुफ़्ता - बयानी[5] मेरी हूं
ज़ख़ुद - रफ़्ताए - बैदाए - ख़याल[6]
भूल जाना है निशानी मेरी

1-हवा मापना, हवा खाना 2-धर्मावतार बादशाह (बहादुरशाह) 3-आरोग्य 4-रक्त का प्रवाह 5-मिथ्यावादिता 6-कल्पना के जंजाल में खोया हुआ

سبزہ وگل کے دیکھنے کے لیے
چشمِ نرگس کو دی ہے بینائی
ہے ہوا میں شراب کی تاثیر
بادہ نوشی ہے بادِ پیمائی
کیوں نہ دنیا کو ہو خوشی، غالبؔ!
شاہِ دیندار نے شفا پائی

تغافل دوست ہوں، میرا دماغ عجز عالی ہے
اگر پہلو تہی کیجیے، تو جا میری بھی خالی ہے
رہا آباد عالم، اہلِ ہمت کے نہ ہونے سے
بھرے ہیں جس قدر جام وسبو، میخانہ خالی ہے

کب وہ سنتا ہے کہانی میری
اور پھر وہ بھی زبانی میری
خلشِ غمزۂ خوں ریز نہ پوچھ!
دیکھ خونابہ فشانی میری
کیا بیاں کر کے مرا، روئینگے یار
مگر آشفتہ بیانی میری
ہوں زخود رفتۂ بیدائے خیال
بھول جانا ہے نشانی میری

मुत्तक़ाबिल[1] है मुक़ाबिल मेरा
रुक गया देख रवानी मेरी
क़द्रे-संगे-सरे-रह रखता हूं
सख़्त अरज़ा है गिरानी मेरी
गर्दे-बादे-रहे-बेताबी[2] हूँ
सरसरे शौक़[3] है बानी[4] मेरी
दहन उसका जो न मालूम हुआ
खुल गई हेचमदानी[5] मेरी
कर दिया जो'फ़ ने आ़जिज़ 'ग़ालिब'
नंगे-पीरी[6] है जवानी मेरी

गुलशन की तेरी सोहबत अज़ बस कि पसन्द
आई है हर रांचे का ग़ुंल होना आग़ोश-कुशाई है
वां कंगुरे-इस्तग़ना[7] हरदम है बुलन्दी पर
यां नाले को और उल्टा दावाए-रसाई है
अज़ बस कि सिखाता है ग़म ज़ब्त के अन्दाज़े
जो दाग़ नज़र आया इक चश्म-नुमाई[8] है

जिस ज़ख़्म की हो सकती हो तदबीर रफ़ू की
लिख दीजिये, या रब ! उसे क़िस्मत में अ़दू की

1-जो मुक़ाबले पर न आ सके 2-व्याकुलता के मार्ग का बगुला 3-चाह-रूपी हवा की आंधी 4-संस्थापक 5-कुछ न जानना 6-बुढ़ापे को लज्जित करने वाली 7-निस्पृहता का कलश 8-आंख के इशारे से घुड़की देना

متقابل ہے، مقابل میرا
رُک گیا، دیکھ روانی میری
قدرِ سنگِ سرِ رہ رکھتا ہوں
سخت ارزاں، ہے گرانی میری
گرد بادِ رہِ بیتابی ہوں
صرصرِ شوق، ہے بانی میری
دہَن اس کا، جو نہ معلوم ہوا
کھُل گئی ہیچ مدانی میری
کر دیا ضعف نے عاجز، غالبؔ!
ننگِ پیری ہے جوانی میری

گلشن کو تری صحبت ازبس کہ خوش آئی ہے
ہر غنچے کا گُل ہونا، آغوش کشائی ہے
واں کُنگرِ استغنا، ہر دم ہے بلندی پر
یاں نالے کو اور الٹا دعوائے رسائی ہے
ازبسکہ سکھاتا ہے غم ضبط کے اندازے
جو داغ نظر آیا، اک چشمِ نمائی ہے

جس زخم کی ہو سکتی ہو تدبیر رفو کی
لکھ دیجیو یارب! اُسے قسمت میں عدو کی

अच्छा है सर-अंगुश्ते-हिनाई[1] का तसव्वुर[2]
दिल में नज़र आती तो है, इक बूंद लहू की
क्यों डरते हो उश्शाक़ की बे-हौसलगी से
या तो कोई सुनता नहीं फ़रियाद किसी की
दश्ने[3] ने कभी मुंह न लगाया हो जिगर को
ख़ंजर ने कभी बात न पूछी हो गुलू की सद-
हैफ़[4]! वो नाकाम, कि इक उम्र से 'ग़ालिब'
हसरत में रहे बुते-अ़रबदा-जू[5] की

सीमाब[6] पुश्ते-गर्मी-ए-आईना[7] दे कि हम
हैरां किये हुए हैं दिले-बेक़रार के
आग़ोशे-गुल कुशूदा[8] बराए-विदाअ़[9] है
ऐ अ़न्दलीब[10]! चल कि चले दिन बहार के

हैं वस्लो-हिज्र आलमे-तमकीनो-ज़ब्त में
माशूक़े - शोख़ो - आ़शिक़े - दीवाना चाहिए
उस लब से मिल ही जायगा बोसा कभी तो हां
शौके - फ़िज़ूलो - जुर्रते - रिन्दाना[11] चाहिए

1-मेहंदी लगी अंगुली का सिरा 2-कल्पना 3-कटारी 4-सौ बार अफ़सोस 5-लड़ाकू प्रेयसी 6-पारा 7-आईने की पुश्त को गर्मी दे 8-खुली हुई 9-विदाई के लिए 10-बुलबुल 11-शराबी का सा स्वच्छंद हौसला

اچھا ہے سرانگشتِ حنائی کا تصور
دل میں نظر آتی تو ہے اک بوند لہو کی
کیوں ڈرتے ہو عشاق کی بے حوصلگی ہے؟
یاں تو کوئی سنتا نہیں فریاد کِسُو کی
دشنے نے کبھی منھ نہ لگایا ہو جگر کو
خنجر نے کبھی بات نہ پوچھی ہو گلو کی
صد حیف وہ ناکام، کہ اک عمر سے، غالبؔ!
حسرت میں رہے ایک بُتِ عَربدہ جو کی

سیماب، پشت گرمیِ آئینہ دے ہے، ہم
حیراں کیے ہوئے ہیں دلِ بے قرار کے
آغوشِ گل کشودہ برائے وداع ہے
اے عندلیب! چل کہ چلے دن بہار کے

ہے وصل، ہجر عالمِ، تمکین و ضبط میں
معشوقِ شوق و عاشقِ دیوانہ چاہیے
اس لب سے مل ہی جائیگا بوسہ کبھی تو ہاں
شوقِ فضول و جرأتِ رندانہ چاہیے

चाहिए अच्छों को जितना चाहिए
ये अगर चाहें, तो फिर क्या चाहिए
सोहबते-रिन्दां से वाजिब है हज़र[1]
जाए-मैने[2] अपने को खींचा चाहिए
चाहने को तेरे क्या समझा था दिल
बारे, अब इससे भी समझा चाहिए
चाक मत कर जैब बे-अय्यामे-गुल[3]
कुछ उधर का भी इशारा चाहिए
दोस्ती का पर्दा है बेगानगी
मुंह छिपानी हमसे छोड़ा चाहिए
दुश्मनी ने मेरी खाया ग़ैर को
किस क़दर दुश्मन है देखा चाहिए
अपनी रुस्वाई में क्या चलती है
सअ़ई यार ही हंगामा - आरा[4] चाहिए
मुन्हसिर[5] मरने पे हो जिसकी उमीद
नाउमीदी उसकी देखा चाहिए
ग़ाफ़िल, इन मह-तलअ़तों[6] के वास्ते
चाहने वाला भी अच्छा चाहिए
चाहते हैं ख़ूबरूओं को 'असद'
आपकी सूरत तो देखा चाहिए

1-दूर रहना 2-शराब की बजाय 3-वसंत के दिनों के बिना 4-हंगामा वरपा करने वाला 5-निर्भर 6-चंद्रमुखी

چاہیے اچھوں کو، جتنا چاہیے
یہ اگر چاہیں، تو پھر کیا چاہیے

صحبتِ رنداں سے واجب ہے حذر
جائے مَے، اپنے کو کھینچا چاہیے

چاہنے کو تیرے کیا سمجھا تھا دل!
بارے اب اس سے بھی سمجھا چاہیے

چاک مت کر، جیب، بے ایامِ گُل
کچھ ادھر کا بھی اشارا چاہیے

دوستی کا پردہ، ہے بیگانگی
منھ چھپانا ہم سے چھوڑا چاہیے

دشمنی نے میری کھویا غیر کو
کس قدر دشمن ہے، دیکھا چاہیے

اپنی رسوائی میں کیا چلتی ہے سعی
یار ہی ہنگامہ آرا چاہیے

منحصر مرنے پہ ہو جس کی امید
ناامیدی اس کی دیکھا چاہیے

غافل! ان مہہ طلعتوں کے واسطے
چاہنے والا بھی اچھا چاہیے

چاہتے ہیں خوبرویوں کو اسد
آپ کی صورت تو دیکھا چاہیے

हर क़दम दूरी - ए - मंज़िल है नुमायां मुझसे
मेरी रफ़्तार से भागे है बयाबां मझसे
दर्से - उनवाने - तमाशा’ ब - तग़ाफ़ुल ख़ुशतर
है निगह रिश्ता - ए - शीराज़ा - ए - मिज़गा मुझसे
वहशते - आतिशे - दिल से शबे - तनहाई
में सूरते-दूद[2] रहा साया गुरेजा[3] मुझसे
ग़मे-उश्शाक़ न हो, सादगी-आमोज़े-बुता[4]
किस क़दर ख़ाना-ए-आईना है वीरां मुझसे
असरे-आबला से जादए सहराए-जुनूं[5]
सूरते - रिश्ता - ए - गौहर है चिराग़ां मुझसे
बेख़ुदी बिस्तरे - तम्हीदे - फ़राग़त[6] हो जो
पुर है साये की तरह मेरा शबिस्तां[7] मुझसे
शौक़े - दीदार में गर तू मुझे गर्दन मारे
हो निगह मिस्ले - शम्अ़[8] परीशां मुझसे
बेकसी हाए शबे-हिज्र की वहशत, है-है
साया ख़ुर्शीदे-क़ यामत में है पिनहां मुझसे
गर्दिशे-साग़-सद जल्वा-ए-रंगी तुझसे
आईनादारी - ए - सद -दीदा - ए हैरां मुझसे
निगहे - गर्म से इक आग टपकती है, ‘असद’
है चिराग़ां ख़ंसो-ख़ाशाके-गुलिस्तां मुझसे

1-तमाशे के शीर्षक से शिक्षा लेना 2-धुएं के सदृश 3-दूर-दूर 4-प्रेयसियों को सादगी सिखाने वाला 5-उन्माद के रेगिस्तान का मार्ग 6-आराम की भूमिका का बिस्तरा 7-शयनगृह 8-शम्अ़ के फूल के समान

ہر قدم دوریِ منزل ہے نمایاں مجھ سے
میری رفتار سے بھاگے ہے، بیاباں مجھ سے

درسِ عنوانِ تماشا، بہ تغافل خوشتر
ہے نگہ رشتۂ شیرازۂ مژگاں مجھ سے

وحشتِ آتشِ دل سے، شبِ تنہائی میں
صورتِ دُود، رہا سایہ گریزاں مجھ سے

غمِ عشاق نہ ہو، سادگی آموزِ بتاں
کس قدر خانۂ آیینہ ہے ویراں مجھ سے

اثرِ آبلہ سے، جادۂ صحرائے جُنوں
صورتِ رشتۂ، گوہر ہے چراغاں مجھ سے

بیخودی بسترِ تمہیدِ فراغت ہو جو!
پُر ہے سایے کی طرح میرا شبستاں مجھ سے

شوقِ دیداد میں، گر تو مجھے گردن مارے
ہو نگہ، مثلِ گُلِ شمع، پریشاں مجھ سے

بیکسی ہائے شبِ ہجر کی وحشت، ہے، ہے!
سایہ خُرشید قیامت میں ہے پنہاں مجھ سے

گردشِ ساغرِ صد جلوۂ رنگیں، تجھ سے
آینہ داریِ یک دیدۂ حیراں، مجھ سے

نگہِ گرم سے ایک آگ ٹپکتی ہے اسدؔ!
ہے چراغاں، خس و خاشاکِ گلستاں مجھ سے

नुक्ताचीं[1] है ग़मे-दिल उसको सुनाये न बने
क्या बने बात जहां बात बनाये न बने
मैं बुलाता तो हूं उसको मगर ऐ, जज़्बा-ए-दिल
उस पे बन जाये कुछ ऐसी कि बिन आये न बने
खेल समझा है कहीं छोड़ न दे भूल न जाय
काश! यों भी हो कि बिन मेरे सताये न बने
ग़ैर फिरता है लिए यों तेरे ख़त को कि अगर
कोई पूछे कि ये क्या है, तो छिपाये न बने
इस नज़ाकत का बुरा हो, वो भले हैं तो क्या
हाथ आएं तो उन्हें हाथ लगाये न बने
कह सके कौन कि ये जल्वागरी किसकी है
पर्दा छोड़ा है वो उसने कि उठाये न बने
मौत की राह न देखूं कि बिन आए न रहे
तुमको चाहूं कि न आओ, तो बुलाये न बने
बोझ वो सिर पे गिरा है कि उठाए न उठे
काम वो आन पड़ा है कि बनाये न बने
इश्क़ पर ज़ोर नहीं, है ये वो आतिश[2] 'ग़ालिब'
कि लगाये न लगे और बुझाये न बने

चाक[3] की ख़्वाहिश, अगर वहशत ब-उरियानी[4] करे
सुबह की मानिन्द ज़ख़्मे-दिल गिरेबानी करे

1-हर बात में दोष निकालने वाला अर्थात् माशूक़ 2-आग 3-विदीर्णता 4-नग्नता में

نکتہ چیں ہے، غمِ دل اس کو سنائے نہ بنے
کیا بنے بات، جہاں بات بنائے نہ بنے

میں بلاتا تو ہوں اس کو، مگر اے جذبۂ دل!
اس پہ بن جائے کچھ ایسی کہ بن آئے نہ بنے

کھیل سمجھا ہے، کہیں چھوڑ نہ دے بھول نہ جائے
کاش! یوں بھی ہو کہ بِن میرے ستائے نہ بنے

غیر پھرتا ہے لیے یوں ترے خط کو کہ، اگر
کوئی پوچھے کہ یہ کیا ہے، تو چھپائے نہ بنے

اس نزاکت کا بُرا ہو، وہ بھلے ہیں، تو کیا
ہاتھ آئیں، تو انھیں ہاتھ لگائے نہ بنے

کہہ سکے کون کہ یہ جلوہ گری کِس کی ہے
پردہ چھوڑا ہے وہ اس نے کہ اٹھائے نہ بنے

موت کی راہ نہ دیکھوں؟ کہ بن آئے نہ رہے
تم کو چاہوں؟ کہ نہ آؤ، تو بلائے نہ بنے

بوجھ وہ سر سے گرا ہے کہ اٹھائے نہ اٹھے
کام وہ آن پڑا ہے کہ بنائے نہ بنے

عِشق پر زور نہیں، ہے یہ وہ آتش، غالبؔ!
کہ لگائے نہ لگے، اور بجھائے نہ بنے

چاک کی خواہش، اگر وحشت بہ عُریانی کرے
صبح کے مانند، زخمِ دل گریبانی کرے

जल्वे का तेरे वो आलम है कि गर कीजे ख़याल
दीदा-ए-दिल को ज़ियारत-गाहे हैरानी करे
है शिकस्तन से भी दिल नौमीद[1] या रब कब तलक
आबगीना कोह[2] पर अर्ज़े-गिरां जानी करे
मैकदा गर चश्मे-मस्ते नाज़ से पाये शिकस्त
मूए-शीशा[3] दीदा-ए-साग़र की मिज़ग़ानी करे ख़त्ते-
आरिज़[4] से लिखा है जुल्फ़ को उल्फ़त ने अ़हद
यक-क़लम मंज़ूर है, जो कुछ परीशानी करे

वो आके ख़्वाब में तस्कीने-इज़्तिराब तो दे
वले मुझे तपिशे-दिल[5] मजाले-ख़्वाब तो दे
करे है क़त्ल लगावट में तेरा रो देना
तेरी तरह कोई तेग़े-निगह की आब तो दे
दिखाके जुम्बिशे-लब ही तमाम कर हमको
न दे जो बोसा, तो मुंह से कहीं जवाब तो दे
पिला दे ओक से साक़ी जो हमसे नफ़रत है
प्याला गर नहीं देता न दे शराब तो दे
'असद' ख़ुशी से मेरे हाथ-पांव फूल गये
कहा जो उसने, ज़रा मेरे पांव दाब तो दे

1-निराश 2-पहाड़ 3-शीशे पर तरेड़ रूपी बाल 4-गाल के बाल
5-दिल की जलन

جلوے کا تیرے وہ عالم ہے کہ، گر کیجیے خیال
دیدۂ دل کو زیارت گاہِ حیرانی کرے

ہے شکستن سے بھی دل نومید یارب! کب تلک
آبگینہ کوہ پر عرضِ گرانجانی کرے

میکدہ گر چشمِ مستِ ناز سے پاوے شکست
مُوئے شیشہ دیدۂ ساغر کی مژگانی کرے

خطِ عارض سے لِکھا ہے زُلف کو الفت نے عہد
یک قلم منظور ہے، جو کچھ پریشانی کرے

وہ آکے، خواب میں تسکینِ اضطراب تو دے
ولے مجھے تپشِ دل، مجالِ خواب تو دے

کرے ہے قتل، لگاوٹ میں تیرا رو دینا
تری طرح کوئی تیغِ نگہ کو آب تو دے

دِکھا کے جنبشِ لب ہی، تمام کر ہم کو
نہ دے جو بوسہ، تو منھ سے کہیں جواب تو دے

پلا دے اُوک سے ساقی، جو ہم سے نفرت ہے
پیالہ گر نہیں دیتا، نہ دے شراب تو دے

اسد! خوشی سے مرے ہاتھ پانو پھول گئے
کہا جو اس نے، ''ذرا میرے پانو داب تو دے''

ख़तर है, रिश्ता-ए-उल्फ़त रगे-गर्दन न हो जाए
ग़ुरूरे-दोस्ती आफ़त है, तू दुश्मन न हो जाए
समझ इस फ़स्ल में कोताही-ए-नश्वो-नुमा[1] 'ग़ालिब'
अगर गुल सर्व की क़ामत पे पैराहन[2] न हो जाए

फ़रियाद की कोई लै[3] नहीं है
नाला पाबन्दे-नै[4] नहीं है
क्यों बोते हैं बाग़बां तूंबे
गर बाग़ गदाए-मै[5] नहीं है
हरचन्द हर एक शै में तू है
पर तुझ-सी तो कोई शै नहीं है
हां, खाइयो मत फ़रेबे-हस्ती[6]
हरचन्द कहें कि 'है', नहीं है
शादी से गुज़र, कि ग़म न होवे
उरदी[7] जो न हो, तो दै[8] नहीं है
क्यों रद्दे-क़दह[9] करे है, ज़ाहिद
मै है ये, मगस की क़ै[10] नहीं है
हस्ती है न कुछ अ़दम है 'ग़ालिब'
आखिर तू क्या है, ऐ, 'नहीं' है

1-विकास की कमी 2-पोशाक 3-स्वर-विशेष 4-बांसुरी का पाबन्द 5-शराब का भिखारी 6-अस्तित्व का धोखा 7-पारसी महीने का नाम जो बसन्त के आरम्भ में आता है 8-पारसी महीना जो पतझड़ में आता है 9-प्याले को तोड़ना 10-मधुमक्खी की क़ै (मधु)

خطر ہے، رشتۂ الفت رگِ گردن نہ ہو جائے
غرورِ دوستی آفت ہے، تو دشمن نہ ہو جائے
سمجھ اِس فصل میں کوتاہیِ نشو ونما، غالبؔ!
اگر گُل سَرو کے قامت پہ، پیراہن نہ ہو جائے

فریاد کی کوئی لے نہیں ہے
نالہ پابندِ نَے نہیں ہے
کیوں بوتے ہیں باغباں تُونبے؟
گر باغ گدائے مَے نہیں ہے
ہر چند ہر ایک شے میں تو ہے
پَر تجھ سی کوئی شَے نہیں ہے
ہاں، کھائیو مت فریبِ ہستی!
ہر چند کہیں کہ، ہے نہیں ہے
شادی سے گزر کہ غم نہ ہووے
اُردی جو نہ ہو تو دَے نہیں ہے
کیوں ردِ قدح کرے ہے زاہد!
مَے ہے یہ مگس کی قَے نہیں ہے
ہستی ہے، نہ کچھ عدم ہے غالبؔ!
آخر تو کیا ہے، ''اے نہیں ہے''؟

न पूछ नुस्ख़ा-ए-मरहम जराहते दिल का
कि उसमें रेज़ुए-अल्मास जुज़्वे-आज़म[1] है
बहुत दिनों में तग़ाफुल ने तेरे पैदा की
वो इक निगाह कि बज़ाहिर निगाह से कम है

हम रश्क को अपने भी गवारा नहीं करते
मरते हैं, वले उनकी तमन्ना नहीं करते
दरपर्दा उन्हें ग़ैर से है रब्ते-निहानी[2]
जाहिर का ये पर्दा है कि पर्दा नहीं करते ये
बाइसे-नौमीदिए-अरबाबे हवस है 'ग़ालिब'
को बुरा कहते हो, अच्छा नहीं करते

करे है बादा, तेर लब से कस्बे-रंगे-फ़ुरोग़[3]
ख़ते-पियाला सरासर निगाने-गुलचीं है
कभी तो इस दिले-शोरीदा[4] की भी दाद मिले
कि एक उम्र से हसरत-परस्ते-बालीं है
बजा है, गर न सुने, नाला-हाए-बुलबुले-ज़ार
कि गोशे-गुल नमे-शबनम[5] से पंबा-आगीं[6] है
'असद' है नज़अ[7] में चल बेवफ़ा बराए ख़ुदा
मुक़ामे-तर्के-हिजाबो-विदाअ़ए तमकीं[8] है

1-मुख्य अंश 2-गुप्त लगाव 3-मनोहर रंग प्राप्त करना 4-उन्मत्त दिल 5-ओस की तरी 6-रुई का फाहा डाले 7-दम तोड़ने की हालत 8-घमंड और शर्म त्याग देने का समय

نہ پوچھ نسخۂ، مرہم جراحتِ دل کا
کہ اس میں ریزۂ الماس جزوِ اعظم ہے
بہت دنوں میں تغافل نے تیرے پیدا کی
وہ اِک نگہ کہ بظاہر نگاہ سے کم ہے

ہم رشک کو اپنے بھی، گوارا نہیں کرتے
مرتے ہیں، ولے اُن کی تمنا نہیں کرتے
در پردہ انھیں غیر سے، ہے ربطِ نہانی
ظاہر کا یہ پردہ ہے کہ پردا نہیں کرتے
یہ باعثِ نومیدیِ اربابِ ہوس ہے
غالبؔ! کو برا کہتے ہو، اچھا نہیں کرتے

کرے ہے بادہ ترے لب سے، کسبِ رنگِ فروغ
خطِ پیالہ، سراسر نگاہِ گلچیں ہے
کبھی تو اِس سرِ شوریدہ کی بھی داد ملے!
کہ ایک عمر سے حسرت پرستِ بالیں ہے
بجا ہے، گر نہ سنے، نالہ ہائے بلبلِ زار
کہ گوشِ گُل، نمِ شبنم سے پُنبہ آگیں ہے
اسدؔ ہے نزع میں چل، بیوفا! برائے خدا!
مقامِ ترکِ حجاب و وداعِ تمکیں ہے

क्यों न हो चश्मे-बुतां महवे-तग़ाफ़ुल, क्यों न हो
यानी इस बीमार को नज़्ज़ारे से परहेज़ है
मरते-मरते देखने की आरज़ू रह जाएगी
वाये नाकामी, कि उस काफ़िर का ख़ंजर तेज़ है
आरिज़े-गुल[1] देख रूए-यार याद आया 'असद'
जोशिशे-फ़स्ले-बहारी[2] इश्तियाक़-अंगेज़ है

दिया है दिल अगर उसको, बशर[3] है क्या कहिये
हुआ रक़ीब तो हो, नामाबर है, क्या कहिये
ये ज़िद, कि आज न आवे और आये बिन न रहे
क़ज़ा से शिकवा हमें किस क़दर है क्या कहिये
रहे हैं यों गहो-बेगह[4] कि कूए-दोस्त को अब
अगर न कहिए कि दुश्मन का घर है, क्या कहिए
ज़हे-करिश्मा, कि यों दे रखा है हमको फ़रेब
कि बिन कहे ही उन्हें सब ख़बर है, क्या कहिए
समझ के करते हैं बाज़ार में वो पुरसिशे-हाल
कि ये कहे कि सरे-रहगुज़र है, क्या कहिये
तुम्हें नहीं है सरे-रिश्ता-ए-वफ़ा का ख़याल
हमारे हाथ में कुछ है, मगर है क्या, कहिये
उन्हें सवाल पे ज़ोअ़मे-जुनूं[5] है, क्यों लड़िये
हमें जवाब से क़तअ़ए-नज़र है, क्या कहिये

1-फूल के गाल 2-वसंत का तूफ़ान 3-मनुष्य 4-समय-असमय 5-उन्माद का घमंड

کیوں نہ ہو چشمِ بتاں محوِ تغافل، کیوں نہ ہو؟
یعنی اِس بیمار کو نظارے سے پرہیز ہے
مرتے مرتے، دیکھنے کی آرزو رہ جائیگی
وائے ناکامی! کہ اُس کافر کا خنجر تیز ہے
عارضِ گل دیکھ، رُوئے یار یاد آیا، اسدؔ!
جوششِ فصلِ بہاری اشتیاق انگیز ہے

دیا ہے دل اگر اُس کو ، بشر ہے کیا کہیے
ہوا رقیب ، تو ہو، نامہ بر ہے، کیا کہیے
یہ ضد کہ آج نہ آوے، اور آئے بِن نہ رہے
قضا سے شکوہ ہمیں کس قدر ہے، کیا کہیے!
رہے ہے یوں گہ و بے گہ، کہ کوئے دوست کو اب
اگر نہ کہیے کہ دشمن کا گھر ہے کیا کہیے؟
زہے کرشمہ! کہ یوں دے رکھا ہے ہم کو فریب
کہ بن کہے ہی انھیں سب خبر ہے کیا کہیے!
سمجھ کے کرتے ہیں، بازار میں وہ پرسشِ حال
کہ یہ کہے کہ ، سرِ رہگزر رہے، کیا کہیے؟
تمھیں نہیں ہے سرِ رشتۂ وفا کا خیال
ہمارے ہاتھ میں کچھ ہے، مگر ہے، کیا کہیے!
انھیں سوال پہ زعمِ جنوں ہے، کیوں لڑیے
ہمیں جواب سے قطعِ نظر ہے کیا کہیے؟

हसद सज़ा-ए-कमाले-सुख़न है, क्या कीजे
सितम, बहा-ए-मताअ़-ए-हुनर[1] है, क्या कहिये
कहा है किसने कि 'ग़ालिब' बुरा नहीं लेकिन
सिवाए इसके कि आशुफ़्ता-सर है क्या कहिये

कभी नेकी भी उसके जी में आ जाये है मुझसे
जफ़ाएं करके अपनी याद शर्मा जाये है मुझसे
ख़ुदाया! जज़्बा-ए-दिल की मगर तासीर उल्टी है
कि जितना खींचता हूं और खिंचता जाय है मुझसे
वो बद-ख़ूरे[2] और मेरी दास्ताने-इश्क़ तूलानी[3]
इबारत मुख़्तसर, क़ासिद भी घबरा जाये है मुझसे
उधर वो बदगुमानी है, इधर यह नातवानी है
ने पूछा जाये है उससे, न बोला जाये है मुझसे
संभलने दे मुझे ऐ नाउमीदी, क्या क़यामत है
कि दामाने-ख़याले-यार छूटा जाये है मुझसे
बरतरफ़, नज़ारगी में भी सही, लेकिन
वो देखा जाये, कब ये ज़ुल्म देखा जाये है मुझसे
हुए है पांव ही पहले नबर्दे-इश्क़[4] में ज़ख़्मी
ने भागा जाए है मुझसे, न ठहरा जाए है मुझसे
क़यामत है कि होवे मुद्दई का हमसफ़र 'ग़ालिब'
वो काफ़िर, जो ख़ुदा को भी न सौंपा जाये है मुझसे

1-कलारूपी निधि 2-बुरी आदत वाला 3-लम्बी 4-प्रेम का संघर्ष

حسد، سزائے کمالِ سخن ہے ، کیا کہیے
ستم، بہائے متاعِ ہنر ہے، کیا کہیے!
کہا ہے کس نے کہ "غالبؔ برا نہیں، لیکن
سوائے اس کے آشفتہ سر ہے ، کیا کہیے

کبھی نیکی بھی اس کے جی میں گر آجائے ہے مجھ سے
جفائیں کر کے اپنی یاد شرما جائے ہے، مجھ سے
خدایا! جذبۂ دل کی مگر تاثیر الٹی ہے!
کو جتنا کھینچتا ہوں، اور کھنچتا جائے ہے مجھ سے
وہ بد خو، اور میری داستانِ عشق طولانی
عبارت مختصر، قاصد بھی گھبرا جائے ہے مجھ سے
اُدھر وہ بدگمانی ہے، اِدھر یہ ناتوانی ہے
نہ پوچھا جائے ہے اس سے، نہ بولا جائے ہے مجھ سے
سنبھلنے دے مجھے اے ناامیدی ! کیا قیامت ہے!
کہ دامانِ خیالِ یار، چھوٹا جائے ہے مجھ سے
تکلف برطرف، نظارگی میں بھی سہی، لیکن
وہ دیکھا جائے ، کب یہ ظلم دیکھا جائے ہے، مجھ سے
ہوئے ہیں پانو ہی پہلے، نبردِ عشق میں زخمی
نہ بھاگا جائے ہے مجھ سے، نہ ٹھہرا جائے ہے مجھ سے
قیامت ہے کہ ہووے مدّعی کا ہمسفر غالبؔ!
وہ کافر، جو خدا کو بھی نہ سونپا جائے ہے مجھ سے!

क्या तआज्जुब है कि उसको देखकर आ जाये रहम
वां तलक कोई किसी हीले से पहुंचा दे मुझे
मुंह न दिखलाये, न दिखला, पर, बअन्दाज़े-इताब[1]
खोलकर पर्दा ज़रा आंखें ही दिखला दे मुझे
यां तलक मेरी गिरफ़्तारी से वो ख़ुश हैं कि मैं
ज़ुल्फ़ गर बन जाऊं तो शाने में उलझा दे मुझे

बाज़ीचा-ए-अतफ़ाल[2] है दुनिया मेरे आगे
होता है शबो-रोज़ तमाशा मेरे आगे
इक खेल है औरंगे-सुलेमां[3] ने मेरे नज़दीक
इक बात है ऐजाज़े-मसीहा[4] मेरे आगे
जुज़ नाम नहीं सूरते-आलम मुझे मंजूर
जुज़ वहम नहीं हस्ती-ए-अशिया[5] मेरे आगे
होता है निहांई[6] गर्द में सहरा मेरे आगे
घिसता है जबीं[7] ख़ाक पे दरिया मेरे आगे
मत पूछ कि क्या हाल है मेरा तेरे पीछे
तू देख कि क्या रंग है तेरा मेरे आगे
सच कहो हो, ख़ुदबीनो-ख़ुदआरा[8] न क्यों हूं?
बैठा है बुते-आईना-सीमा[9] मेरे आगे
फिर देखिए अन्दाज़े-गुल-अफ़शानी -ए-गुफ़्तार
रख दे कोई पैमाना-ओ-सहबा मेरे आगे

1-क्रोध के भाव से 2-बच्चों का खेल 3-सुलेमान बादशाह का तख़्त 4-मसीहा का चमत्कार 5-वस्तुओं का अस्तित्व 6-छिपना 7-माथा 8-अभिमानी और अपने-आपको देखने और संवारने वाला 9-शीशे की तरह चमकते हुए मुख वाला प्रेमी

کیا تعجب ہے کہ اس کو دیکھ آجائے رحم
واں تلک کوئی کسی حیلے سے پہنچادے مجھے
منھ نہ دکھلاوے، نہ دکھلا، پر بہ اندازِ عتاب
کھول کر پردہ، ذرا آنکھیں ہی دکھلادے مجھے
یاں تلک میری گرفتاری سے وہ خوش ہے کہ میں
زلف گر بن جاؤں تو شانے میں الجھادے مجھے

بازیچۂ اطفال ہے دنیا مرے آگے
ہوتا ہے شب و روز تماشا مرے آگے
اک کھیل ہے، اورنگِ سلیماں مرے نزدیک
اک بات ہے اعجازِ مسیحا مرے آگے
جز نام، نہیں صورتِ عالم مجھے منظور
جز وہم نہیں، ہستیِ اشیا مرے آگے
ہوتا ہے نہاں، گرد میں، صحرا مرے ہوتے
گھستا ہے جبیں خاک پہ دریا مرے آگے
مت پوچھ کہ کیا حال ہے میرا ترے پیچھے
تو دیکھ کہ کیا رنگ ہے تیرا مرے آگے
سچ کہتے ہو خود بین و خود آرا ہوں، نہ کیوں ہوں؟
بیٹھا ہے بُتِ آینہ سیما مرے آگے
پھر دیکھیے اندازِ گُل افشانیِ گفتار
رکھ دے کوئی پیمانۂ صہبا مرے آگے

नफ़रत का गुमां गुज़रे है, मैं इश्क़ से गुज़रा
क्योंकर कहूं, लो नाम न उनका मेरे आगे
ईमां मुझे रोके है तो खींचे है मुझे कुफ़्र
काबा मेरे पीछे है कलीसा मेरे आगे
आशिक़ हूं, पे माशूक़-फ़रेबी[1] है मेरा काम
मजनूं को बुरा कहती है लैला मेरे आगे
ख़ुश होते हैं पर वस्ल में यों मर नहीं जाते
आई शबे-हिजरां[2] की तमन्ना मेरे आगे
है मौजज़न इक क़ुल्ज़ुमे-ख़ूं[3], काश, यही हो
आता है अभी देखिए क्या-क्या मेरे आगे
गो हाथ को जुंबिश[4] नहीं आंखों में तो दम है
रहने दो अभी साग़रो-मीना मेरे आगे
हम-पेशा-ओ[5]-हम-मशरबो[6] हम-राज़[7] है मेरा
'ग़ालिब' को बुरा क्यों कहो अच्छा मेरे आगे

कहूं जो हाल, तो कहते हो, 'मुद्दआ कहिये'
तुम्हीं कहो, कि जो तुम यों कहो, तो क्या कहिये,
न कहियो ताअ़न से फिर तुम, कि 'हम सितमगर हैं'
मुझे तो ख़ूं है कि जो कुछ कहो, बजा कहिये
वो नश्तर[8] सही, पर दिल में जब उतर जाये
निगाहे-नाज़[9] को फिर क्यों न आशना कहिये

1-माशूक़ को रिझाना 2-वियोग की रात 3-ख़ून का समुद्र 4-हरकत 5-सहव्यवसायी 6-सहधर्मी 7-भेद जानने वाला अंतरंग मित्र 8-नश्तर 9-सौन्दर्य के गर्व से भरी दृष्टि

نفرت کا گماں گزرے ہے، میں رشک سے گزرا
کیوں کر کہوں، "لو نام نہ اُن کا مرے آگے"

ایماں مجھے روکے ہے، جو کھینچے ہے مجھے کفر
کعبہ مرے پیچھے ہے، کلیسا مرے آگے

عاشق ہوں، پہ معشوق فریبی ہے مرا کام
مجنوں کو برا کہتی ہے لیلا مرے آگے

خوش ہوتے ہیں، پر وصل میں یوں مر نہیں جاتے!
آئی شبِ ہجراں کی تمنا مرے آگے

ہے موجزن اک قلزمِ خوں، کاش! یہی ہو
آتا ہے ابھی، دیکھیے، کیا کیا مرے آگے

گو ہاتھ کو جنبش نہیں، آنکھوں میں تو دم ہے
رہنے دو ابھی ساغر و مینا مرے آگے

ہم پیشہ و ہم مشرب و ہمراز ہے میرا
غالب کو برا کیوں کہو، اچھا مرے آگے؟

کہوں جو حال، تو کہتے ہو، "مدعا کہیے"
تمہیں کہو کہ جو تم یوں کہو، تو کیا کہیے

نہ کہیو طعن سے پھر تم، کہ "ہم ستمگر ہیں"
مجھے تو خُو ہے، کہ جو کچھ کہو، "بجا کہیے"

وہ نیشتر سہی، پر دل میں جب اُتر جاوے
نگاہِ ناز کو پھر کیوں نہ آشنا کہیے؟

नहीं ज़रीहाए - राहत जराहते - पकां[1]
वो ज़ख़्मे-तेग़ है जिसको कि दिल-कुशा कहिये
जो मुद्दई बने, उसके न गुद्दई बनिये
जो नासज़ा[2] कहे उसको न नासज़ा कहिये
क़हीं हकीक़ते-जां का ही-मरज़[3] लिखिये
कहीं मुसीबते - ना - साज़िए - दवा कहिये
कभी शिकायते - रंजे - गिरां - नशीं[4] कीजे
कभी हिकायते - सब्र - गुरेज़ - पा[5] कहिये
रहे न जान, तो क़ातिल को ख़ूं-बहा[6] दीजे
कटे ज़बान तो ख़ंजर को मरहबा कहिये
नहीं निगार[7] को उल्फ़त, न हो, निगार तो है
रवानी - ए - रविश - ओ - मस्ती - ए - अदा[8] कहिये
नहीं बहार को फ़ुर्सत, न हो, बहार तो है
तरावते - चमन - ओ - ख़ूबी - ए - हवा कहिये
सफ़ीना[9] जबकि किनारे पे आ लगा, 'ग़ालिब'
ख़ुदा से क्या सितम-ओ-जोरे-नाख़ुदा कहिये

रोने से और इश्क़ में बेबाक हो गये
धोये गये हम ऐसे कि बस पाक[10] हो गये
सर्फ़े-बहाए-मै[11] हुए अलाते-मै-कशी[12]
थे ये ही दो हिसाब, सो यों पाक हो गये

1-तीर का घाव 2-अनुचित 3-रोग के कष्ट की वास्तविकता 4-जमकर बैठ जाने वाले दुःख की शिकायत 5-भागने वाले संतोष की कहानी 6-ख़ून का मूल्य 7-सुन्दर 8-मंथर गति की सुन्दरता और अदा की मस्ती 9-नाव 10-गुंडों की भांति आज़ाद 11-शराब के लिए ख़र्च 12-शराब खींचने के यंत्र

نہیں ذریعۂ راحت ، جراحت پیکاں
وہ زخمِ تیغ ہے، جس کو کہ دلکشا کہیے

جو مدعی بنے، اسکے نہ مدعی بنیے
جو ناسزا کہے، اس کو نہ ناسزا کہیے

کہیں حقیقتِ جانکاہیِ مرض لکھیے
کہیں مصیبتِ ناسازیِ دوا کہیے

کبھی شکایتِ رنجِ گراں نشیں کیجئے
کبھی حکایتِ صبرِ گریز پا کہیے

رہے نہ جان ، تو قاتل کو خوں بہا دیجے
کٹے زبان، تو خنجر کو مرحبا کہیے

نہیں نگار کو الفت، نہ ہو ، نگار تو ہے
روانیِ روش و مستیِ ادا کہیے

نہیں بہار کو فرصت، نہ ہو، بہار تو ہے
طراوتِ چمن و خوبیِ ہوا کہیے

سفینہ جب کہ کنارے پہ آلگا غالب!
خدا سے کیا ستم وجورِ نا خدا کہیے!

رونے سے، اور عشق میں بیباک ہوگئے
دھوئے گئے ہم ایسے کہ بس پاک ہوگئے

صرفِ بہاے مے ہوئے ، آلاتِ میکشی
تھے یہ ہی دو حساب، سو یوں پاک ہوگئے

रुस्वाए-दहर[1] गो हुए आवारगी से तुम
बारे तबीअ़तों के तो चालाक हो गये
कहता है कौन नाला-ए-बुलबुल को बे-असर
पर्दे में गुल के लाख जिगर चाक हो गये
पूछे है क्या वुजूदो-अ़दम[2] अहले-शौक़[3] का
आप अपनी आग से ख़सो-ख़ाशाक हो गये
करने गये थे उससे तग़ाफ़ुल का हम गिला
की एक ही निगाह कि बस ख़ाक हो गये
इस ढंग से उठाई कल उसने 'असद' की लाश
दुश्मन भी जिसको देखके ग़मनाक हो गये

इब्ने-मरियम हुआ करे कोई
मेरे दुख की दवा करे कोई
शरआ-आईना पर मदार सही
ऐसे क़ातिल का क्या करे कोई
चाल, जैसे कड़ी कमां का तीर
दिल में ऐसे के जा करे कोई
बात पर वां ज़बान कटती है
वो कहें और सुना करे कोई
बक रहा हूं जुनूं में क्या-क्या कुछ
कुछ न समझे ख़ुदा करे कोई

1-संसार-भर में बदनाम 2-अस्तित्व और अनस्तित्व 3-अभिलाषी (प्रेमी)

رُسوائے دہر گو ہوئے، آوارگی سے ، تم
بارے، طبیعتوں کے تو چالاک ہوگئے
کہتا ہے کون نالۂ بلبل کو بے اثر؟
پردے میں گل کے، لاکھ جگر پاک ہوگئے
پوچھے ہے کیا وجود و عدم اہلِ شوق کا!
آپ اپنی آگ کے خس و خاشاک ہوگئے
کرنے گئے تھے اس سے تغافل کا ہم گلہ
کی ایک ہی نگاہ کہ بس خاک ہوگئے
اس رنگ سے اٹھائی کل اُس نے اسدؔ کی نعش
دشمن بھی جس کو دیکھ کے غمناک ہوگئے

ابنِ مریم ہوا کرے کوئی
میرے دکھ کی دوا کرے کوئی
شرع و آئین پر مدار سہی
ایسے قاتل کا کیا کرے کوئی؟
چال، جیسے کڑی کمان کا تیر
دل میں ایسے کے جا کرے کوئی!
بات پر واں زبان کٹتی ہے
وہ کہیں اور سنا کرے کوئی
بک رہا ہوں جنوں میں کیا کیا کچھ!
کچھ نہ سمجھے خدا کرے کوئی

न सुनो गर बुरा कहे कोई
न कहो गर बुरा करे कोई
रोक लो, गर ग़लत चले कोई
बख़्श दो गर ख़ता करे कोई
कौन है जो नहीं है हाजतमन्द[1]
किसकी हाजत रवा[2] करे कोई
क्या किया ख़िज़्र ने सिकन्दर से
अब किसे रहनुमा करे कोई
जब तवक़्क़ो [3] ही उठ गई 'ग़ालिब'
क्यों किसी का गिला करे कोई

बहुत सही ग़मे-गेती[4] शराब कम क्या है
गुलामे-साक़ी-ए-कौसर[5] हूं, मुझको क्या है
तुम्हारी तर्ज़ो-रविश, जानते हैं हम क्या है
रक़ीब पर है अगर लुत्फ़ तो सितम क्या है
कटे तो शब कहें काटे तो सांप कहलावे
कोई बताओ, कि वो ज़ुल्फ़े-ख़म-ब-ख़म क्या है
न हश्रो-नश्र[6] का क़ायल ने केशो-मिल्लत[7]
का ख़ुदा के वास्ते, ऐसे की फिर क़सम क्या है
सुख़न में ख़ामए[8] ग़ालिब की आतश-अफ़शानी[9]
यक़ीं है हमको भी, लेकिन अब उसमें दम क्या है

1-जरूरतमंद 2-पूरा करना 3-प्रत्याशा 4-संसार के दुःख 5-स्वर्ग की शराब के साक़ी अर्थात् ख़ुदा का दास 6-क़यामत और उसका दंड 7-धर्म और क़ौम 8-कलम 9-आग बरसाना

نہ سنو، گر بُرا کہے کوئی
نہ کہو، گر برا کرے کوئی
روک لو، گر غلط چلے کوئی
بخش دو، گر خطا کرے کوئی
کون ہے جو نہیں ہے حاجتمند؟
کس کی حاجت روا کرے کوئی
کیا کیا خضر نے سکندر سے!
اب کسے رہنما کرے کوئی؟
جب توقع ہی اٹھ گئی غالبؔ!
کیوں کِسی کا گِلا کرے کوئی؟

بہت سہی غم گیتی، شراب کم کیا ہے!
غلامِ ساقیِ کوثر ہوں، مجھ کو غم کیا ہے!
تمہاری طرز وروش، جانتے ہیں ہم کیا ہے
رقیب پر ہے اگر لطف، تو ستم کیا ہے؟
کٹے، تو شب کہیں کاٹے، تو سانپ کہلاوے
کوئی بتاؤ کہ، وہ زلفِ خم بخم کیا ہے؟
نہ حشر و نشر کا قائل، نہ کیش و ملت کا
خدا کے واسطے، ایسے کی پھر قسم کیا ہے؟
سخن میں خامۂ غالبؔ کی آتش افشانی
یقیں ہے ہم کو بھی، لیکن اب اس میں دم کیا ہے

बाग़ पाकर ख़फ़क़ानी[1] ये डराता है मुझे
साया-ए-शाख़े-गुल अफ़ई[2] नजर आता है मुझे
जौहरे-तेग़ ब-सरचश्मा-ए-दीगर[3] मालूम हूं मैं वो
सब्ज़ा कि ज़हराब[4] उगाता है मुझे मुद्दआ महवे-
तमशा-ए-शिकस्ते-दिल है आईनाख़ाने में कोई
लिए जाता है मुझे ज़िन्दगी में वो तो महफ़िल से उठा
देते थे देखूं, अब मर गए पर, कौन उठाता है मुझे

रौंदी हुई है कौकबए-शहरयार[5] की
इतराए क्यों न ख़ाक, सरे-रहगुज़ार की
जब उसके देखने के लिए आयें बादशाह
लोगों में क्या नुमूद न हो लालाज़ार की
भूके नहीं हैं सैरे-गुलिस्तां के हम, वले
क्योंकर न खाइए कि हवा है बहार की

हज़ारों ख़्वाहिशें ऐसी, कि हर ख़वाहिश पे दम निकले
बहुत निकले मेरे अरमान, लेकिन फिर भी कम निकले
डरे क्यों मेरा क़ातिल, क्या रहेगा उसकी गर्दन पर
वो ख़ूं, जो चश्मे-तर[6] से उम्र-भर यूं दम-ब-दम निकले

1-पागलपन का रोगी 2-सांप 3-किसी दूसरे स्रोत से 4-ज़हर का पानी 5-बादशाह के नौकर 6-भीगी आंख

باغ، پا کر خفقانی، یہ ڈراتا ہے مجھے
سایۂ شاخِ گُل، افعی نظر آتا ہے مجھے
جوہرِ تیغ بہ سر چشمۂ دیگر معلوم
ہوں میں وہ سبزہ کہ زہراب اگاتا ہے مجھے
مُدّعا محوِ تماشائے شکستِ دل ہے
آینہ خانہ میں کوئی لیے جاتا ہے مجھے
زندگی میں تو وہ محفل سے اٹھا دیتے تھے
دیکھوں، اب مرگئے پر، کون اٹھاتا ہے مجھے؟

روندی ہوئی ہے کوکبۂ شہریار کی
اِترائے کیوں نہ خاک، سرِ رہگزار کی
جب اس کے دیکھنے کے لئے آئیں بادشاہ
لوگوں میں کیوں نمود نہ ہو لالہ زار کی
بھُوکے نہیں ہیں سیرِ گلستاں کے ہم، ولے
کیون کر نہ کھائیے کہ ہَوا ہے بہار کی

ہزاروں خواہشیں ایسی کہ، ہر خواہش پہ دم نکلے
بہت نکلے مرے ارمان، لیکن پھر بھی کم نکلے
ڈرے کیوں میرا قاتل، کیا رہیگا اس کی گردن پر
وہ خوں، جو چشمِ تر سے عمر بھر یوں دم بدم نکلے

निकलना ख़ुल्द से आदम का सुनते आये थे,
लेकिन बहुत बेआबरू होकर तेरे कूचे से हम निकले
भरम खुल जाए ज़ालिम तेरे क़ीमत[1] की दराज़ी का
अगर इस तुर्रा-ए-पुर-पेचोख़म का पेचोख़म[2] निकले
अगर लिखवाए कोई उसको ख़त, तो हमसे लिखवाए
हुई सुब्ह और घर से कान पर रखकर क़लम निकले
हुई इस दौर में मंसूब मुझसे बादा-आशामी[3]
फिर आया वो ज़माना, जो जहां में जामे-जम[4] निकले
हुई जिनसे तवक़्क़ो ख़स्तगी[5] की दाद पाने की
वो हमसे भी ज़ियादा ख़स्ता-ए-तेग़े-सितम[6]
निकले मुहब्बत में नहीं है फ़र्क़ जीने और मरने का
उसी को देखकर जीते हैं जिस काफ़िर पे दम निकले ज़रा
कर ज़ोर सीने पर कि तीरे-पुर-सितम निकले जो वो
निकले तो दिल निकले जो दिल निकले तो दम निकले
ख़ुदा के वास्ते पर्दा न काबे को उठा ज़ालिम
कहीं ऐसा न हो यां भी वही क़ाफ़िर सनम निकले
कहां मैख़ाने का दरवाज़ा ग़ालिब', और कहां वाइज़
पर इतना जानते हैं, कल वो जाता था कि हम निकले

हूं मैं भी तमाशाई - ए - नैरंगे - तमन्ना[6]
मतलब नहीं कुछ इससे कि मतलब ही बर आवे

1-क़द 2-बल खाए हुए बालों का बल 3-शराबनोशी 4-जमशेद बादशाह का प्याला 5-घायल अवस्था 6-अत्याचार की तलवार के घायल 7-कामना के इन्द्रजाल का तमाशा देखने वाला 8-पूरा हो

نکلنا خُلد سے آدم کا سنتے آئے ہیں، لیکن
بہت بے آبرو ہو کر ترے کوچے سے ہم نکلے

بھرم کھُل جائے ظالم! تیرے قامت کی درازی کا
اگر اس طرّۂ پُر پیچ و خَم کا پیچ و خم نکلے

مگر لکھوائے کوئی اس کو خط، تو ہم سے لکھوائے
ہوئی صبح، اور گھر سے کان پر رکھ کر قلم نکلے

ہوئی اِس دَور میں منسوب مجھ سے، بادہ آشامی
پھر آیا وہ زمانہ، جو جہاں میں جامِ جم نکلے

ہوئی جن سے توقّع، خستگی کی داد پانے کی
وہ ہم سے بھی زیادہ خستۂ تیغِ ستم نکلے

محبت میں نہیں ہے فرق، جینے اور مرنے کا
اسی کو دیکھ جیتے ہیں، جس کافر پہ دم نکلے

ذرا کر زور سینے پر کہ تیرِ پُر ستم نکلے
جو وہ نکلے تو دل نکلے جو دل نکلے تو دم نکلے

خدا کے واسطے پردہ نہ کعبے کا اٹھا ظالم
کہیں ایسا نہ ہو یاں بھی وہی کافر صنم نکلے

کہاں میخانے کا دروازہ، غالبؔ! اور کہاں واعظ!
پر اتنا جانتے ہیں، کل وہ جاتا تھا کہ ہم نکلے

ہوں میں بھی تماشائیِ نیرنگِ تمنّا
مطلب نہیں کچھ اس سے کہ مطلب ہی بر آوے

सियाही जैसे गिर जावे दमे-तहरीर काग़ज़ पर
मेरी क़िस्मत में यूं तस्वीर है शब-हाए-हिज्रां[1] की

ख़मोशियों में तमाशा, अदा निकलती है
निगाह दिल से तेरे सुर्मा-सारे[2] निकलती है
फ़िशारे-तंगी-ए-ख़ालवत[3] से बनती है शबनम
सबा जो ग़ुंचे के पर्दे में जा निकलती है
न पूछ सीना-ए-आशिक़ के आबे-तेग़े-निगाह[4]
कि ज़ख़्मे-रौज़ने-दर से हवा निकलती है

छिड़के है शबनम आईना-ए-बर्गे-गुल पर आब
ऐ अ़न्दलीब, वक़्ते-विदाअ़-ए-बहार है
पच आ पड़ी है वादए-दिलदार की मुझे वो आये या
न आये पे यां इन्तज़ार है बेपर्दा सूए-वादी-ए-मजनूं
गुज़र न कर हर ज़र्रे के नक़ाब में दिल बेक़रार है
दिल मत गंवा, ख़बर न सही सैर ही सही
ऐ बेदिमाग़, आईना तिम्साल-दार[5] है
ग़फ़लन कफ़ीले - उम्रो[6] - 'असद' ज़ामिने - निशात
ऐ मर्गे - नागहां, तुझे क्या इन्तज़ार है

1-जुदाई की रातें 2-सुर्मा लगाए हुए 3-एकता की संकीर्णता का दबाव 4-दृष्टि की तलवार की धार 5-चित्रों वाला 6-आयु की पोषक

سیاہی جیسے گر جاوے دمِ تحریر کاغذ پر
میری قسمت میں یوں تصویر ہے شب ہائے ہجراں کی

خموشیوں میں تماشا ادا نکلتی ہے
نگاہ دل سے ترے، سُرمہ سا نکلتی ہے
فشارِ تنگیِ خلوت سے بنتی ہے شبنم
صبا جو غنچے کے پردے میں جا نکلتی ہے
نہ پوچھ سینۂ عاشق سے آبِ تیغِ نگاہ
کہ زخمِ روزنِ در سے ہوا نکلتی ہے

چھڑکے ہے شبنم آئینۂ برگ گل پہ تاب
اے عندلیب، وقتِ وداعِ بہار ہے
پچ آ پڑی ہے ہے وعدۂ دلدار کی مجھے
وہ آئے یا نہ آئے یہاں انتظار ہے
بے پردہ سوئے وادی اے مجنوں گزر نہ کر
ہر ذرّے کے نقاب میں دل بیقرار ہے
دِل مت گنوا، خبر نہ سہی سیر ہی سہی
اے بے دماغ، آئینہ تمثال دار ہے
غفلت کفیلِ عمرو 'اسدؔ' ضامنِ نشاط
اے مرگِ ناگہاں تجھے کیا انتظار ہے

आईना क्यों न दूं कि तमाशा कहें जिसे
ऐसा कहां से लाऊं कि तुझ-सा कहें जिसे
हसरत से ला रखा तेरी बज़्मे-ख़याल में
गुलदस्ता-ए-निगाह सुवैदा[1] कहें जिसे
फूंका है किसने गोशे-मुहब्बत[2] में, ऐ ख़ुदा
अफ़सूने-इन्तिज़ार[3] तमन्ना कहें जिसे
सर पर हुजूमे-दर्दे-ग़रीबी[4] से डालिए
वो एक मुश्ते-ख़ाक कि सहरा कहें जिसे
है चश्मे-तर में हसरते-दीदार से निहां
शौक़े-इना-गुसेख़्ता[5] दरिया कहें जिसे
दरकार है शगुफ़्तने-गुल हाए-ऐश[6] को
सुबहे-बहार, पम्बा-ए-मीना[7] कहें जिसे
'ग़ालिब' बुरा न मान जो वाइज़ बुरा कहे
ऐसा भी कोई है कि सब अच्छा कहें जिसे

शोले से न होती हवसे-शोला ने जो की
जी किस क़दर अफ़सुर्दगिए-दिल पे जला है
तिम्साल में तेरी है वो शोख़ी कि बसद-ज़ौक़
आईना ब-अन्दाज़े-गुल आगोश-कुशा है
मालूम हुआ हाले-शहीदाने, गुज़िश्ता[8]
तेग़े सितम आईना-ए-तस्वीरनुमा है

1-दिल का दाग़ 2-प्रेम (प्रेमी) के कान 3-प्रतिज्ञा का जादू 4-देश-विदेश मारे-मारे फिरने की पीड़ा की अधिकता 5-बेलगाम (अत्यधिक) शौक़ 6-ऐश्वर्य के फूलों को खिलने के लिए 7-शराब की सुराही पर रखा हुआ रुई का फाहा 8-पिछले शहीदों का हाल

آئینہ کیوں نہ دوں کہ تماشا کہیں جسے
ایسا کہاں سے لاؤں کہ تجھ سا کہیں جسے

حسرت نے لا رکھا تری بزمِ خیال میں
گلدستۂ نگاہ، سویدا کہیں جسے

پھونکا ہے کس نے گوشِ محبت میں اے خدا!
افسونِ انتظارِ تمنا کہیں جسے

سر پر، ہجومِ دردِ غریبی سے ڈالیے
وہ ایک مشتِ خاک کہ صحرا کہیں جسے

ہے چشمِ تر میں حسرتِ دیدار سے نہاں
شوقِ عناں گسیختہ، دریا کہیں جسے

درکار ہے، شگفتنِ گلہائے عیش کو
صبحِ بہار، پنبۂ مینا کہیں جسے

غالبؔ! برا نہ مان، جو واعظ برا کہے
ایسا بھی کوئی ہے کہ، سب اچھا کہیں جسے؟

شعلے سے نہ ہوتے ہوسِ شعلہ نے جو کی
جی کس قدر افسردگیِ دل سے جلا ہے

تمثال میں تیری ہے وہ شوخی کہ بصد ذوق
آئینہ باندازِ گل آغوش کشا ہے

معلوم ہوا حالِ شہیدانِ گزشتہ
تیغِ ستم آئینۂ تصویر نما ہے

ऐ परतवे-ख़ुर्शीदे जहां-ताब, इधर भी
साए की तरह हम पे अ़जब वक़्त पड़ा है
नाकर्दा[1] गुनाहों को भी हसरत की मिले दाद
या रब! अगर इन कर्दा गुनाहों की सज़ा है
बेगानगी-ए-ख़ाल्क़[2] से बेदिल न हो 'ग़ालिब'
कोई नहीं तेरा तो मेरी जान ख़ुदा है।

मंजूर थी ये शक्ल तजल्ली[3] को नूर की
क़िस्मत खुली तेरे क़दों-रुख़ से ज़हूर की
इक ख़ूंचकां कफ़न में करोड़ों बनाव हैं
पड़ती है आंख तेरे शहीदों पे हूर की
वाइज़ न तुम पियो, न किसी को पिला सको
क्या बात है तुम्हारी शराबे-तहूर[4] की
लड़ता है मुझसे हश्र में क़ातिल कि क्यों उठा
गोया अभी सुनी नहीं आवाज़ सूर[5] की
आमद बहार की है, जो बुलबुल है नग़मा-संज
उड़ती-सी इक ख़बर है, ज़बानी तयूर[6] की
गो वां नहीं पे वां के निकाले हुए तो हैं
काबे से इन बुतों को भी निस्बत है दूर की
क्या फ़र्ज़ है कि सबको मिले एक-सा जवाब
आओ न, हम भी सैर करें कोहे-तूर[7] की

1-न किए हुए 2-दुनिया की अवज्ञा 3-दैवी प्रकाश 4-पवित्र शराब जो स्वर्ग में मिलेगी 5-वह दुन्दुभि जो क़यामत के दिन बजेगी, जिसे सुनकर सब मुर्दे क़ब्रों में से उठ खड़े होंगे 6-पक्षी 7-तूर नामक एक पहाड़

اے پرتوِ خورشیدِ جہاں تاب، ادھر بھی
سائے کی طرح ہم پہ عجب وقت پڑا ہے
ناکردہ گناہوں کو بھی حسرت کی ملے داد
یارب! اگر ان کردہ گناہوں کی سزا ہے
بے گانگیِ خلق سے بے دل نہ ہو غالب
کوئی نہیں تیرا تو مری جان خدا ہے

منظور تھی یہ شکل، تجلی کو نور کی
قسمت کھلی ترے قد و رُخ سے ظہور کی
اک خونچکاں کفن میں کروڑوں بناؤ ہیں
پڑتی ہے آنکھ تیرے شہیدوں پہ حور کی
واعظ! نہ تم پیو، نہ کسی کو پلا سکو
کیا بات ہے تمہاری شرابِ طہور کی!
لڑتا ہے مجھ سے حشر میں قاتل کہ کیوں اٹھا
گویا ابھی سنی نہیں آواز صور کی
آمد بہار کی ہے، جو بلبل ہے نغمہ سنج
اُڑتی سی اک خبر ہے زبانی طیور کی
گو واں نہیں، پہ واں کے نکالے ہوئے تو ہیں
کعبہ سے ان بتوں کو بھی نسبت ہے دور کی
کیا فرض ہے کہ، سب کو ملے ایک سا جواب!
آؤ نہ ہم بھی سیر کریں کوہِ طور کی

गर्मी सही कलाम में, लेकिन न इस क़दर
की जिससे बात उसने शिकायत ज़रूर की
'ग़ालिब', गर इस सफ़र में मुझे साथ ले चलें
हज का सवाब नज़्र करूंगा हुज़ूर की

ग़म खाने में बोदा दिले-नाकाम बहुत है
ये रंज कि कम है मए-गुलफ़ाम बहुत है
कहते हुए साक़ी से हया आती है वर्ना
है यों, कि मुझे दुर्दे-तहे-जाम[1] बहुत है
नै तीर कमां में हैं, न सैयाद कमी[2] में
गोशे में क़फ़स के मुझे आराम बहुत है
हैं अहले-ख़िरद[3] कि किस रविशे-ख़ास[4] पे नाज़ां
पा-बस्तगी-ए-रस्मो-रहे-आम[5] बहुत है
ज़मज़म ही पे छोड़ो, मुझे क्या तौफ़े-हरम[6] से
आलूदा-ब-मै जामा-ए अहराम[7] बहुत है
है क़हर कि अब भी बने बात कि उनको
इन्कार नहीं और मुझे इब्राम[8] बहुत है
ख़ूं होके जिगर आंख से टपका नहीं, ऐ मर्ग
रहने दे मुझे यां, कि अभी काम बहुत है
होगा कोई ऐसा भी कि 'ग़ालिब' को न जाने
शायर तो वो अच्छा है पे बदनाम बहुत है

1-प्याले की तह में बची हुई तलछट 2-घात 3-बुद्धिमान 4-विशेष आचरण 5-साधारण रीति-रिवाज की पाबन्दी 6-काबे की परिक्रमा 7-शराब से भीगा हुआ हज का पवित्र वस्त्र 8-हल

گرمی سہی کلام میں، لیکن نہ اس قدر
کی جس سے بات اس نے شکایت ضرور کی
غالبؔ! گر اس سفر میں مجھے ساتھ لے چلیں
حج کا ثواب نذر کروں گا حضور کی

غم کھانے میں بودا دلِ ناکام بہت ہے
یہ رنج کہ کم ہے مۓ گلفام بہت ہے
کہتے ہوئے ساقی سے حیا آتی ہے ورنہ
ہے یوں کہ مجھے دُردِ تہِ جام بہت ہے
نے تیر کماں میں ہے نہ صیاد کمیں میں
گوشے میں قفس کے مجھے آرام بہت ہے
ہیں اہلِ خرد، کس روشِ خاص پہ نازاں؟
پابستگیِ رسم ورہِ عام بہت ہے
زمزم ہی پہ چھوڑو، مجھے کیا طوفِ حرم سے
آلودہ بہ مے جامۂ احرام بہت ہے
ہے قہر گر اب بھی نہ بنے بات، کہ ان کو
انکار نہیں، اور مجھے ابرام بہت ہے
خوں ہو کے جگر آنکھ سے ٹپکا نہیں اے مرگ!
رہنے دے مجھے یاں کہ ابھی کام بہت ہے
ہوگا کوئی ایسا بھی کہ غالبؔ کو نہ جانے
شاعرِ تو وہ اچھا ہے پہ بدنام بہت ہے

मुद्दत हुई है यार को मेहमां किए हुए
जोशे-क़दह[1] से बज़्मे-चिराग़ां किए हुए
करता हूं जमअ़ फिर जिगरे-लख़्त-लख़्त[2] को
अर्सा हुआ है दावते-मिज़गा[3] किए हुए
फिर वज़अ-ए-एहतियात[4] से रुकने लगा
है दम बरसों हुए हैं चाक गिरेबां किए हुए
फिर गर्म-नाला हाए-शररबार[5] है नफ़स
मुद्दत हुई है सैरे-चिराग़ां[6] किए हुए
फिर पुरसिशे-जराहते-दिल[7] को चला है
इश्क सामाने-सद-हज़ार-नमकदा[8] किए हुए
फिर भर रहा है ख़ामए-मिज़गां[9] ब-ख़ूने-दिल
साज़े - चमन - तराज़ी - ए - दामां[10] किए हुए
बाहमदिगर[11] हुए हैं दिलो-दादा फिर रक़ीब
नज़्ज़ारा-ओ-ख़याल का सामां किए हुए
दिल फिर तवाफ़े-कू-ए-मलामत[12] को जाए है
पिन्दार[13] का सनम-कदा[14] वीरां किए हुए
फिर शौक़ कर रहा है ख़रीदार की तलब
अर्ज़े-मताअ़ ए-अक़्लो-दिलो-जां[15] किए हुए

1-प्यालों की भरमार से 2-जिगर के टुकड़ों को 3-पलकों की दावत, जो जिगर खिलाकर की जाती है 4-सावधानी की रीति 5-आग बरसाने वाले से आर्तनाद में लीन 6-दीपोत्सव की सैर 7-दिल के घाव को हालचाल पूछना 8-लाखों नमकदान लिए हुए 9-पलकों की लेखनी 10-दामन पर फूलों के चमन खिलाने का प्रबन्ध 11-आपस में 12-उस गली की परिक्रमा जहां धिक्कार मिलती है, प्रेयसी की गली 13-अहम 14-देवालय 15-बुद्धि, हृदय और प्राणों की सम्पत्ति का समर्पण

مدت ہوئی ہے یار کو مہماں کیے ہوئے
جوشِ قدح سے بزم، چراغاں کیے ہوئے

کرتا ہوں جمع پھر، جگرِ، لخت لخت کو
عرصہ ہوا ہے دعوتِ مژگاں کیے ہوئے

پھر وضعِ احتیاط سے رکنے لگا ہے دم
برسوں ہوئے ہیں چاک گریباں کیے ہوئے

پھر گرمِ نالہ ہائے شرربار ہے نفس
مدت ہوئی ہے سیرِ چراغاں کیے ہوئے

پھر پُرسش جراحتِ دل کو چلا ہے عشق
سامانِ صد ہزار نمکداں کیے ہوئے

پھر بھر رہا ہوں خامۂ مژگاں بخونِ دل
سازِ چمن طرازیِ داماں کیے ہوئے

باہم دگر ہوئے ہیں دل و دیدہ پھر رقیب
نظارہ و خیال کا ساماں کیے ہوئے

دل پھر طوافِ کوئے ملامت کو جائے ہے
پندار کا صنم کدہ ویراں کیے ہوئے

پھر شوق کر رہا ہے خریدار کی طلب
عرضِ متاعِ عقل و دل و جاں کیے ہوئے

दौड़े है फिर हरेक गुलो-लाला पर ख़याल
सद-गुलसितां निगाह का सामां किए हुए
फिर चाहता हूं नामा-ए-दिलदार[1] खोलना
जां नज़्रे-दिलफ़रेबी-ए-उन्वां किए हुए
मांगे है फिर किसी को लबे-बाम[2] पर हवस[3]
ज़ुल्फ़े-सियाह रुख़ पे परेशां[4] किए हुए
चाहे फिर किसी को मुक़ाबिल[5] में आरज़ू[6]
सुर्मे से तेज़ दश्ना-ए-मिज़गां[7] किए हुए
इक नौबहारे-नाज़[8] को ताके है फिर निगाह
चेहरा फ़ुरोग़े-मै से गुलिस्तां[9] किए हुए
फिर जी में है कि दर पे किसी के पड़े रहें
सर ज़ेरे-बारे-मिन्नते-दरबां[10] किए हुए
जी ढूंढता है फिर वही फ़ुर्सत, कि रात-दिन
बैठे रहें तसव्वुरे-जानां[11] किए हुए
'ग़ालिब' हमें न छेड़ कि फिर जोशे-अश्क[12] से
बैठे हैं हम तहय्या-ए-तूफ़ां[13] किए हुए

रहा बला में भी मुब्तिलाए-आफ़ते-रश्क
बलाए-जां है अदा तेरी इक जहां के लिए

1-माशूक़ का पत्र 2-छत के किनारे पर 3-तीव्र लालसा 4-काली अलकें चेहरे पर बिखेरे हुए 5-(अपने) सामने 6-कामना 7-पलकों की कटारी 8-नवयौवन की बहार (माशूक़) 9-जिसका चेहरा शराब पीने से फूल की तरह हो गया है 10-दरबार के आभार बोझ से झुका हुआ 11-प्रेयसी की कल्पना 12-आंसुओं का उबाल 13-तूफ़ान बरपा करने का दृढ़ निश्चय

دوڑے ہے پھر ہر ایک گل و لالہ پر خیال
صد گلستاں نگاہ کا ساماں کیے ہوئے
پھر چاہتا ہوں، نامۂ دلدار کھولنا
جاں، نذرِ دل فریبیِ عنواں کیے ہوئے
مانگے ہے پھر، کسی کو لبِ بام پر ہوس
زلفِ سیاہ، رخ پہ پریشاں کیے ہوئے
چاہے ہے پھر، کسی کو مقابل میں، آرزو
سرمہ سے تیز دشنۂ مژگاں کیے ہوئے
اِک نو بہارِ ناز کو تاکے ہے پھر، نگاہ
چہرہ فروغِ مَے سے گلستاں کیے ہوئے
پھر، جی میں ہے کہ در پہ کسی کے پڑے رہیں
سر زیرِ بارِ منتِ درباں کیے ہوئے
جی، ڈھونڈتا ہے پھر، وہی فرصت کہ، رات دن
بیٹھے رہیں تصورِ جاناں کیے ہوئے
غالبؔ! ہمیں نہ چھیڑ کہ پھر جوشِ اشک سے
بیٹھے ہیں ہم تہیۂ طوفاں کیے ہوئے

رہا بلا میں بھی مبتلائے آفتِ رشک
بلائے جاں ہے ادا تیری اِک جہاں کے لئے

फ़लक न दूर रख उससे मुझे कि मैं ही नहीं
दराज़-दस्ती-ए-क़ातिल[1] के इम्तिहां के लिए
मिसाल ये मेरी कोशिश की है कि मुर्ग़े-असीर[2]
करे क़फ़स में फ़राहम[3] ख़स आशियां के लिए
गदा समझ के वो चुप था, मेरी जो शामत आई
उठा, और उठके क़दम मैंने पासबां[4] के लिए
बक़द्रे - शौक़ नहीं ज़र्फ़े - तंगना - ए - ग़ज़ल[5]
कुछ और चाहिये वुसअ़त[6] मेरे बयां के लिए
ज़बां पे बारे-ख़ुदाया[7] ये किसका नाम आया
कि मेरे नुत्क़[8] ने बोसे मेरी ज़बां के लिए
ज़माना अ़हद में उसके है महवे-आराइश[9]
बनेंगे और सितारे अब आसमां के लिए
वरक़ तमाम हुआ और मदह[10] बाक़ी है
सफ़ीना[11] चाहिये इस बहरे-बेकरां[12] के लिए
अदाए-ख़ास से 'ग़ालिब' हुआ है नुक्ता-सरा
सलाए-आम[13] है याराने-नुक़्ता-दां[14] के लिए

सेहरा

ख़ुश हो ऐ बख़्त[15] कि है आज तेरे सर सेहरा
बांध शहज़ादा जवां-बख़्त के सर पर सेहरा
क्या ही इस चांद से मुखड़े पे भला लगता है
है तेरे हुस्ने-दिल-अफ़रोज़ का ज़ेवर सेहरा

1-कातिल का अत्याचार 2-बन्दी पक्षी 3-जुटाना 4-द्वाररक्षक 5-ग़ज़ल का तंग मैदान 6-विस्तार 7-हे, परमात्मा! 8-ज़बान 9-श्रृंगार में लीन 10-तारीफ़ 11-नाव (काव्य-ग्रन्थ) 12-तटहीन सागर 13-आम दावत 14-गुणग्राही लोग 15-भाग्य

فلق نہ دور رکھ اس سے مجھے کہ میں ہی نہیں
درازِ دستیِ قاتل کے امتحاں کے لیے

مثال یہ مری کوشش کی ہے کہ مرغِ اسیر
کرے قفس میں فراہم خس آشیاں کے لیے

گدا سمجھ کہ وہ چپ تھا، میری جو شامت آئے
اٹھا، اور اٹھ کے قدم میں نے پاسباں کے لیے

بقدرِ ذوق نہیں ظرفِ تنگنائے غزل
کچھ اور چاہیے وسعت مرے بیاں کے لیے

زباں پہ بارِ خدایا یہ کس کا نام آیا
کہ میرے نطق نے بوسے مری زباں کے لیے

زمانہ عہد میں اس کے ہے محوِ آرائش
بنیں گے اور ستارے اب آسماں کے لیے

ورق تمام ہوا اور مدح باقی ہے
سفینہ چاہیے اس بحرِ بے کراں کے لیے

ادائے خاص سے غالبؔ ہوا ہے یہ نکتہ سرا
صلائے عام ہے یارانِ نکتہ داں کے لیے

سہرا

خوش ہو، اے بخت! کہ ہے آج ترے سر سہرا
باندھ شہزادہ جواں بخت کے سر پر سہرا

کیا ہی! اس چاند سے مکھڑے پہ بھلا لگتا ہے!
ہے ترے حسنِ دل افروز کا زیور سہرا

सर पे चढ़ना तुझे फबता[1] है पर ऐ तरफ़े-कुलाह[2]
मुझको डर है कि न छीने तेरा नम्बर सेहरा
नाव-भर कर ही पिरोये गये होंगे मोती
वर्ना क्यों लाए हैं किश्ती में लगाकर सेहरा
सात दरिया के फ़राहम किये होंगे मोती
तब बना होगा इस अन्दाज का गज़-भर सेहरा
रुख़ पे दूल्हा के जो गर्मी से पसीना टपका
है रगे-अब्र-गुहरबार सरासर सेहरा
ये भी इक बेअदबी थी कि क़बा से बढ़ जाये
रह गया आन के दामन के बराबर सेहरा
जी में इतरायें न मोती कि हमीं हैं इक चीज़
चाहिए फूलों का भी एक मुक़र्रर[3] सेहरा
जबकि अपने में समायें न ख़ुशी के मारे
गूंथे फूलों का भला फिर कोई क्यों कर सेहरा
रुख़े-रौशन की दमक गौहरे-ग़लतां की चमक
क्यों न दिखलाये फ़ुरोग़े-महा-अख़्तर[4] सेहरा!
तार रेशम का नहीं है ये रगे-अब्रे -बहार
लायेगा ताबे - गिरांबारी - ए - गौहर[5] सेहरा!
हम सुख़न-फ़हम[6] हैं 'ग़ालिब' के तरफ़दार नहीं
देखें कह दे कोई इस सेहरे से बढ़कर सेहरा[7]

1-शोभा देना 2-पगड़ी के नीचे की विशेष प्रकार की टोपी 3-और दूसरा 4-चांद और तारों की बढ़ोतरी 5-मोतियों के बोझ की शक्ति 6-शेर समझने वाले 7-बादशाह के उस्ताद 'ज़ौक़' ने इस पंक्ति को अपने लिए चुनौती समझा और उत्तर में एक सेहरा तुरन्त लिखा

سر پہ چڑھنا تجھے پھبتا ہے پر اے طرفِ کلاہ!
مجھ کو ڈر ہے، کہ نہ چھینے ترا لمبر سہرا
ناؤ بھر کر ہی پروئے گئے ہونگے موتی
ورنہ کیوں لائے ہیں کشتی میں لگا کر سہرا
سات دریا کے فراہم کیے ہونگے موتی
تب بنا ہوگا اِس انداز کا گز بھر سہرا
رخ پہ دولھا کے جو گرمی سے پسینہ ٹپکا
ہے رگِ ابرِ گہر بار سراسر، سہرا
یہ بھی اک بے ادبی تھی، کہ قبا سے بڑھ جائے
رہ گیا، آن کے دامن کے برابر، سہرا
جی میں اترائیں نہ موتی، کہ ہمیں ہیں اِک چیز
چاہیے پھولوں کا بھی ایک مقرر، سہرا
جب کہ اپنے میں سماویں نہ خوشی کے مارے
گوندھے پھولوں کا بھلا پھر کوئی کیونکر، سہرا!
رخِ روشن کی دمک، گوہرِ غلطاں کی چمک
کیوں نہ دکھلائے فروغِ مہ واختر، سہرا
تار ریشم کا نہیں، ہے یہ رگِ ابرِ بہار
لائیگا تابِ گراں بارئِ گوہر، سہرا
ہم سخن فہم ہیں، غالبؔ کے طرف دار نہیں
دیکھیں، اس سہرے سے کہہ دے کوئی بہتر سہرا

रुबाइयां

आतिशबाज़ी है जैसे शग़ले-अतफ़ाल[1]
है सोज़े-जिगर का भी इसी तौर का हाल
था मूजिदे-इश्क़ भी क़यामत कोई
लड़कों के लिए गया है क्या खेल निकाल

दिल था कि जो जाने दर्द तम्हीद[2] सही
बेताबी-रश्क व हसरते-दीद सही
हम और फ़सुर्दन[3], ऐ तजल्ली! अफ़सोस
तकरार रवा[4] नहीं तो तजदीद[5] सही

है ख़ल्क़ हसद क़माश लड़ने के लिए
वहशत-कदा-ए-तलाश लड़ने के लिए
यानी हर बार सूरते-क़ागज़े-बाद[6]
मिलते हैं ये बदमाश लड़ने के लिए

दिल सख़्त निज़न्द[7] हो गया है गोया
उससे गिलामन्द[8] हो गया है गोया
पर यार के आगे बोल सकते ही नहीं
'ग़ालिब' मुंह बन्द हो गया है गोया

1-बच्चों का खेल 2-प्रारम्भ 3-आकुलता 4-उचित 5-फिर शुरू। करना 6-पतंग 7-दुःखी 8-शिकायत करने वाला

رباعیات

آتش بازی ہے جیسے شغلِ اطفال
ہے سوزِ جگر کا بھی اُسی طور کا حال
تھا موجدِ عشق بھی قیامت کوئی
لڑکوں کے لیے گیا ہے کیا کھیل نکال!

دل تھا کہ جو جانِ دردِ تمہید سہی
بیتابیِ رشک و حسرتِ دید سہی
ہم اور فسردن، اے تجلی، افسوس!
تکرار روا نہیں، تو تجدید سہی

ہے خلقِ حسد قماش لڑنے کے لیے
وحشت کدۂ تلاش لڑنے کے لیے
یعنی، ہر بار صورتِ کاغذِ باد
ملتے ہیں یہ بدمعاش لڑنے کے لیے

دل سختِ نژند ہوگیا ہے گویا
اس سے گلہ مند ہوگیا ہے گویا
پر یار کے آگے بول سکتے ہی نہیں
غالبؔ! منہ بند ہوگیا ہے گویا

दुख जी के पसन्द हो गया है 'ग़ालिब'
दिल रुककर बन्द हो गया है 'ग़ालिब'
वल्लाह कि शब को नींद आती ही नहीं
सोना सौगन्द हो गया है 'ग़ालिब'

मुश्किल है ज़बस[1] कलाम मेरा ऐ दिल!
सुन - सुन के उसे सुख़नवराने - कामिल[2]
आसान कहने की करते हैं फ़रमाइश
गोयम मुश्किल वगर्ना गोयम मुश्किल[3]

कहते हैं कि अब वो मर्दम-आज़ार[4] नहीं
उश्शाक़ की पुरसिश से उसे आर[5] नहीं
जो हाथ कि ज़ुल्म से उठाया होगा
क्योंकर मानूं कि उसमें तलवार नहीं

हम गरचे बने सलाम करने वाले
कहते हैं दिरंग[6] काम करने वाले
कहते हैं कहें ख़ुदा से, अल्लाह अल्लाह
वो आप हैं सुबह शाम करने वाले

1-निस्सन्देह 2-सफल कवि 3-मैं मुश्किल ही कह सकता हूं वर्ना मेरे लिए शे'र कहना मुश्किल है 4-मनुष्यों को सताने वाला 5-लज्जा 6-संकोच, देर

دکھ، جی کے پسند ہوگیا ہے غالبؔ!
دل رک رک کے بند ہوگیا ہے غالبؔ!
واللہ کے شب نیند آتی ہی نہیں
سونا سوگند ہوگیا ہے ، غالبؔ!

مشکل ہے زبس کلام میرا، اے دل!
سن سن کے اُسے سخنورانِ کامل
آساں کہنے کی کرتے ہیں فرمایش
گویم مشکل، وگر نہ گویم مشکل!

کہتے ہیں کہ، اب وہ مردم آزار نہیں
عشاق کی پرسش سے اُسے عار نہیں
جو ہاتھ کہ ظلم سے اٹھایا ہوگا
کیونکر مانوں کہ اس میں تلوار نہیں

ہم گرچہ بنے سلام کرنے والے
کرتے ہیں درنگ، کام کرنے والے
کہتے ہیں، کہیں خدا سے، اللہ اللہ!
وہ آپ ہیں صبح و شام کرنے والے

सामाने-ख़ुरो-ख़्वाब[1] कहां से लाऊं?
आराम के असबाब कहां से लाऊं?
रोज़ा मेरा ईमान है 'ग़ालिब' लेकिन
ख़स-ख़ाना-ओ-बर्फ़ाब[2] कहां से लाऊं?

क़तए

एक अहले-दर्द ने सुनसान जो देखा क़फ़स
यों कहा आती नहीं अब क्यों सदाए-अ़न्दलीब
बालो-पर दो-चार दिखलाकर कहा सैयाद ने
ये निशानी रह गई है अब बजाए अ़न्दलीब

शब को ज़ौक़े-गुफ़्तगू से तेरे दिल बेताब था
शोख़ी-ए-वहशत से अफ़साना फ़ुसूने-ख़्वाब था
वां हजूमे-नग़महाए-साज़े-इशरत था 'असद'
नाख़ुने-गम यां सरे-तारे-नफ़स मिज़राब[3] था

दूद[4] को आज उसके मातम में सियहपोशी हुई
वो दिले-सोज़ां कि कल तक शम्ए-मातमख़ाना था
शिकवा-ए-यारा ग़ुबारे-दिल में पिनहां कर दिया
'ग़ालिब' ऐसे गंज को शायां यही वीराना था

1-खाना और सोना 2-बर्फ़ का पानी 3-सितार बजाने का छल्ला 4-धुंआ 5-ख़ज़ाना

سامانِ خور و خواب کہاں سے لاؤں؟
آرام کے اسباب کہاں سے لاؤں؟
روزہ مرا ایمان ہے، غالبؔ لیکن
خسخانہ و برفاب کہاں سے لاؤں!

قطعہ

ایک اہلِ درد نے سنسان جو دیکھا قفس
یوں کہا آتی نہیں اے کیوں صدائے عندلیب
بال و پر دو چار دکھلا کر کہاں صیاد نے
یہ نشانی رہ گئی ہے اب بجائے عندلیب

شب کو ذوقِ گفتگو سے تیرے دل بیتاب تھا
شوخیِ اے دحشت سے افسانہ فسونِ خواب تھا
واں ہجومِ نغمہائے سازِ عشرت تھا 'اسد'
ناخنِ غم یاں سرِ تارِ نفس مضواب تھا

دود کو آج اس کے ماتم میں سیہ پوشی ہوئی
وہ دلِ سوزاں کہ کل تک شمعِ ماتم خانہ تھا
شکوہ اے یاراں غبارِ دل میں پنہاں کر دیا
غالبؔ ایسے گنج کو شایاں یہی ویرانہ تھا

विविध शे'र

फिर वो सूए-चमन आता है ख़ुदा ख़ैर करे
रंग उड़ता है गुलिस्तां के हवादारों का

'मीर' के शे'र का अहवाल कहूं क्या 'ग़ालिब'
जिसका दीवाना कम-अज़ गुलशने-कश्मीर नहीं

अब्र रोता है कि बज़्मे-तरब आमादा करो
बर्क़ हंसती है कि फ़ुर्सत कोई दम दे हमको

कमाले - हुस्न गर मौकूफ़े - अन्दाज़ - तग़ाफ़ुल हो
तकल्लुफ़ बरतरफ़, तुझसे तेरी तस्वीर बेहतर है

चन्द तस्वीरे-बुतां, चन्द हसीनों के ख़ुतूत
बाद मरने के मेरे घर से ये सामां निकला

متفرق اشعار

پھر وہ سوے چمن آتا ہے خدا خیر کرے
رنگ اڑتا ہے گلستاں کے ہواداروں کا

'میرؔ' کے شعر کا احوال کہوں کیا غالبؔ
جس کا دیوانہ کم از گلشنِ کشمیر نہیں

ابر روتا ہے کہ بزمِ طرب آمادہ کرو
برق ہنستی ہے کہ فرصت کوئی دم دے ہم کو

کمالِ حسن گر موقوفِ اندازِ تغافل ہو
تکلف برطرف تجھ کو تصویر بہتر ہے

چند تصویر بتاں ، چند حسینوں کے خطوط
بعد مرنے کے مرے گھر سے یہ ساماں نکلا